Frank Esser

Phantomjagd

Phantomjagd
Ein Aachen Krimi
Hansens 3. Fall

epubli

Impressum

Texte: © Frank Esser
Cover : © NaWillArt Coverdesign /
www.nawillart-coverdesign.de
Verlag: Frank Esser
Am Römerhof 1
52477 Alsdorf
aachenkrimi@gmx.de
Druck: epubli - ein Service der neopubli GmbH,
Berlin

Prolog

Montag, 21. Januar 2019

Jürgen Wolf saß in seinem Arbeitszimmer und schrieb an einem Artikel, der seinem Ruf als schonungsloser Enthüllungsjournalist wieder einmal gerecht wurde.
Der Fünfundvierzigjährige war freier investigativer Journalist und sein Ruf war ebenso legendär wie gefürchtet. An der aktuellen Story arbeitete er seit knapp vier Monaten. Ein vergleichsweise wahnwitzig kurzer Zeitraum, wenn man bedachte, wie lange seine umfangreichen Recherchen, um einen Skandal dieser Größenordnung aufzudecken, normalerweise dauerten.
Das hatte er nicht zuletzt seiner Quelle zu verdanken, der Person, die ihn im Herbst kontaktiert und ihm eine schier unglaubliche Geschichte aufgetischt hatte. Sie hatte erst gar keine lange Überzeugungsarbeit leisten müssen, um ihn dazu zu bringen, der Sache auf den Grund zu gehen und Beweise für die aufgestellten Behauptungen zu finden. Denn die hatte seine Quelle leider nicht gehabt. Aber er hatte sofort Blut geleckt und sich an die Arbeit gemacht. Unzählige Stunden hatte er nach dem ersten Treffen mit Recherchen verbracht. Er hatte sich die Nächte um die Ohren geschlagen und zum Teil am Rand der Legalität bewegt, um an die Informationen zu gelangen, die er benötigte. Schlussendlich hatte er es seinem richtigen Riecher, seiner Hartnäckigkeit und einer Zufallsentdeckung zu verdanken, dass er nun kurz davor war, einen großen Skandal aufzudecken.
Dieser Gedanke zauberte ihm ein Lächeln auf die Lippen,

doch jetzt brauchte er unbedingt eine Pause. Er hatte bereits mehrere Stunden vor dem Laptop gesessen und seine Konzentration ließ spürbar nach. Die Formulierung des aktuellen Abschnittes hatte ihn jetzt schon eine Viertelstunde gekostet, ohne dass er etwas Stimmiges gefunden hätte. Da half nur ein möglichst starker Kaffee, der seine Lebensgeister wieder neu erwecken sollte.

Wolf streckte sich einmal, um den Rücken zu entspannen, und warf dabei einen Blick auf das verschneite Wurmtal, das sich malerisch schön vor seinem Fenster erstreckte. Es hatte in den letzten drei Tagen ungewöhnlich viel geschneit.

Auch jetzt in der Dämmerung war der Himmel wieder schneeverhangen. Wolf war kein Fan der Winterzeit. Er bevorzugte eindeutig den Sommer. Er wandte den Blick vom Fenster ab, erhob sich von seinem Schreibtischstuhl und schlurfte gemächlich die Treppe hinunter ins Untergeschoss. Als er die Küche betrat, fiel sein Blick erst einmal auf das Geschirr, das sich in den letzten Tagen angesammelt hatte. Eigentlich hatte er sich heute darum kümmern wollen. Genau wie um die Wäsche, die auf einem großen Haufen im Keller vor der Waschmaschine lag. Von der Unordnung im Wohnzimmer ganz zu schweigen. In diesem Haushalt fehlte eindeutig eine Frau, dachte er. Aber welche Partnerin wollte schon mit einem Kerl zusammenleben, der permanent unterwegs war, sich mit dubiosen Gestalten herumschlug oder lieber tagsüber schlief als nachts?

Er holte die Kaffeefilter aus dem Küchenschrank, steckte einen in die dafür vorgesehene Halterung der Kaffeemaschine, füllte reichlich Pulver hinein und kippte Wasser in den Tank. Dann schaltete er die Maschine ein. Während die

schwarze Brühe durch den Filter lief, warf er einen Blick in den Kühlschrank. Wenigstens war der für seine Verhältnisse erstaunlich gut gefüllt. Er musste nicht noch mal hinaus in die Kälte, um einzukaufen.
Als er den Schinkenwurstkranz entdeckte, hatte er spontan Appetit darauf. Er schnitt sich ein großes Stück ab und legte die restliche Wurst zurück in den Kühlschrank. Das Messer ließ er auf der Ablage liegen. Kurze Zeit später war der Kaffee fertig. Die Wurst genüsslich kauend und mit einer dampfenden Tasse schwarzen Kaffees in der rechten Hand stieg er die Treppe wieder hinauf. Mittlerweile war es stockdunkel geworden, also schaltete er das Licht ein. Wolf stellte die Kaffeetasse auf dem Schreibtisch ab und legte das restliche Stück Schinkenwurst daneben. Dann ließ er noch einmal die Finger knacken, bevor er sich mit neuer Motivation seinem Artikel widmete. Er hatte gerade die ersten Worte getippt, als ein Schuss fiel und sich der Großteil von Jürgen Wolfs Gehirn auf dem Teppich hinter dem Schreibtisch verteilte.

Zehn Minuten später betrat das Phantom Wolfs Arbeitszimmer. Es warf einen kurzen Blick auf den Journalisten. Dann packte es den Laptop und sämtliche Speichermedien, die es in den Schreibtischschubladen finden konnte, in die mitgebrachte Reisetasche. Anschließend durchsuchte es den Raum systematisch. Weitere Speichermedien und handschriftliche Notizen verstaute es auch in der Tasche. Auch die anderen Räume des Hauses kontrollierte es nacheinander.
Ob es dabei Spuren hinterließ, spielte keine Rolle. Die DNA war ohnehin in sämtlichen internationalen Polizeidatenban-

ken registriert. Die Ermittlungsbehörden kannten das Phantom. Und doch war seine Identität bisher nicht entschlüsselt.
Nach knapp einer Stunde verließ es das Haus des Journalisten genauso unbemerkt, wie es gekommen war. Es hatte wieder angefangen zu schneien.

1. Kapitel

Mittwoch, 23. Januar 2019

»Morgen, Sven. Schon fleißig bei der Arbeit?«, grüßte der 49-jährige Kriminalhauptkommissar Karl Hansen, als er mit Stefan Riedmann auf die Eingangstür des Hauses in der Talstraße zusteuerte, aus der just in dem Moment Sven Kochs von der Spurensicherung heraustrat.
Es war sieben Uhr. Hansen, Leiter des K11 der Aachener Mordkommission, der seit seinem Zusammenbruch vor wenigen Monaten auf Anraten des Arztes deutlich abgenommen hatte, war vor fünfundzwanzig Minuten über den gewaltsamen Tod eines Mannes in Kohlscheid informiert worden und hatte sich gleich mit seinem knapp dreizehn Jahre jüngeren Partner auf den Weg gemacht. Unterwegs hatten sie dann noch ihre beiden Kollegen Markus Beck und Jens Marquardt zum Fundort beordert. Von ihnen war allerdings noch nichts zu sehen.
»Morgen, die Herren. Auch schon da?«, witzelte Kochs. Laura Deckers Team hatte anscheinend bereits die Arbeit

aufgenommen. »Bevor du fragst, ihr findet den Toten in seinem Arbeitszimmer. Treppe hoch, erstes Zimmer rechts.«

»Wer hat den Mord gemeldet?«

»Christoph Vollmann, der Nachbar. Er wohnt gleich schräg gegenüber. Er hat sich darüber gewundert, dass Wolf schon seit Tagen keinen Schnee mehr geräumt hat. Außerdem steckten die Tageszeitungen von gestern und heute im Briefkasten.«

»Und wie ist dieser Vollmann in das Haus gelangt?«

»Er hat einen Schlüssel. Wolf war Journalist und oft mehrere Tage nicht zu Hause. Die Vollmanns haben sich dann immer um das Haus gekümmert. Rollladen rauf und runter, Briefkasten leeren, Blumen gießen. Die Dinge, die man halt als netter Nachbar so macht. Aber Wolf hat immer Bescheid gegeben, wenn er wegfuhr. Deshalb haben sich die Vollmanns ja auch gewundert und nach dem Rechten gesehen.«

»Und wo ist der Nachbar jetzt?«

»Laura hat den Mann nach Hause geschickt. Der war völlig fertig mit den Nerven. Na ja, ist auch kein Wunder. Wer rechnet schon damit, das Gehirn seines Nachbarn auf dem Boden verteilt zu finden?«

»So schlimm?«

»Schlimmer. Laura glaubt, dass Wolf aus großer Entfernung mit einem Scharfschützengewehr erschossen wurde. Großes Kaliber.«

»Ein Sniper? Das hat uns gerade noch gefehlt«, seufzte Hansen.

»Wolf dürfte schon ein paar Tage tot sein«, fuhr Kochs fort, ohne auf Hansens Kommentar einzugehen.

»Wenn man die Tageszeitungen, die in dem Briefkastenschlitz stecken, berücksichtigt, tippe ich mal auf mindestens zwei Tage«, stellte Hansen mit einem Grinsen fest. »Also Tod am Montag.«
»Gut kombiniert, Herr Kriminalhauptkommissar. So, jetzt muss ich aber mit der Arbeit loslegen. Sonst bekomme ich noch Ärger mit Laura«, meinte Kochs mit einem Augenzwinkern. »Sie ist übrigens mit unserem Frischling oben und wartet auf euch.«
»Wer ist das? Habe ich da irgendwas verpasst?«
»Sebastian Maurer. Hatte gestern seinen ersten Tag.«
»Dann hat er ja jetzt einen guten Eindruck erhalten, was ihn bei uns erwartet.« Hansen wandte sich an Riedmann. »Stefan, ich möchte, dass du dich einmal mit den Vollmanns unterhältst. Vielleicht ist ihnen am Montag irgendetwas Ungewöhnliches aufgefallen?«
»Wird erledigt.«
»Gut, dann verschaffe ich mir oben schon mal einen Überblick.«
Während Riedmann durch den Schnee zum Nachbarhaus stapfte, betrat Hansen das Haus. Er holte sich die blauen Fußüberzieher aus der Manteltasche und stülpte sie über die Schuhe. Anschließend ging er die Stufen zur ersten Etage hoch. Ab Mitte der Treppe war schon deutlich ein süßlich beißender Verwesungsgeruch wahrnehmbar.
»Morgen, Karl. Wo hast du denn deinen kongenialen Partner gelassen?«, begrüßte Laura Decker, Leiterin der KTU, Hansen mit einem strahlenden Lächeln, als er das Arbeitszimmer betrat. Wie fast immer trug sie ihre langen braunen Haare zu einem Zopf gebunden. Seit sie und Riedmann ein

Paar waren, schienen die beiden unzertrennlich zu sein. Beruflich wie privat, dachte Hansen.

»Morgen, Laura. Dein Stefan befragt den Nachbarn, der das unsägliche Vergnügen hatte, die Leiche zu finden. Kollege Kochs hatte recht. Es ist wirklich eine ganz schöne Sauerei hier, wenn ich mich so umblicke«, stellte Hansen nüchtern fest.

»Allerdings. Fragmente der Schädeldecke und Teile des Gehirns sind im kompletten hinteren Bereich des Zimmers verteilt. Mir gehen allmählich die Nummerntafeln für die Markierung des Tatortes aus.«

»Und Sie sind der neue Kollege im Team?«, wandte sich Hansen jetzt an den jungen Mann, der damit beschäftigt war, eine der von Decker erwähnten Tafeln zu platzieren, um ein weiteres Fundstück zu markieren.

»Das ist richtig, Herr Hauptkommissar. Mein Name ist Sebastian Maurer«, erwiderte er und streckte seine Hand zur Begrüßung aus.

»Mein Name ist Hansen. Aber wir duzen uns alle hier. Ich bin Karl«, erwiderte der Hauptkommissar und schüttelte kräftig Maurers Hand.

»Freut mich sehr, Sie, ich meine natürlich dich, kennenzulernen. Dein Ruf eilt dir ja schon voraus. Ich bin Sebastian.«

»Gut, dann wären die Formalitäten ja jetzt geklärt. Sven meinte, dass der Tote Journalist war.«

»Darf ich vorstellen: Jürgen Wolf. Seines Zeichens Enthüllungsjournalist«, meinte Decker und zeigte auf die Leiche.

»Muss man ihn kennen?«

»Man muss nicht, aber man könnte. Er hat unter anderem letztes Jahr den Bestechungsskandal rund um den geplanten

Windpark in der Eifel aufgedeckt.«
»Daran kann ich mich erinnern. Aber wer den Artikel damals geschrieben hat, habe ich nicht gewusst.«
»Sven hat dir ja schon etwas über den möglichen Tathergang erzählt. Wie du siehst, haben wir in der Fensterscheibe direkt vor dem Schreibtisch das Eintrittsloch eines Projektils. Ich gehe davon aus, dass der Schuss aus dem kleinen Waldstück dort drüben im Wurmtal abgegeben wurde. Das müssen so an die zweihundertfünfzig Meter sein. Also das Werk eines geübten Scharfschützen, wenn du mich fragst.«
»Ein Enthüllungsjournalist, der von einem Sniper erschossen wurde. Könnte mit einer Story zu tun haben, an der er gerade gearbeitet hat. Möglicherweise haben wir es hier mit einem Auftragsmord zu tun«, vermutete Hansen.
»Da könntest du recht haben. Wir haben nämlich bisher nichts gefunden, was nur im Entferntesten darauf hindeutet, dass das hier das Arbeitszimmer eines Journalisten ist. Keinen Computer, keine Kamera, keine Aufzeichnungen. Einfach nichts. Und da Wolf, wie du wahrscheinlich auch schon festgestellt hast, nicht gerade zu den ordentlichsten Menschen gehört hat, können wir mit Bestimmtheit sagen, dass hier bis vor Kurzem ein Laptop stand. Schau dir mal das Rechteck an, das sich deutlich vom Staubrand abzeichnet. Gleich neben dem unappetitlich aussehenden Stück Wurst und der Kaffeetasse.«
»Stimmt, Sauberkeit war offensichtlich nicht Wolfs oberste Priorität«, erwiderte Hansen, nachdem er einen kurzen Blick auf den Schreibtisch geworfen hatte.
»Hier hat sich jemand die größte Mühe gemacht, alles mitgehen zu lassen, was nur annähernd mit Wolfs Arbeit zu tun

hat. Dazu passen die Spuren, die wir am Schloss der Haustür gefunden haben. Da hat sich eindeutig jemand widerrechtlich Zutritt verschafft. Wir haben zwar die restlichen Räume des Hauses noch nicht unter die Lupe genommen. Aber ich bin mir jetzt schon sicher, dass wir nichts finden werden, was mit Wolfs Nachforschungen zu tun hat.«

»Wenn der Tod des Journalisten tatsächlich mit einer aktuellen Story im Zusammenhang steht, muss er an einer ziemlich brisanten Geschichte dran gewesen sein. Wenn jemand dafür bereit ist zu töten, ...«

Hansen hatte den Satz noch nicht beendet, als er Stimmen im Flur hörte. Riedmann kam die Treppe herauf und unterhielt sich mit jemandem.

»Das dürfte unser allseits geschätzter Doktor Bode sein«, meinte Decker, die offenbar Hansens Gedanken erraten hatte.

»Hörte ich da gerade meinen Namen? Guten Morgen zusammen«, begrüßte der Gerichtsmediziner die Anwesenden, die seine Begrüßung freundlich erwiderten. »Na ja, so gut ist der Morgen dann doch nicht«, fügte er hinzu, als er einen Blick auf den Leichnam warf und die Hinterlassenschaften auf dem Teppich sowie an der Wand entdeckte. Er öffnete seinen mitgebrachten Koffer, holte ein Paar Einweghandschuhe und einige Instrumente heraus, die er für die Untersuchung der Leiche vor Ort benötigte.

»Konnten die Vollmanns helfen, Stefan?«, wandte Hansen sich an den Kollegen.

»Nein, nicht wirklich. Weder Christoph Vollmann noch seine Frau haben am Montag oder an einem anderen Tag etwas Ungewöhnliches bemerkt.«

»Das war zu befürchten. Wir können von Glück reden, dass der Nachbar den Toten so schnell gefunden hat. Was sagt denn die Rechtsmedizin zum möglichen Todeszeitpunkt? Wir vermuten ja, dass der Mann am Montag erschossen wurde«, wandte sich Hansen an Bode.

»Wäre ich vom CSI, könnte ich Ihnen das sicherlich jetzt schon beantworten. Aber wir sind hier leider nicht im Fernsehen. Ein bisschen mehr Zeit müssen Sie mir dann doch schon einräumen, damit ich mir eine fachmännische Meinung bilden kann. Ich habe gerade einmal die Latexhandschuhe angezogen und einen ersten Blick auf das Opfer geworfen«, erwiderte Bode mit leichtem Kopfschütteln.

Manchmal erinnerte der Rechtsmediziner Hansen an Professor Boerne aus dem Münsteraner Tatort. Immer ein wenig borniert. Aber wie der Kollege gerade richtigerweise festgestellt hatte, waren sie hier nicht im Fernsehen und vor allem war er nicht Kommissar Thiel. Obwohl er immerhin das Hamburger Blut mit dem berühmten Fernsehkommissar gemeinsam hatte.

Hansen, Riedmann, Decker und Sebastian Maurer beobachteten Bodes Arbeit mit Neugier. Er überprüfte zunächst die Lebertemperatur des Toten. Mit einem zweiten Thermometer maß er die Raumtemperatur. Dann kontrollierte Bode, ob er die Totenflecken wegdrücken konnte, was allerdings nicht der Fall war, wie Hansen erkannte. Schließlich kontrollierte er die Eintrittswunde der Patrone im Stirnbereich und begutachtete das Ausmaß der Austrittswunde. Nach Abschluss der Untersuchungen sprach er ein paar Informationen in sein Diktiergerät.

»Ich schätze, dass der Mann etwa sechsunddreißig bis acht-

undvierzig Stunden tot ist«, sagte er schließlich in die Runde. »Genauer lässt sich das im Moment nicht bestimmen.«
»So wie wir vermutet haben. Das ist eine Menge Zeit für den Killer, um unterzutauchen«, erwiderte Hansen.
»Wenn hierfür ein Profi verantwortlich ist, und daran besteht für mich überhaupt kein Zweifel, ist der über alle Berge«, meinte Decker.
»Ein Profikiller?«, fragte Riedmann skeptisch.
»Ein einziger Schuss aus etwa zweihundertfünfzig Metern, der das Opfer getötet hat. Ein Enthüllungsjournalist, bei dem eingebrochen wurde, um seinen Laptop und seine Aufzeichnungen zu stehlen. Was glaubst du, wer das war? Ein Jäger, der eigentlich einen Hirsch erschießen wollte und unglücklicherweise den Mann hier erwischt hat? Und um seine Tat zu vertuschen, bricht er hier ein und lässt alles verschwinden, was mit der Arbeit des Journalisten zu tun haben könnte, um uns in die Irre zu führen?«, erwiderte Decker sarkastisch.
Lauras spitze Zunge machte also auch nicht vor ihrem eigenen Freund halt, dachte Hansen, der sich ein Grinsen nicht verkneifen konnte.
»Gute Theorie«, konterte Riedmann trocken.
»Ich unterbreche dieses Schauspiel ja nur sehr ungern«, mischte sich Bode in die Unterhaltung ein. »Aber ich wäre fürs Erste hier fertig. Wenn Sie keine Einwände haben, lasse ich den Leichnam in die Rechtsmedizin bringen. So wie ich Hauptkommissar Hansen kenne, hätte er das Ergebnis der Obduktion lieber gestern als heute.«
»Wir müssen noch ein paar Fotos machen. Aber dann können Sie Wolf abholen lassen«, erwiderte Decker.

»Gut, rufen Sie mich einfach an, wenn Sie so weit sind, Frau Decker. Ich wünsche Ihnen allen noch einen angenehmen Tag.« Damit verabschiedete sich Bode.
»Sind das eigentlich Geschossfragmente da vorne in der Wand?«, wollte Hansen wissen, nachdem der Rechtsmediziner den Raum verlassen hatte. In der blassblauen Tapete sah man graue Einsprengsel des darunter liegenden Putzes.
»Vermutlich, ja. Darum kümmere ich mich gleich.«
»Dann schlage ich jetzt vor, dass wir zurück ins Präsidium fahren, Stefan. Hier gibt es ohnehin nichts mehr, was wir tun können«, meinte Hansen.
»Ihr Glücklichen. Wir werden hier noch eine Weile beschäftigt sein«, entgegnete Decker. »Der oder die Täter waren im ganzen Haus unterwegs. Vielleicht finden wir ja verwendbare Spuren. Und das kleine Waldstück muss auch noch untersucht werden. Allerdings bezweifle ich, dass es wegen des Neuschnees noch Spuren gibt, die wir dort finden könnten.«
»Dann drücken wir euch mal die Daumen. Und wir verabschieden uns jetzt. Bis später. Komm, Stefan.«
Unten im Eingangsbereich trafen die Ermittler noch einmal auf Kochs. Er war gerade damit beschäftigt, die Haustür zu untersuchen. Zu diesem Zweck trug er mit einem Pinsel Rußpulver auf, um kaum sichtbare Fettrückstände sichtbar zu machen, die durch Fingerabdrücke entstanden sein könnten. Kochs bestätigte, dass es Hinweise darauf gab, dass das Schloss geknackt wurde.
Hansen und Riedmann fuhren gerade die Talstraße entlang, als ihnen der Dienstwagen ihrer Kollegen Markus Beck und Jens Marquardt entgegenkam. Beide Autos stoppten auf gleicher Höhe. Riedmann und Beck ließen die Fenster der

Fahrerseite hinunter.
»Tut uns leid«, ergriff Beck sofort das Wort. »Aber ein LKW hatte sich in der Nähe quergestellt und beide Fahrbahnen blockiert. Der Fahrer aus Litauen war bei dem Wetter tatsächlich mit Sommerreifen unterwegs. Es hat eine Ewigkeit gedauert, bis der LKW abgeschleppt werden konnte.«
»Ich hatte mich schon gefragt, wo ihr bleibt?«, erwiderte Hansen vom Beifahrersitz aus. »Ihr könnt aber gleich wieder umkehren. Wir fahren zurück ins Präsidium. Alles Weitere dann später.«

2. Kapitel

Zwanzig Minuten später saßen die vier Ermittler zu einer ersten Lagebesprechung im Besprechungsraum der Mordkommission.
»Ich möchte alles über Jürgen Wolf wissen«, erklärte Hansen, nachdem er Marquardt und Beck über die Geschehnisse in Kohlscheid aufgeklärt hatte. »Woran er früher gearbeitet hat. Womit er sich aktuell beschäftigt hat. Wem er dabei auf die Füße getreten sein könnte. Handydaten. Das Übliche halt. Darum kümmert ihr euch, Markus. Stefan, wir beide befragen erst mal Personen aus dem näheren Umfeld des Toten. Wir fangen mit den Familienangehörigen an. Besorg uns bitte einmal ein paar Adressen, die wir abklappern können.«
Damit war die Besprechung beendet und alle erhoben sich.
Riedmanns Ausbeute nach zwei Stunden Suche in Daten-

banken und im Internet war überschaubar. Jürgen Wolf war nicht verheiratet gewesen. Sein Vater war bereits vor neun Jahren an Krebs gestorben. Die Mutter lebte, wie er erfuhr, in einem Pflegeheim. Sie litt an Demenz im fortgeschrittenen Stadium. Eine Befragung ergab daher keinen Sinn. Vom Tod ihres Sohnes würde sie nie erfahren. Die nächste Angehörige von Wolf war die Schwester, Martina Neustätter. Sie lebte mit ihrem Mann und ihrer Tochter in Alsdorf. Riedmann kündigte sich ihr telefonisch an, um sicherzugehen, dass sie nicht vergeblich in die ehemalige Kohlestadt fuhren. Den Grund für ihren Besuch hatte er nicht weiter konkretisiert, lediglich erwähnt, dass sie ein paar Fragen wegen ihres Bruders hätten. Aber Martina Neustätter fragte auch nicht weiter nach.

Eine Nachricht vom Tod eines Familienangehörigen zu überbringen, war schon schwer genug. Doch das am Telefon zu erledigen, wäre mehr als unpassend gewesen, fand Riedmann. Also befanden sich die beiden Ermittler gegen fünfzehn Uhr auf dem Weg in die Luisenstraße. Die Fahrt ging quälend langsam voran. Auf der Würselener Straße bewegte sich der Verkehr auch nur im Schneckentempo. Kaum, dass ein wenig Schnee lag, fuhren viele Autofahrer ängstlich und zögerlich. Wahrscheinlich war der Litauer nicht der einzige mit Sommerreifen, dachte Riedmann verärgert.

3. Kapitel

Es dauerte geschlagene fünf Minuten, bis Martina Neustätter wieder in der Lage war, das Gespräch mit den beiden Ermittlern fortzusetzen. Die Nachricht vom Tod ihres Bruders hatte einen regelrechten Weinkrampf bei der Frau ausgelöst. Jetzt saß die unscheinbar aussehende Enddreißigerin mit verheulten Augen und einem Taschentuch in der linken Hand den Ermittlern in einem gemütlich eingerichteten Wohnzimmer gegenüber. Sie war sichtlich darum bemüht, die Fassung zu wahren.

»Es tut uns sehr leid, was Ihrem Bruder widerfahren ist, Frau Neustätter«, begann Hansen. Auf Einzelheiten zum Tod von Jürgen Wolf hatte er zunächst verzichtet. »Hatten Sie ein enges Verhältnis?«

Für einen kurzen Moment befürchtete Hansen, dass sie wieder anfing zu weinen. Ihre Unterlippe zitterte bedenklich. Es war offensichtlich, dass sie mit ihren Tränen kämpfte. Aber schließlich atmete sie einmal tief durch, schniefte kurz in ihr weißes Taschentuch, das sie in der zur Faust geballten Hand festhielt, und antwortete mit leiser Stimme.

»Jürgen war mein großer Bruder«, begann sie. »Er war zwar manchmal ein ganz schöner Idiot. Aber ich habe ihn geliebt! Also ja, wir hatten ein enges Verhältnis. Insbesondere seit dem Tod unseres Vaters.«

»Wie oft haben Sie sich gesehen?«

»Nicht so oft. Er war ja viel unterwegs. Manchmal haben wir uns wochenlang nicht gesehen. Aber immer, wenn er Zeit hatte, ist er vorbeigekommen. Jürgen ist, war, der Patenonkel von unserer Sabrina. Die Kleine hat ihren Onkel abgöttisch geliebt. Und Jürgen war ganz vernarrt in unsere Tochter. Oh Gott, ich weiß gar nicht, wie ich der Kleinen erklären soll, dass Onkel Jürgen tot ist und er nie mehr mit ihr herumtoben wird.« Wieder schnäuzte sie in das Taschentuch.

»Wissen Sie zufällig, ob Ihr Bruder aktuell an einer Enthüllungsgeschichte gearbeitet hat und wenn ja, an welcher?«

»Jürgen hat immer an irgendetwas gearbeitet. Aber er hat nie darüber gesprochen. Wir haben erst davon erfahren, wenn mal wieder ein Artikel im Spiegel, Stern oder wo auch immer veröffentlicht wurde. Er war sehr eigen, wenn es um seine Arbeit ging.«

»Hatte Ihr Bruder Feinde?«

»Die hatte er ganz bestimmt. Jürgen hat mit seinen Veröffentlichungen das Leben mancher Menschen ruiniert. Er wurde mehr als nur einmal verprügelt. Die Ironie an der Geschichte ist, dass ich schon vor Jahren gesagt habe, dass ihn die Arbeit einmal seinen Kopf kosten würde. Glauben Sie, dass mein Bruder wegen der Recherchen, die er durchgeführt hat, ermordet wurde?«

»Wir wissen es nicht«, räumte Hansen ein. »Wir stehen ja noch am Anfang unserer Untersuchungen und ermitteln in alle Richtungen. Aber es könnte durchaus sein, dass der Tod Ihres Bruders im Zusammenhang mit seiner Arbeit steht. Es hat den Anschein, dass der Mörder sich Mühe gegeben hat, alles verschwinden zu lassen, was mit seiner Tätigkeit zu tun hat. Der Laptop Ihres Bruders wurde gestohlen. Und persönliche Aufzeichnungen wurden auch nicht gefunden.«

»Ich hab's immer gewusst, dass das einmal passieren würde. Da fällt mir ein, Jürgen hatte immer ein kleines Notizbuch

dabei. Und er hatte so ein elendig teures Smartphone. Ohne das hat er das Haus nicht verlassen. Damit hat er zum Beispiel auch seine Interviews aufgenommen.«
»Dann hat das der Mörder offensichtlich auch mitgehen lassen«, meinte Hansen an Riedmann gewandt. »Sie erwähnten, dass Ihr Bruder mehrfach verprügelt wurde. Wissen Sie mehr darüber, Frau Neustätter?«
»Nein. Er hat immer nur gesagt, dass das eben Berufsrisiko wäre. Er hat das auch nie zur Anzeige gebracht. Für ihn war das Teil seines Jobs. So ein Dummkopf!«
»Aber von einer konkreten Bedrohung hat er Ihnen gegenüber nicht gesprochen?«
»Nein, selbst wenn er bedroht worden wäre, hätte er nicht mit mir darüber gesprochen, um mich nicht unnötig zu beunruhigen.«
»Kennen Sie weitere Personen aus dem Umfeld Ihres Bruders? Freunde, Bekannte? Hatte er zum Beispiel eine Freundin?«
»Jürgen war nicht gerade ein beziehungsfreudiger Mensch. Die Frauen haben es nie lange mit ihm ausgehalten. Bei ihm kam zu allererst seine Arbeit. Und auch sein Freundeskreis war eher überschaubar. Sie sollten vielleicht einmal mit Dieter sprechen. Dieter Abel. Er ist ebenfalls Journalist. Aber kein freier, so wie Jürgen. Dieter arbeitet bei der AZ. Er war so etwas wie der beste Freund. Sonst weiß ich leider nicht, zu wem Jürgen engeren Kontakt hatte.« Wieder schossen Martina Neustätter Tränen in die Augen.
Hansen hatte keine weiteren Fragen mehr, Riedmann anscheinend auch nicht. Mitfühlend blickte dieser die Schwester des Toten an.

»Fürs Erste wären wir hier fertig, Frau Neustätter. Wir melden uns bei Ihnen, sollten wir weitere Fragen haben. Sie können mich jederzeit anrufen«, sagte Hansen und legte seine Visitenkarte auf den rustikalen Wohnzimmertisch.
»Danke. Allerdings habe ich noch eine Frage«, meinte Neustätter, die sich langsam wieder beruhigt zu haben schien. »Wann kann die Beerdigung stattfinden, Herr Kommissar? Mein Mann und ich müssen uns ja jetzt um alles kümmern.«
»Das wird noch etwas dauern. Ich sorge dafür, dass man Sie benachrichtigt, wenn der Leichnam freigegeben wird. Wann das sein wird, kann ich allerdings im Moment noch nicht absehen. Wir finden dann alleine hinaus.«
Martina Neustätter nickte nur und blickte zu Boden, um ihre Tränen zu verbergen.
»Ich nehme mal an, dass du jetzt einen Abstecher zum Zeitungsverlag machen möchtest?«, meinte Riedmann im Hausflur des Mehrfamilienhauses.
»Du kannst Gedanken lesen, Stefan.«

4. Kapitel

»Guten Tag, die Herren. Da haben Sie wirklich Glück gehabt, dass Sie mich noch erwischen. Ich wollte gerade nach Hause gehen. Sabine, unsere Empfangsdame, hat Ihren Besuch angekündigt und mir gesagt, dass Sie mit dem Fahrstuhl unterwegs sind. Dieter Abel ist mein Name.«
Abel hatte bereits vor dem Aufzug auf die beiden Ermittler

gewartet. Direkt vor der Glastür, die zur Sportredaktion des Aachener Zeitungsverlages führte, wo er als Journalist arbeitete. Der Mann entsprach rein äußerlich so gar nicht dem Ideal eines Sportfachmannes. Abel war stark übergewichtig. Dank seines riesigen Schnäuzers erinnerte er ein wenig an ein Walross. Und so behäbig bewegte er sich auch, als er auf die beiden Ermittler zusteuerte.

»Hauptkommissar Hansen und das ist mein Kollege, Herr Riedmann.« In Abels Augen lag eine gewisse Wärme, stellte Hansen fest.

»Wie kann ich Ihnen helfen?«

»Können wir uns vielleicht irgendwo in Ruhe unterhalten?«

»Natürlich, wie unhöflich von mir. Wir können in unser Büro gehen. Da sind wir ungestört. Meine beiden Kollegen sind bei der Handball-WM im Einsatz. Darf ich Ihnen etwas zu trinken anbieten?«

»Ein Kaffee wäre nicht schlecht«, erwiderte Hansen.

»Für mich bitte auch«, sagte Riedmann.

»Dann folgen Sie mir bitte. Wir haben eine Senseomaschine in unserem Büro. Da zaubere ich uns schnell drei Tassen.«

Sie gingen den Flur entlang, vorbei an mehreren Büros, in denen offensichtlich noch gearbeitet wurde. Jedenfalls brannte Licht in den Räumen, wie man erkennen konnte. Abels Büro lag am Ende des Flurs. Dem Namensschild neben der Bürotür nach teilte er sich den Raum mit zwei weiteren Kollegen. Wie der Journalist erwähnt hatte, war der Raum verwaist. Abel deutete auf zwei Stühle. Während die Ermittler noch ihre Winterjacken ablegten, lief bereits der erste Kaffee durch die Maschine. Glücklicherweise war das Sitzmobiliar nicht halb so unbequem, wie es den Anschein

hatte, dachte Hansen, als er sich setzte.
»Milch, Zucker?«, wollte Abel wissen.
»Danke, ich trinke meinen Kaffee schwarz«, erwiderte Hansen.
»Bitteschön«, entgegnete Abel, der das wärmende Gebräu an den Hauptkommissar weiterreichte.
»Etwas Zucker, bitte«, meinte Riedmann, als Abel ein Kaffeepad in die Maschine legte und die zweite Tasse durchlaufen ließ.
Nachdem auch die dritte Tasse Kaffee zubereitet war und Abel sich unter laut vernehmbarem Ächzen in seinen robusten Bürostuhl gezwängt hatte, konnte die Befragung beginnen.
»So, dann würde ich jetzt gerne den Anlass Ihres Besuches erfahren.«
»Sie haben es also noch nicht gehört?«, wunderte sich Hansen.
»Was soll ich gehört haben?«
»Herr Abel, ich muss Ihnen leider mitteilen, dass Jürgen Wolf tot aufgefunden wurde. Wir dachten, dass es sich schon bis zu Ihnen herumgesprochen hätte. Wir haben von der Schwester erfahren, dass Sie beide enger befreundet waren.«
»Verdammte Scheiße. Der Tote in Kohlscheid war Jürgen?«, erwiderte Abel entsetzt. »Ich habe natürlich von der Sache gehört. Wir berichten ja in der morgigen Ausgabe darüber. Aber ich hatte nicht die geringste Ahnung, dass es sich dabei um Jürgen handelte. Ist ja auch nicht mein Ressort, wie Sie ja bereits festgestellt haben«, fuhr Abel fort und trank erst einmal einen großen Schluck Kaffee.

»Wann haben Sie Herrn Wolf zuletzt gesehen?«
»Das ist schon länger her. Aber wir haben erst letzte Woche miteinander telefoniert.«
»Dabei hat Ihr Freund nicht zufällig erwähnt, woran er gerade gearbeitet hat?«
»Ha, wo denken Sie denn hin?«, entgegnete Abel und schlug mit der flachen Hand auf den Schreibtisch. »Jürgen war ein Geheimniskrämer, wenn es um seine Storys ging. Der hat nie darüber gesprochen. Mein Gott, ich kann es noch gar nicht glauben, dass er tot sein soll. War es wirklich ein Profikiller?«
»Wer sagt denn so was?«
»Wird hier im Haus erzählt.«
»Ich hoffe doch sehr, dass in dem Artikel morgen nicht in dieser Hinsicht spekuliert wird?«, erwiderte Hansen.
»Da ich den Inhalt des Artikels nicht kenne, kann ich Ihnen dazu leider nichts sagen. Da müssten sie schon den Chefredakteur fragen. Aber Ihrer Reaktion entnehme ich, dass es stimmt.«
»Sagen wir es einmal so. Es besteht der Verdacht, ja. Aber das ist nicht für die Öffentlichkeit bestimmt«, meinte Hansen an seinem Kaffee nippend. Ihm war das Gebräu immer noch viel zu heiß und er fragte sich, wie Abel den Kaffee so problemlos trinken konnte. Wahrscheinlich war er auch inwendig dicker gepolstert.
»Ich verstehe«, erwiderte Abel.
»Können Sie uns Namen weiterer Freunde oder von Bekannten nennen, mit denen Herr Wolf in Kontakt stand?«
Abel überlegte einen Moment, bevor er antwortete.
»Wenn ich ehrlich sein soll, fällt mir da eigentlich nur eine

Person ein. Peter Grabowski. Die beiden kennen sich aus der gemeinsamen Zeit bei der FAZ. Und ich weiß, dass sie sich gelegentlich getroffen haben.«

»Sie wissen nicht zufällig, wo der Mann wohnt?«

»Leider nein. Ich würde an Ihrer Stelle mal bei den Kollegen der FAZ nachfragen. Soviel ich weiß, arbeitet Grabowski da immer noch.«

»Danke, das werden wir machen.«

»Frau Neustätter hat uns gegenüber angedeutet, dass Wolf aufgrund seiner Recherchen und Artikel immer wieder in Schwierigkeiten geraten ist. Er wurde mehrfach Opfer gewaltsamer Übergriffe. Wissen Sie Genaueres darüber?«

»Wie ich bereits erwähnte, war Jürgen ein Geheimniskrämer. Das ist wohl eine Begleiterscheinung, wenn man investigativen Journalismus betreibt. Ich kenne das auch von anderen Kollegen. Mir ist zwar bekannt, dass er hin und wieder Prügel einstecken musste. Aber mehr weiß ich leider auch nicht.«

»Ist Ihnen bekannt, ob er Feinde hatte?«

»Die hatte er ganz bestimmt. Aber Sie brauchen mich gar nicht erst nach Namen fragen. Die sind mir nicht bekannt. Ich gehe davon aus, dass Sie sich im Zuge Ihrer Ermittlungen auch mit den Artikeln beschäftigen werden, die Jürgen verfasst hat. Ich denke, das ist die beste Möglichkeit, mehr zu erfahren«, erwiderte Abel und leerte seine Tasse.

»Schade, wir hatten gehofft, dass Sie uns mehr Namen nennen könnten. Ich denke, wir sind dann auch fertig. Sollten wir weitere Fragen haben, wissen wir ja, wo wir Sie finden können. Und falls Ihnen noch etwas einfallen sollte, haben Sie hier meine Karte«, sagte Hansen und reichte Abel eine

seiner Visitenkarten rüber.
»Ich kann es immer noch nicht fassen, dass es sich bei dem Mordopfer um Jürgen handelt. Ich hoffe, dass Sie das Schwein schnell fassen. Jürgen war ein guter Freund. Ein wenig eigen, aber das bringt der Beruf einfach so mit sich.«
»Sie können uns glauben, dass wir alles daransetzen, den Fall so schnell wie möglich aufzuklären. Einen angenehmen Abend noch«, erwiderte Hansen und verabschiedete sich. Auch Riedmann stand auf, um sich zu verabschieden. Seine leere Kaffeetasse stellte er neben Hansens nahezu unberührter Tasse ab.
»Ihnen auch.«

5. Kapitel

»Nach allem, was wir bisher herausgefunden haben, war Wolf einer der bekanntesten Enthüllungsjournalisten in Deutschland«, begann Marquardt. Gleich nachdem Hansen und Riedmann ins Präsidium zurückgekehrt waren, hatten sie sich erkundigt, ob es den Kollegen bereits gelungen war, Informationen zusammenzutragen. Was der Fall war.
»Wolf wurde am 27. Februar 1974 in Würselen geboren, der Rest seiner Vita bis einschließlich seines abgeschlossenen Studiums ist unspektakulär. Deshalb überspringe ich das jetzt einmal. Nach dem Studium hat er bei der Frankfurter Allgemeinen Zeitung den Grundstein für seine spätere Karriere gelegt. Er hat dort schon durch seine kritische Berichterstattung auf sich aufmerksam gemacht. 2009 hat er den

Otto-Brenner-Preis für Journalisten erhalten. Der Preis wird für kritischen Journalismus vergeben. Wolf hat ihn für einen Artikel mit dem Titel: *Deutschland strahlt* erhalten. Er hatte herausgefunden, dass Mitarbeiter der Deutschen Atomaufsichtsbehörde die Untersuchungsergebnisse zweier Atommeiler in Rheinland-Pfalz und Baden-Württemberg gegen entsprechendes Entgelt frisiert hatten. Nach der Veröffentlichung seiner Ergebnisse wurden beide Atomkraftwerke umgehend stillgelegt. Es gab einige Verhaftungen und später auch Verurteilungen der Beteiligten.«

»Da sollte sich die belgische Regierung einmal ein Beispiel dran nehmen, wenn ich da an Thiange und Doel denke. Im Gegensatz zu dem Skandal, den Wolf damals aufgedeckt hat, weiß hier allerdings jeder über die Missstände Bescheid, aber nichts passiert!«, unterbrach Riedmann die Ausführungen seines Kollegen.

»Jedenfalls war das Wolfs größter Coup, bevor er als freier Journalist weiterarbeitete«, fuhr Beck unbeirrt fort. »Wobei die anderen Enthüllungsstorys auch nicht ohne waren. Er hat einige Wirtschaftsmanager in arge Erklärungsnot gebracht, weil er herausgefunden hatte, dass sie sich während der Finanzkrise die eigenen Taschen vollgemacht haben. Ich sage nur Bankenrettungsschirm. Auch weitere brisante Aufdeckungen von Korruptionsfällen gehen auf sein Konto. So unter anderem sein letzter großer Artikel über den geplanten Windpark in der Eifel aus dem vergangenen Jahr. Das war schon höchst erstaunlich, wer da alles die Hand aufgehalten hat, um das Projekt gegen alle vorhandenen Widerstände durchzusetzen. Von dem gefälschten Gutachten ganz zu schweigen.«

»Das bedeutet, dass die Liste der Feinde und somit der potenziellen Verdächtigen, die einen Auftragsmord in Auftrag gegeben haben könnten, sehr lang sein dürfte«, stellte Hansen fest. »Sein Tod muss also nicht zwingend mit einer aktuellen Geschichte im Zusammenhang stehen.«
»Aber warum sollte sein Mörder dann sämtliche Unterlagen und den Computer vom Tatort entfernen?«
»Das ist auch wieder wahr. Habt ihr sonst noch etwas für uns, Markus?«
»Nichts Auffälliges. Sein Haus in Kohlscheid hatte er vor acht Jahren gekauft. Das Darlehen lief noch dreizehn Jahre. Vermögenswerte gab es kaum. Siebentausend Euro hatte er auf seinem Sparbuch. Die Auswertung der Handydaten läuft noch. Wir haben eben die Daten vom Provider erhalten. Ich habe aber schon einen kurzen Blick darauf geworfen. Wenn ihr mich fragt, stimmt da was nicht.«
»Wie meinst du das?«
»Er hat kaum Gespräche geführt. Selbst meine siebzigjährige Mutter telefoniert häufiger. Immerhin war der Mann Journalist. Da sollte man doch davon ausgehen, dass er häufig telefoniert.«
»Da ist was dran. Zumal die Schwester des Toten bei der Befragung erwähnt hat, dass Wolf sein Smartphone intensiv für seine Recherchen genutzt hat«, meinte Hansen.
»Vielleicht hatte er ein zweites Handy, das er für Recherchezwecke genutzt hat«, schlug Riedmann vor.
»Das haben wir auch vermutet«, erwiderte Beck. »Allerdings haben wir keine weitere Rufnummer gefunden, die auf Wolf zugelassen war. Wenn er ein zweites Handy hatte, dann war es wahrscheinlich ein älteres Prepaidhandy. Damit haben

wir kaum eine Chance, an Verbindungsdaten heranzukommen.«

»Wissen wir zufällig, ob er eine Datencloud hatte? Wenn ja, wären vielleicht nicht alle Informationen für uns verloren. Dann könnten wir unter Umständen sogar herausfinden, woran Wolf zuletzt gearbeitet hat«, meinte Riedmann.

»Was das angeht, müssen wir dich leider enttäuschen. Auf diese Idee sind unsere Cyberjungs auch schon gekommen und haben das gleich überprüft. Er hatte keine Cloud. Das ist auch kein Wunder. Er hatte keine allzu hohe Meinung von diesen Dingen, wie er einmal in einem sehr kritischen Bericht über den Umgang mit scheinbar sicheren Daten geschrieben hat.«

»Mit anderen Worten, wir wissen nicht, wo wir ansetzen sollen?«, seufzte Hansen. »Bodes Bericht war auch nicht hilfreich. Er hat mich eben angerufen, als wir auf dem Rückweg von der Befragung von Dieter Abel waren. Im Großen und Ganzen hat er das bestätigt, was er bereits am Tatort gemutmaßt hat. Zur Tatwaffe konnte er nichts weiter sagen. Hoffen wir also, dass unsere Ballistiker anhand der Geschossfragmente etwas herausfinden. Und Lauras Bericht liegt ja noch nicht vor. Aber das ist auch kein Wunder. Sie waren bis zum späten Nachmittag noch am Tatort beschäftigt. Für heute schlage ich vor, dass wir erst einmal Feierabend machen.«

6. Kapitel

Donnerstag, 24. Januar 2019

Mit einem Müsliriegel zwischen den Zähnen, einem Schnellhefter unter dem rechten Arm und einer Teetasse in der linken Hand betrat Laura Decker den Besprechungsraum der Mordkommission. Sie nuschelte so etwas wie »Guten Morgen« und setzte sich auf ihren angestammten Platz.
»Da wir ja jetzt vollständig sind, können wir anfangen. Laura, was kannst du uns über den gestrigen Fundort erzählen?«, begann Hansen die Besprechung.
Decker schob sich das letzte Stück ihres Müsliriegels in den Mund, leckte sich die klebrigen Finger ab und trank noch einen Schluck Tee, bevor sie loslegte.
»Sorry, hatte noch keine Zeit fürs Frühstück«, sagte sie entschuldigend. »Also, wo fange ich am besten an? Ach ja. Es gab am Tatort keine Fingerabdrücke, die wir dem Täter zuordnen können. Er hat wahrscheinlich Handschuhe getragen. Wir haben zwar einen Fingerabdruck am Türschloss der Haustür gefunden, aber den konnten wir in der Zwischenzeit dem Nachbarn, diesem Christoph Vollmann, zuordnen. Wir haben nicht den geringsten Schnipsel Papier im Haus gefunden, der uns einen Hinweis auf die aktuelle journalistische Tätigkeit des Opfers gegeben hätte. Nur Material zu älteren Recherchen haben wir sicherstellen können. Des Weiteren haben wir weder ein Handy, eine Fotokamera noch sonstige technische Geräte finden können, die er für seinen Job benutzt haben könnte. Keine Computer, Speicherkarten, externen Festplatten oder USB-Sticks. Einfach

gar nichts.«

»Wie sieht es mit der Schussstelle aus?«, erkundigte sich Hansen.

»Es ist uns nicht gelungen, die Stelle zu finden, von der der Schuss abgegeben wurde. Wir konnten sie nur ungefähr bestimmen. Der Schnee hat, wie ich bereits vermutet hatte, alle Spuren vernichtet. Eine Patronenhülse haben wir auch nicht gefunden, obwohl wir den Metalldetektor im Einsatz hatten. Und dann hätten wir noch die Auswertung der Handydaten. Markus hat recht, da gibt es nichts Auffälliges. Stefan sagte mir, dass ihr davon ausgeht, dass Wolf ein zweites Handy benutzt haben könnte. Ich vermute mal, dass ihr damit richtig liegt.«

»Man könnte es auch so zusammenfassen: Uns fehlt weiterhin ein Ansatzpunkt«, resümierte Hansen.

»Was unseren Teil angeht, auf jeden Fall«, erwiderte Decker.

»Konnten wir mittlerweile Kontakt zu diesem Peter Grabowski herstellen?«, fragte Hansen in die Runde.

»Yipp«, erwiderte Marquardt salopp. »Aber der wird uns aktuell wohl auch nicht weiterhelfen können. Er befindet sich seit zwei Monaten im Ausland auf einem Selbstfindungstripp oder so was Ähnlichem. Er ist jedenfalls nur schwer zu erreichen. Er hat laut einem Kollegen von der FAZ ein Sabbatical eingelegt. Wir bleiben aber dran.«

7. Kapitel

Heike Berger war nervös. In den letzten beiden Tagen hatte sie vergeblich versucht, ihren Kontaktmann auf dem Handy zu erreichen. Als sie heute Morgen die Tageszeitung aufschlug, erfuhr sie auch den Grund dafür. In großen Buchstaben hatte es auf der Titelseite gestanden: Starjournalist Jürgen W. ermordet! Erschossen in seinem eigenen Haus, stand in dem Artikel darunter.

Das konnte unmöglich ein Zufall sein. Und genau das jagte ihr eine Heidenangst ein. Sie musste zur Polizei. Umgehend! Vielleicht hätte sie das schon viel früher tun sollen. Obwohl es ausreichend Gründe dafür gegeben hatte, es nicht zu tun. Aber Wolf hatte ihr bei ihrem ersten Treffen davon abgeraten und ihr das schließlich ausgeredet. Sie hatte sich auf ihn verlassen. Er hatte die ganze Wahrheit ans Licht bringen wollen. Und im Grunde war das auch die richtige Entscheidung gewesen. Schließlich hätte sie die Geschichte ohne seine Hilfe nicht beweisen können. Die Unterlagen, die sie damals gestohlen hatte, reichten bei Weitem nicht aus, um zu beweisen, dass bei Neuendorff-Chemie etwas faul war. Und da kam dann Wolf ins Spiel. Das Ausmaß dessen, was der Journalist nach und nach ans Tageslicht befördert hatte, war selbst für sie eine Überraschung gewesen. Sie waren so kurz davor gewesen ... Aber jetzt war Wolf tot und sie selbst möglicherweise in Gefahr!

Heike Berger hatte gerade den Wintermantel angezogen und ihr Handy eingesteckt, als es an der Haustür ihres Reihenhauses klingelte. Sie stutzte. Wer konnte das sein? Sie ging zur Tür und öffnete sie einen Spalt, ohne die Sicherheitstür-

kette zu entfernen. Sie blickte in das Gesicht einer unbekannten Person.
»Ja, bitte?«
»Guten Morgen. Sind Sie Frau Berger?«
»Ja«, erwiderte sie zögerlich.
»Prima. Dann habe ich hier eine Postsendung für Sie. Persönliche Zustellung. Von einem Herrn Wolf.«
Berger warf einen Blick auf den Briefumschlag. Und tatsächlich, da stand ihr Name. Hatte Wolf geahnt, dass er in Gefahr schwebte und ihr kurz vor seinem Tod wichtige Unterlagen geschickt? Möglich war es.
»Sie müssten mir den Empfang des Umschlags dann bitte quittieren. Allerdings wird das mit der vorgelegten Kette nicht funktionieren. Das Gerät wird nicht durch den Spalt passen«, wurde sie aus ihrem Gedanken gerissen.
Berger warf ihre Bedenken über Bord und entfernte die Kette. Unter Umständen konnten diese Unterlagen nützlich für die Polizei sein. Dann würde sie die gleich mitnehmen können.
»Und ich habe schon befürchtet, Sie lassen mich hier vor der Tür versauern«, entgegnete das Phantom. Mit einer geschmeidigen Bewegung hatte es einen Gegenstand aus der Innentasche seines Wintermantels gezogen. Doch es handelte sich nicht um ein elektronisches Quittierungsgerät, wie Paketzusteller es benutzen, sondern um eine Glock 17 mit Schalldämpfer. Und binnen Sekundenbruchteilen hatte es die verwunderte Heike Berger mit zwei Schüssen erschossen. Ein gezielter Schuss ins Herz. Einer in den Kopf. Mittig in die Stirn. Jeder Schuss für sich genommen war tödlich. Noch ehe Berger wusste, wie ihr geschah, war sie tot. Das

Phantom warf einen kurzen Blick auf die Nachbarhäuser. Denn auch wenn Kino- oder Fernsehfilme das suggerierten, waren Schüsse schallgedämpfter Waffen nicht gänzlich geräuschlos. Aber soweit das Phantom das beurteilen konnte, hatte keiner der Nachbarn in den angrenzenden Häusern etwas mitbekommen. Jedenfalls war hinter den Fenstern niemand auszumachen und keine verräterische Bewegung der Gardinen zu sehen, die ein Indiz dafür sein konnte, dass dort kürzlich eine Person gestanden hatte. Auch auf der Straße waren keine Passanten unterwegs, die Zeugen der Szene hätten werden können.
Sehr schön, dachte das Phantom und schlüpfte durch die offene Haustür in den Flur. Auf den terrakottafarbenen Fliesen breitete sich bereits eine größere Blutlache aus. Das Phantom beugte sich hinunter zu der Toten und durchsuchte die Manteltaschen der Frau. Dabei stellte es Bergers Handy sicher, das in der eigenen Manteltasche verschwand. Dann zog es die Leiche etwa zwei Meter weiter in den Wohnungsbereich hinein, damit man sie durch die Glasscheibe in der Haustür nicht sofort entdeckte. Anschließend begann das Phantom damit, das Haus der Toten systematisch zu durchsuchen. Laptop und auch ein Tablet wanderten in eine mitgebrachte Tasche.
Die Suche nach Dokumenten oder Computerausdrucken, die mit Neuendorff-Chemie in Verbindung standen, gestaltete sich deutlich schwieriger. Der Auftraggeber hatte unmissverständlich klargemacht, dass die Unterlagen, die Berger entwendet hatte, nicht noch einmal in die falschen Hände fallen durften. Außerdem sollte er Ausschau nach Notizen halten, die mit Jürgen Wolf in Zusammenhang standen.

Fast eine Stunde brauchte das Phantom, um die Dokumente aufzuspüren. Berger hatte sich deutlich mehr Mühe gegeben, die Unterlagen zu verstecken, als dieser Journalist. Das Phantom hatte sich schon viel länger in dem Haus aufgehalten, als eingeplant. Und mit jeder weiteren Minute wuchs die Gefahr, entdeckt zu werden. Als die Suche endlich beendet war, warf das Phantom noch einmal einen zufriedenen Blick auf das Chaos, das es veranstaltet hatte. Schließlich sollte es das Team der Spurensicherung nicht zu einfach haben!

8. Kapitel

»Ich stehe vor dem Haus von Heike Berger in der Kirchrather Straße. Im Flur ist überall Blut auf dem Boden zu sehen. Und eine Schleifspur kann man auch erkennen«, meinte der panisch klingende Anrufer, ein Paketzusteller von DHL, mit dem Namen Carsten Mischke.

»Können Sie noch mehr erkennen?«, fragte der Diensthabende von der Leitstelle der Polizei.

»Nein, mehr ist nicht zu sehen. Aber es ist offensichtlich, dass hier etwas Schreckliches passiert ist. Können Sie bitte einen Streifenwagen vorbeischicken?«

»Selbstverständlich. Die Kollegen habe ich bereits informiert und sie sind auf dem Weg zu Ihnen. Bitte bleiben Sie so lange vor Ort, bis der Wagen eintrifft.«

»Aber das geht nicht«, protestierte der Paketfahrer. »Ich muss doch meine Tour fortsetzen.«

»Das kann ich ja verstehen, Herr Mischke. Aber das ist leider nicht möglich. Ich muss Sie noch einmal darum bitten, vor Ort zu bleiben, bis die Kollegen eintreffen. Ein Krankenwagen ist mittlerweile auch schon verständigt und auf dem Weg in die Kirchrather Straße. Da Sie der einzige Zeuge sind, ist es wichtig, dass Sie vor Ort bleiben. Am besten setzen Sie sich so lange in Ihren Wagen«, redete die Stimme beruhigend auf Mischke ein.

»Also gut. Ich warte so lange«, erwiderte er schließlich.

Drei Minuten nach dem Anruf traf der erste Einsatzwagen der Polizei vor dem Reihenhaus von Heike Berger ein. Die beiden Beamten, Polizeiobermeister Siegfried Cremer und Polizeiobermeister Götz Offergeld, waren gerade in der Nähe unterwegs gewesen, als sie den Funkspruch der Leitstelle gehört hatten. Sie ließen sich von Mischke zeigen, was er kurz zuvor entdeckt hatte. Cremer hatte gerade einen Blick durch das Glaselement neben der Haustür geworfen, so wie es der Paketzusteller ebenfalls getan hatte, als der Krankenwagen eintraf. Mischke hatte sich nicht getäuscht, wie Cremer sofort erkannt hatte. Auf dem Fußboden konnte man eindeutig eine verwischte Blutlache und eine davon wegführende Schleifspur erkennen. Die beiden verloren keine weitere Zeit, schlugen das Fenster ein und betätigten die Klinke von innen.

Als die Polizisten in Begleitung des Notarztes den Hausflur betraten, entdeckten sie eine Frau. Es schien sehr wahrscheinlich, dass sie tot war. Während der Notarzt damit begann, die Vitalfunktionen der Frau zu überprüfen, kontrollierten Cremer und Offergeld mit gezückten Dienstwaffen das Haus. Nach kurzer Zeit war allerdings klar, dass sich niemand mehr im Haus befand. Um zehn Uhr vierundzwanzig informierten sie die Mordkommission. Zwanzig Minuten später traf Hansen mit seinen Kollegen am Fundort auf der Hörn ein.

9. Kapitel

Hansen betrat das Haus in der Kirchrather Straße als Erster.
»Guten Morgen zusammen«, sagte er, als er die beiden uniformierten Beamten und den Notarzt im Flur registrierte. Erst auf den zweiten Blick erkannte er, dass er die Polizisten bereits kannte. »Polizeiobermeister Cremer und Offergeld, wenn ich mich richtig erinnere?«
»Sie haben ein gutes Gedächtnis, Herr Hauptkommissar.«
»Wenn die Formalitäten geklärt sind, werden Sie nicht mehr am Tatort benötigt. Der Gerichtsmediziner ist schon auf dem Weg.«
Nachdem die beiden Beamten Hansen kurz über die Situation in Kenntnis gesetzt und sich verabschiedet hatten, wandte dieser sich dem Arzt zu. »Gibt es schon erste Befunde?«
»Sie war bereits tot, als wir hier eintrafen. Ich möchte dem Kollegen der Rechtsmedizin ja nicht vorgreifen, aber meiner Meinung nach ist die Frau nicht länger als ein bis zwei Stunden tot. Die Totenstarre setzt gerade erst ein. Die Augenlider und das Kiefergelenk waren bei meinem Eintreffen noch beweglich.«
»Ein bis zwei Stunden. Das ist interessant. Danke für Ihre Einschätzung.«

»Gern geschehen. Ich verabschiede mich dann jetzt. Auf Wiedersehen.«
Hansen deutete mit der Hand einen Gruß an und wandte sich an seine Kollegen. »Es ist ja nicht gerade warm draußen. Markus, Jens, bitte kümmert euch mal um den Paketboten, der die Leitstelle angerufen hat. Wenn ihr das erledigt habt, könnt ihr bitte damit anfangen, die Nachbarn zu befragen. Fangt auf der gegenüberliegenden Straßenseite an. Stefan und ich übernehmen dann später die andere Seite.«
»In Ordnung. Also ab in die Kälte, Jens«, erwiderte Beck.
»Sie sollten einmal einen Blick in die anderen Räume werfen. Wer auch immer die Frau umgebracht hat, hat anschließend offensichtlich nach Wertgegenständen gesucht und ein ganz schönes Chaos angerichtet«, meinte Polizeiobermeister Cremer, nachdem Beck und Marquardt das Haus verlassen hatten.
»Sie haben den Tatort inspiziert? Ich hoffe nicht, dass Sie dabei irgendetwas angefasst haben«, erwiderte Hansen.
»Selbstverständlich nicht. Wir sind doch keine Anfänger, Herr Hauptkommissar«, entgegnete Offergeld beleidigt. »Aber es hätte ja sein können, dass sich noch jemand im Haus befand. Also mussten wir doch nachsehen.«
»Natürlich mussten Sie das. War auch nicht so gemeint, wie es sich vielleicht gerade angehört hat.«
Bevor sich Hansen selbst in Heike Bergers Haus umsehen wollte, inspizierte er zunächst den Leichnam der Frau. Riedmann warf in der Zwischenzeit einen flüchtigen Blick in das Wohnzimmer.
»Hm«, brummte Hansen.

»Möchtest du mir vielleicht etwas mitteilen?«, fragte Riedmann, der genau in dem Moment den Flur wieder betrat.

»Hm«, wiederholte Hansen nur, während er vor der Leiche hockte und auf die Schusswunden starrte. »Anderer Tathergang als bei Wolf, aber ich erkenne da gewisse Parallelen. Auch hier handelt es sich um kaltblütigen Mord mit der Handschrift eines Profis. Dazu noch die durchsuchten Räumlichkeiten.«

»Du willst doch nicht etwa andeuten, dass für diesen Mord derselbe Täter verantwortlich ist wie im Fall von Jürgen Wolf? Das ist zu diesem Zeitpunkt ein bisschen weit hergeholt, oder nicht? Es könnte sich hier auch um einen ganz gewöhnlichen Raubmord handeln«, erwiderte Riedmann, wobei er bei dem Wort *gewöhnlichen* zwei Anführungsstriche in die Luft malte.

»Wäre möglich. Aber du hast recht. Warten wir erst einmal ab, was die Spurensicherung ergibt, und stellen keine voreiligen Mutmaßungen an.«

»Dann wollen wir einmal schauen, was wir da für euch tun können«, ertönte in Hansens Rücken die Stimme von Laura Decker. Das Team der KTU hatte soeben in voller Besetzung das Haus durch die angelehnte Tür betreten.

»Auch schon da?«, begrüßte Riedmann seine Freundin.

»Tuppes«, erwiderte sie trocken und lachte dabei. »Fahrt ihr mal die halbe Strecke hinter einem Auto her, das von seinem Fahrer im Winter wahrscheinlich noch nie schneller als dreißig Stundenkilometer gefahren wurde. Jedenfalls nicht bei solchen Witterungsumständen. Kollege Kochs wollte schon einen Streifenwagen zur Hilfe rufen, um den Fahrer wegen zu langsamen Fahrens aus dem Verkehr ziehen zu lassen. Ich konnte ihn gerade noch davon abhalten. Ich sage es ja nur ungern, aber manche Klischees bewahrheiten sich dann doch immer wieder. Ich sage nur Fahrer mit Hut.«

»Nun seid ihr ja hier«, meinte Hansen. »Es gibt eine Menge zu tun.«

»Wissen wir schon, wer die Tote ist?«, fragte Decker.

»Vermutlich die Hausbesitzerin. Heike Berger. Die Tote sieht jedenfalls so aus wie die Frau auf den Fotos im Wohnzimmer«, antwortete Riedmann. »Kollege Cremer hat übrigens recht, ziemliches Chaos da drüber im Wohnzimmer.«

»Dann sollten wir nicht länger im Weg rumstehen und Laura von der Arbeit abhalten. Stefan, wir befragen jetzt die Nachbarn. Und ich hätte gerne bis heute Abend einen Bericht von euch«, meinte Hansen in Richtung der Uniformierten. »Ach ja Laura. Richte Doktor Bode doch bitte Grüße von mir aus. Ich hätte seinen Bericht gerne so schnell wie möglich.«

»Wird erledigt, Karl. Viel Erfolg bei der Befragung.«

Doch die Befragung der Nachbarn war nicht von Erfolg gekrönt. Alle befragten Personen gaben an, am Morgen weder etwas gesehen noch gehört zu haben. Lediglich ein Nachbar, der mit seinem Hund unterwegs gewesen war, erwähnte, in der Straße dem Postboten und einer Frau mit südländischem Aussehen, wortwörtlich hatte er von einer scharfen Spanierin gesprochen, in dem möglichen Zeitfenster der Tatzeit begegnet zu sein. Hansen hatte es in seinem Notizblock vermerkt. Allerdings nur, damit er überhaupt etwas an diesem wenig erbaulichen Vormittag aufschreiben konnte.

10. Kapitel

Nach einem Snack in einer Imbissbude, den sich Hansen und Riedmann gegönnt hatten, machten sie sich auf den Weg zu den Eltern von Heike Berger. Joseph und Gertrud Berger wohnten im Aachener Stadtteil Brand. Die Fahrt in die Erberichshofstraße dauerte nicht lange. Die Bergers wohnten in einem Mehrfamilienhaus, das wieder einmal einen neuen Anstrich hätte vertragen können, dachte Hansen, als er aus dem Wagen stieg. Die graue Fassade des ehemals weißen Hauses passte perfekt zu dem trüben Wintertag.

Nachdem sie eingetreten waren und sich in dem spärlich ausgestatteten Wohnzimmer niedergelassen hatten, ließ die Nachricht vom Tod ihrer Tochter das Ehepaar Berger minutenlang verstummen. Sie umarmten sich, während Joseph Berger die weinende Gertrud tröstete. Hansen wohnte der Szene mit düsterer Miene bei. Wenn Eltern ihre Kinder überlebten, waren die Trauer und der Schock immer am größten. Es hatte fast zehn Minuten gedauert, bis sich die Eheleute so weit beruhigt hatten, dass die Ermittler mit ihrer Befragung beginnen konnten.

»Wer tut unserer Heike denn nur so etwas an?«, fragte Joseph Berger mit belegter Stimme, während er auf den Boden starrte.

»Um das herauszufinden, sind wir hier. Wenn Sie damit einverstanden sind, würden wir Ihnen beiden gerne ein paar Fragen stellen«, tastete sich Hansen vorsichtig voran.

Joseph Berger sagte nichts, aber in seinen Augen erkannte Hansen, dass er nun für die Fragen des Kommissars bereit

war. Auch seine Frau erwiderte nichts, nickte aber zur Bestätigung. Stumme Tränen rannen über ihre Wangen.
»Erzählen Sie uns doch bitte etwas über Ihre Tochter. Wir wissen bisher nur sehr wenig über sie«, bat Hansen.
Beck hatte Hansen auf dem Handy angerufen, als der sich gerade mal wieder mit Riedmann eine Currywurst gegönnt hatte. In der Kürze der Zeit hatten die Kollegen einige Informationen über das einundvierzigjährige Opfer zusammengetragen, aber die waren nur sehr allgemeiner Natur. Berger war promovierte Biochemikerin gewesen und hatte bis vor einigen Monaten für das renommierte Aachener Pharmaunternehmen Neuendorff-Chemie gearbeitet. Derzeit war sie arbeitslos. Familienstand: ledig. Bis auf einen Studienkredit, den sie immer noch abbezahlte, hatte sie keine Schulden. Auch sonst gab es keine Auffälligkeiten. Und trotzdem war die Frau kaltblütig ermordet worden. Womöglich von dem Mörder, der auch Jürgen Wolf erschossen hatte.
»Ich weiß gar nicht, was ich Ihnen da erzählen könnte. Heike war einfach ein ganz besonderer Mensch. Schon als Kind. Sie war unser Sonnenschein. Unser Ein und Alles. Immer höflich und zuvorkommend. Eine Seele von Mensch. Und sie war sehr intelligent und strebsam. Wissen Sie, dass sie ihre Promotion mit summa cum laude bestanden hat?«
Das wusste Hansen in der Tat bereits von Beck. Aber das war zweitrangig. Viel wichtiger war, dass jetzt das Eis zwischen ihm und Joseph Berger gebrochen war.
»Sie war Doktor der Biochemie, richtig?«
»Das war sie. Sie hat erst ihren Bachelor an der Heinrich-

Heine-Universität in Düsseldorf gemacht und sogar ein Studienjahr in Oxford verbracht«, sagte Berger voller Stolz. Während er das erzählte, glaubte Hansen, eine Erklärung dafür gefunden zu haben, warum Heike Berger immer noch einen Studienkredit abbezahlen musste. Von den Eltern hatte sie vermutlich keine größere finanzielle Unterstützung erhalten, mutmaßte Hansen, während er sich umblickte. Einfachstes Mobiliar in einer Wohnung, die dringend einer Modernisierung bedurfte. Wenn man dann noch die Wohngegend hinzunahm, konnte man nur zu dem Schluss kommen, dass die Tote und ihre Familie aus sehr einfachen Verhältnissen stammten. »Wir haben versucht, ihr alles zu ermöglichen, was in unserer Macht stand, um Heikes Traum, Wissenschaftlerin zu werden, zu erfüllen. Wohlstand war uns nie wirklich wichtig. Deshalb haben wir Heike während des Studiums finanziell unterstützt, wo wir nur konnten. Und trotzdem hat es nicht ganz gereicht. Deshalb hatte sie einen Kredit aufnehmen müssen, den sie noch immer abbezahlt hat«, ergänzte Berger, so als ob er Hansens Gedanken erraten hatte. Wofür sich der Hauptkommissar auch gleich schämte. Das war natürlich auch eine Erklärung für die bescheidenen Lebensumstände der Bergers. Sie hatten offenbar zugunsten ihrer Tochter auf vieles verzichtet.
»Und nach ihrem Abschluss hat sie dann bei Neuendorff-Chemie angefangen?«
»Heike hatte mehrere Angebote. Sie hat sich dann aber für Neuendorff entschieden, weil man ihr in Aussicht gestellt hatte, ein Forschungsprojekt in ihrem Fachbereich zu übernehmen. Und weil sie so in unserer Nähe bleiben konnte. Die Familie war ihr sehr wichtig.«

»Wissen Sie denn, was das für ein Projekt war?«
»Darüber hat Heike nie mit uns gesprochen. Erstens durfte sie das auch gar nicht, und zweitens verstehen wir ja ohnehin nichts von diesen Dingen«, erklärte Joseph Berger fast schon entschuldigend.
Hansen hätte gerne mehr darüber erfahren, sah aber ein, dass es keinen Zweck hatte, weiter in den alten Mann zu dringen.
»Und wieso hat sie dann aufgehört, bei Neuendorff zu arbeiten?«
»Ich verstehe Ihre Frage nicht?«, erwiderte Berger und sah seine Frau kurz an. Doch die zeigte keine Reaktion, sondern starrte nur apathisch auf den Tisch vor sich. »Heike hat noch bei Neuendorff gearbeitet. Sie hat uns doch erst vor Kurzem erzählt, wie viel sie zurzeit zu tun habe und sich dafür entschuldigt, dass sie so wenig Zeit für uns habe.«
»Das ist allerdings merkwürdig«, wunderte sich Hansen. »Unseren Unterlagen zufolge arbeitete Ihre Tochter schon seit letztem September nicht mehr dort.«
»Das muss ein Irrtum sein«, beharrte Berger auf seiner Meinung. »Warum hätte Heike uns das verschweigen sollen?«
Das war in der Tat eine berechtigte Frage, dachte Hansen, der sich einen entsprechenden Vermerk in sein Notizbuch machte.
»Vielleicht war das auch nur ein Fehler in unseren Unterlagen«, erklärte er den Bergers ausweichend. »Hatte Ihre Tochter einen festen Freund?«
»Nein, sehr zu unserem Bedauern. Sie war doch so eine hübsche junge Frau. Aber ihr war die Forschungsarbeit immer wichtiger.«

»Sonst irgendwelche Freunde oder Bekannte?«
Berger musste kurz nachdenken, bevor er antwortete.
»Maja. Maja Koslowsky. Sie kannten sich schon seit der fünften Klasse. Sie sind zusammen auf das Kaiser-Karls-Gymnasium in Aachen gegangen. Die beiden hatten sich während des Studiums etwas aus den Augen verloren. Aber seit Heike wieder hier in Aachen lebte, haben sie die alte Freundschaft wieder aufleben lassen.«
»Und wo wohnt diese Frau Koslowsky?«
»In Burtscheid, soviel ich weiß. Die genaue Adresse müsste ich Ihnen erst raussuchen. Irgendwo habe ich sie sicherlich aufgeschrieben.«
»Machen Sie sich keine Umstände. Das finden wir schnell heraus. Ich denke, wir sind dann erst einmal fertig für heute. Sollten wir weitere Fragen haben, werden wir uns noch einmal bei Ihnen melden.«
»Ich begleite Sie noch bis zur Tür«, meinte Joseph Berger, während er sich umständlich aus dem Zweisitzer, auf dem er mit seiner Frau saß, erhob. »Der Rücken«, erklärte er entschuldigend. »Das ist auch der Grund für meine Frührente.«
»Herr Kommissar«, sagte Gertrud Berger in dem Moment, als sich Hansen und Riedmann von dem Ehepaar verabschieden wollten.
»Ja?«
»Bitte finden Sie Heikes Mörder, versprechen Sie mir das!«
Es war das erste Mal, dass sie zu den Ermittlern sprach, seit sie die Nachricht vom Tod ihrer Tochter erhalten hatte. Hansen blickte Gertrud Berger lange in die Augen, bevor er antwortete. Und entgegen seiner sonstigen Angewohnheit ließ er sich zu einer Antwort hinreißen. »Ich verspreche

Ihnen, dass wir alles Menschenmögliche unternehmen werden, um den Täter zu schnappen!«
Anschließend verabschiedeten sich die Ermittler und verließen die Wohnung in der Erberichshofstraße. Hansen war davon überzeugt, dass dort noch eine Menge Tränen fließen würden.
»Findest du es nicht auch merkwürdig, dass die Bergers nichts davon gewusst haben, dass ihre Tochter nicht mehr bei Neuendorff gearbeitet hat?«, meinte Riedmann, als sie in den Fahrstuhl stiegen.
»Das war sicherlich die interessanteste Neuigkeit. Wollte sie ihren Eltern verschweigen, dass sie arbeitslos war? Wobei mich dieser Punkt ohnehin irritiert. Mit ihren Qualifikationen sollte es ihr doch leichtgefallen sein, sofort eine neue Anstellung zu finden. Das bestärkt mich in der Annahme, dass da irgendetwas faul ist.«
»Dann sollten wir schleunigst in Erfahrung bringen, warum sie nicht mehr dort gearbeitet hat. Wollen wir gleich hinfahren?«
»Lass uns erst mal mit dieser Maja Koslowsky reden. Wenn sie wirklich so eng mit der Berger befreundet war, kann sie und sicherlich etwas darüber erzählen. Neuendorff läuft uns ja nicht weg.«
Kurze Zeit später hatten sie die Handynummer und Adresse von Maja Koslowsky in Erfahrung gebracht. Ein Anruf bei ihr hatte ergeben, dass die Frau wegen einer fiebrigen Erkältung krankgeschrieben war. Deshalb machten sich die Ermittler gleich auf den Weg zu ihr nach Burtscheid.

11. Kapitel

Burtscheid war bis 1897 eine eigenständige Stadt gewesen, bevor sie Aachen eingemeindet wurde, wie der geschichtsbegeisterte Hansen seinem Kollegen auf dem Weg in die Mallinckrodtstraße erzählte. Schon die Kelten und später die Römer hatten die heilende Wirkung der Thermalquellen Burtscheids erkannt. Der Grundstein für den heute anerkannten Kurort wurde aber erst ab Mitte des neunzehnten Jahrhunderts durch den Bau neuer Kureinrichtungen und Krankenhäuser gelegt. So besaß Burtscheid mit der Landesbadquelle die heißeste Therme Mitteleuropas, erklärte Hansen Riedmann. Etwa zeitgleich hatte sich Burtscheid als Wiege des handwerklichen Aachener Mittelstandes herauskristallisiert. Webereien, Tuch-, Leder- und Nadelfabriken waren hier entstanden. Neben einigen bekannten Kirchen, die sich in Botsched befanden, wie der Öcher das Stadtviertel liebevoll nannte, war noch die Burg Frankenberg aus dem dreizehnten Jahrhundert als bekanntestes Bauwerk zu nennen, berichtete Hansen gerade in dem Moment, als Riedmann den Wagen stoppte. Riedmann schien froh, dass der Geschichtsvortrag nun endlich ein Ende hatte. Hansen stieg seufzend aus dem Wagen und streckte sich. Er hätte gern noch weiter referiert.

Maja Koslowsky bewohnte mit ihrem Mann und ihren beiden Kindern eine modern gestaltete Doppelhaushälfte. Nachdem sie die beiden Ermittler hereingelassen hatte, führte die Hausherrin sie in das geräumige Wohnzimmer. Während sie sich auf einem modernen Sofa niederließ und

in eine Decke hüllte, nahmen Hansen und Riedmann jeweils auf stylish aussehenden Sesseln Platz. Die sind genauso unbequem, wie sie aussehen, dachte Hansen.
Maja Koslowsky war eine selbstbewusste Frau, die sie in Jogginghose und ausgeleiertem Sweatshirt empfing. Das tat ihrem Charme keinen Abbruch. Lange blonde Haare, blaue Augen, die strahlten, weiche Gesichtszüge und eine sportliche Figur rundeten das Gesamtbild ab. Diese Frau passte genau in das Beuteschema seines Kollegen, Jens Marquardt, glaubte Riedmann, der diesmal die Befragung durchführen sollte. So hatte Hansen das auf dem Weg in die Mallinckrodtstraße beschlossen.
»Darf ich Ihnen einen Tee oder einen Kaffee anbieten?«
»Für mich nicht, vielen Dank«, lehnte Riedmann das Angebot ab. Und auch Hansen verzichtete.
»Aber ich trinke eine Tasse Tee, wenn Sie nichts dagegen haben. Man soll ja viel trinken, wenn einen die Grippe erwischt hat«, erklärte Maja Koslowsky und schenkte sich aus der Kanne, die auf dem kaum als Möbelstück erkennbaren Tisch stand, eine Tasse ein. »Also, Sie wollten mit mir über Heike sprechen. Worum geht es?«
»Frau Koslowsky«, begann Riedmann, »es tut mir leid, Ihnen mitteilen zu müssen, dass wir Frau Berger heute Morgen tot in ihrem Haus aufgefunden haben.«
»Heike ist tot?«
»Leider ja, sie wurde ermordet.«
Sofort schossen der Frau Tränen in die Augen. Aus dem Bündchen ihres rechten Ärmels holte sie ein Taschentuch hervor und schnäuzte sich. Aber im Gegensatz zu Heike Bergers Eltern erlangte sie ihre Fassung schnell wieder.

»Sie kannten sich seit der Schulzeit, wie uns Joseph Berger erzählt hat. Er meinte, dass Sie sich sehr nahestanden.«
»Das stimmt. Seit Heike wieder zurück in Aachen war, haben wir uns so oft wie möglich getroffen.«
»Wann zuletzt?«
»Vor etwa zwei Wochen. Wir waren etwas essen. Seitdem haben wir noch ein paar Mal telefoniert.«
»Und wie hat sie sich Ihnen gegenüber verhalten?«
»Ich verstehe die Frage nicht. Was meinen Sie damit?«
»War Frau Berger zum Beispiel nervös? Hat sie eventuell erwähnt, dass sie sich verfolgt fühlte? So was in der Art meinte ich.«
»Nein, so etwas hat sie nicht erwähnt. Für mich schien alles wie immer.«
»Wissen Sie, ob Ihre Freundin Feinde hatte? Oder anders gefragt: Können Sie sich vorstellen, wer ein Motiv haben könnte, Ihre Freundin zu ermorden?«
Maja Koslowsky überlegte einige Sekunden, bevor sie schließlich antwortete. »Es ist jetzt natürlich sehr weit hergeholt, und ich möchte auch auf keinen Fall jemanden einfach so beschuldigen. Aber ich würde mich an Ihrer Stelle mal mit dem Ex-Chef von Heike unterhalten. Georg Keller oder so ähnlich. Der feine Herr war fast zwei Jahre lang Heikes geheimer Lover. Hat immer von der großen Liebe gesprochen. Er hat Heike versprochen, seine Frau zu verlassen und so weiter. Das übliche Blabla halt. Und Heike war dumm genug, ihm zu glauben. Auch wenn der liebe Herr Professor sicherlich genug Geld bei Neuendorff verdient, um sich ein angenehmes Leben zu machen, die dicke Kohle hat seine Frau mit in die Ehe gebracht. Der hätte sie niemals

verlassen«, erklärte Maja Koslowsky. »Warum sonst war Heike nur eine heimliche Affäre, von der nicht einmal ihre Eltern wissen durften? Und als es diese unfassbaren Vorwürfe gegen Heike gab, die sie ihren Job gekostet haben, hat er sie fallen gelassen wie eine heiße Kartoffel. Dieses Arschloch!«
»Von welchen Vorwürfen sprechen Sie da?«, fragte Riedmann nach.
»Ach, davon wissen Sie nichts?«, erwiderte Maja Koslowsky verwundert und im gleichen Augenblick musste sie mehrmals kurz hintereinander niesen. »Entschuldigung«, meinte sie nur und schnäuzte erneut in ihr Taschentuch, das sie immer noch der Hand hielt, »weil sie angeblich versucht hat, ihre geheimen Forschungsergebnisse an die Konkurrenz weiterzugeben oder zu verkaufen.«
»Und das stimmte nicht?«
»Wo denken Sie hin? Heike hat ihre Arbeit geliebt. Sie wollte mit ihrer Forschung einfach nur Gutes bewirken. Materielle Dinge waren ihr nie wichtig. Was auch immer genau dahintergesteckt hat, ich bin mir sicher, dass sie sich nichts hat zu Schulden kommen lassen!«
»Hat sie Ihnen denn Einzelheiten zu den Anschuldigungen erzählt?«
»Nein, hat sie nicht. Und dass ich überhaupt davon weiß, liegt daran, dass sie vor einigen Wochen sehr redselig geworden ist, nachdem wir wohl ein Glas Wein zu viel getrunken hatten. Sie hat angedeutet, dass es bei Neuendorff Leute gab, die ihrer Meinung nach ihre Arbeit sabotierten! Als ich darauf näher eingehen wollte, hat sie aber gleich dichtgemacht und gemeint, dass sie mir ohnehin schon zu viel er-

zählt habe und dass sie mich nicht mit in die Sache reinziehen wolle.«

»Die Namen der Personen, die ihre Arbeit angeblich sabotiert haben, hat Frau Berger also nie erwähnt«, versuchte es Riedmann noch einmal.

»Ich habe zwar dank der Erkältung nicht gerade den klarsten Kopf, Herr Kommissar, aber Sie können mir schon glauben, dass ich Ihnen das erzählen würde, wenn ich mehr wüsste! Musste Sie deshalb sterben? Wegen Ihrer Arbeit oder dem, was da vorgefallen ist?«

»Dafür gibt es momentan keinen Anhaltspunkt. Aber wir ermitteln natürlich in alle Richtungen. Frau Bergers Eltern haben übrigens nicht gewusst, dass ihre Tochter arbeitslos war. Wissen sie, warum sie das ihnen gegenüber verheimlicht hat?«

»Wahrscheinlich, weil sie sich dafür geschämt hat. Es hätte ihren Eltern das Herz gebrochen, wenn sie davon erfahren hätten. Immerhin haben sie sehr viel für Heikes Ausbildung geopfert. Wenigstens hat Neuendorff auf eine Anzeige verzichtet, sonst hätte sie wahrscheinlich nie mehr einen Job gefunden. Eigentlich durfte sie mir das gar nicht erzählen, da es eine beidseitige Verschwiegenheitsklausel in ihrem Aufhebungsvertrag gab. Aber Alkohol macht nun einmal redselig.«

»Das klingt alles sehr mysteriös.«

»Das habe ich Heike auch gesagt. Wie in einem Agentenfilm. Und genau so geheimnisvoll hat sich Heike auch verhalten, als ich sie einmal darauf angesprochen habe. Aber abgesehen davon, hat sie sich ganz normal verhalten. Mein Gott, ich kann noch gar nicht begreifen, dass ich sie nie mehr wiedersehen werde!«

»Das können wir uns vorstellen! Ich denke, dass wir erst einmal keine weiteren Fragen haben. Sollte Ihnen doch noch etwas einfallen, können Sie mich jederzeit unter dieser Nummer erreichen«, meinte Riedmann abschließend und legte seine Visitenkarte auf den Wohnzimmertisch.

»Ich hoffe, Sie schnappen das Schwein. Und wie gesagt, ich würde mich mal mit Georg Keller unterhalten«, erwiderte sie.

»Das werden wir. Gute Besserung.«

»Danke«, erwiderte Maja Koslowsky und schlug ihre Decke auf, um aufzustehen.

»Bleiben Sie ruhig sitzen. Wir finden allein hinaus. Ach ja, bevor ich es vergesse. Schickes Wohnzimmer!«

»Danke. Ich werde es meinem Mann ausrichten. Er ist Innenarchitekt und das Lob eines Mannes wird ihm sicherlich gefallen. Mir ist das alles einen Tick zu modern. Und der Sessel, auf dem Sie saßen, den finde ich ja eher unbequem, aber na ja.«

»Auch ich wünsche Ihnen gute Genesung, Frau Koslowsky. Auf Wiedersehen«, verabschiedete sich Hansen. Er konnte sich angesichts der letzten Bemerkung ein Lächeln nicht verkneifen. Die Frau hatte ihm aus dem Herzen gesprochen.

12. Kapitel

Kurz nach der Rückkehr ins Präsidium erhielt Hansen einen Anruf von Hellhausen. Der Kriminalrat bat um ein kurzes Gespräch. Er schien etwas aufgebracht zu sein. Deshalb suchte Hansen seinen Chef sofort auf.

»Kannst du mir bitte erklären, woher die Presse den Namen des ersten Opfers kennt?«, kam der Kriminalrat, dessen hochroter Kopf im krassen farblichen Kontrast zu seinem hellgrauen Maßanzug stand, ohne Umschweife zur Sache und knallte die Morgenausgabe der Aachener Zeitung auf den Tisch. Hansen sah die Schlagzeile zum ersten Mal. Durch die Ereignisse am Morgen war er noch nicht dazu gekommen, einen Blick in die Zeitung zu werfen. »Starjournalist Jürgen W. ermordet«, stand in großen Buchstaben auf der Titelseite.

»Da bewegt sich jemand auf den Spuren der Zeitung mit den vier großen Buchstaben«, versuchte Hansen es mit einem Scherz. Aber Hellhausen war nicht zum Scherzen zumute. »Ich fürchte, dass ich daran indirekt schuld bin. Wir waren gestern Nachmittag noch im Zeitungsverlag und haben mit einem Freund von Wolf gesprochen. Dieter Abel, Sportjournalist. Ich könnte mir vorstellen, dass er die Gelegenheit genutzt und ein paar Informationen weitergeleitet hat.«

»Na prima. Informationen aus erster Hand. Das hat uns gerade noch gefehlt! Habt ihr mit diesem Abel über ein mögliches Motiv gesprochen?«

»Nicht direkt. Wir haben uns nur erkundigt, ob er wusste, woran Wolf zuletzt gearbeitet hat.«

»Daraus hat er beziehungsweise der Verfasser des Artikels dann gleich ein mögliches Motiv abgeleitet. Gratulation. Was hat es mit dem Mord an dieser Forscherin auf sich?«

»Es gibt gewisse Parallelen bei den Fällen. Kaltblütiger Mord und anschließend wurde jeweils das Haus der Opfer verwüstet. Wie bei Wolf fehlen auch hier Handy, Computer und persönliche Unterlagen. Wobei ich diesbezüglich noch auf Lauras Bericht warte. Wir haben im Fall Heike Berger übrigens eine interessante Information von Maja Koslowsky, ihrer besten Freundin, erhalten. Die Berger hat ihren Job bei Neuendorff-Chemie verloren, weil sie angeblich versucht hat, Forschungsergebnisse an die Konkurrenz zu verkaufen.«

»Wieso angeblich?«

»Berger hat Koslowsky gegenüber behauptet, dass man die Sache fingiert hat, um sie kaltzustellen. Und bevor du jetzt fragst. Sie hat das nicht näher ausgeführt. Angeblich weil sie Koslowsky nicht in Gefahr bringen wollte!«

»Das klingt sehr rätselhaft und nach einem richtig schwierigen Fall. Irgendeine Hypothese?«

»Na, aber! Also: Berger hat irgendetwas bei Neuendorff entdeckt, das nicht bekannt werden sollte, und hat damit gedroht, an die Öffentlichkeit zu gehen. Sie erfinden den Vorwurf der Industriespionage, entlassen sie und sorgen gleichzeitig dafür, dass sie keine neue Anstellung findet. Doch Heike Berger hat das natürlich nicht auf sich beruhen lassen und versucht, ihre Unschuld zu beweisen. Aus diesem Grund hat sie sich an Wolf gewendet und der hat begonnen zu recherchieren. Das Ergebnis kennen wir jetzt. Beide sind tot!«

»Eine Nummer kleiner hast du es nicht?«, sagte Hellhausen.
»Ist natürlich reine Spekulation. Es gibt momentan keinen Hinweis, der die Geschichte unterstreichen würde.«
»Wie willst du weiter vorgehen?«
»Wir werden Neuendorff mal genauer unter die Lupe nehmen. Aber bevor wir das tun, werden wir Georg Keller, Bergers Ex-Chef, einen Besuch abstatten. Er hatte ein Verhältnis mit der Toten. Mal sehen, was wir von ihm erfahren können.«

13. Kapitel

Hansen musste nach der Unterredung mit Hellhausen erst einmal den Kopf freibekommen. Er ging zurück in sein Büro, nahm seinen Mantel vom Kleiderhaken und verließ das Präsidium. Als er das altehrwürdige Gebäude aus dem Jahr 1891 verließ, dämmerte es bereits und ein eisiger Wind blies ihm entgegen. Er stellte den Mantelkragen auf und holte aus seiner Manteltasche eine Mütze hervor. Sein ehemals volles braunes Haar wurde zunehmend lichter und er fror im Winter deshalb besonders schnell am Kopf. Die kalte Luft tat gut, weckte aber gleichzeitig den Wunsch nach Wärme. Also fasste er den spontanen Entschluss, sich einen Kaffee in seinem Lieblingscafé am Marktplatz zu gönnen. Er wählte den Weg am Elisenbrunnen vorbei.
Schon der russische Zar Peter der Große und der König von Preußen, Friedrich der Große, hatten hier aus der Kaiserquelle getrunken. Jeder Tourist konnte das auf einer

Marmortafel im Inneren der Säulenhalle lesen. Glücklicherweise war der im Zweiten Weltkrieg völlig zerstörte klassizistische Bau nach dem Krieg wieder originalgetreu aufgebaut worden. Schließlich war das nach der preußischen Kronprinzessin Elisabeth von Bayern benannte Denkmal neben dem Dom und anderen Bauwerken eines der bekanntesten Denkmäler der Stadt.

Nachdem Hansen das frisch renovierte und mit Licht in Szene gesetzte Monument von der gegenüberliegenden Straßenseite für einen ausgiebigen Moment bewundert hatte, setzte er seinen Fußmarsch fort. Nicht einmal zehn Minuten, nachdem er das Präsidium verlassen hatte, betrat er das Café gegenüber vom Rathaus.

Auf dem Weg zu einem freien Tisch warf er einen kurzen Blick auf die Kuchenauslage. Wenn er seit seinem Zusammenbruch und der Diagnose des Drehschwindelsyndroms auch konsequent auf Alkohol verzichtete, so konnte er sich doch wenigstens ein Stück Schwarzwälder Kirschtorte gönnen, überlegte er und orderte. Kurze Zeit darauf brachte die Kellnerin ihm ein Kännchen Kaffee und die Torte an den Tisch.

Während er sich über das Stück Kuchen hermachte, ging er noch einmal die Notizen der letzten beiden Tage durch. Viel hatten sie nicht herausgefunden. Auf den ersten Blick konnte man denken, dass die Morde an Wolf und Berger nichts miteinander zu tun hatten. Aber auch wenn sich der Modus Operandi jeweils unterschied, waren die Parallelen nicht wegzudiskutieren, fand er. Es handelte sich jeweils um die kaltblütige Ausführung durch einen Profi. Dazu kam die zeitliche Nähe der beiden Taten. Es war mindestens drei

Monate her, dass sie den letzten Mord auf dem Tisch hatten. Und nun zwei innerhalb von ein paar Tagen. Der zweite gemeinsame Nenner war die systematische Durchsuchung der beiden Häuser und die Entwendung von Datenträgern.
Während sich Hansen den restlichen Kaffee einschüttete und den letzten Bissen Kuchen aß, dachte er noch einmal über das Gespräch mit Hellhausen nach. War es wirklich so weit hergeholt, dass Berger eine Informantin von Wolf war? Vorausgesetzt, dass es kein Hirngespinst war, dass Bergers Demission von ihrem Arbeitgeber fingiert worden war? Hansen fand zunehmend Gefallen an der Idee. Er legte den Rechnungsbetrag einschließlich eines üppigen Trinkgeldes auf den Tisch und machte sich auf den Rückweg ins Präsidium. Mittlerweile war es bereits vollständig dunkel geworden. Dabei war es gerade einmal Viertel nach fünf gewesen. Winter war einfach nichts für ihn.

14. Kapitel

Georg Keller, der Leiter der Forschungsabteilung von Neuendorff-Chemie, bewohnte mit seiner Frau eine stattliche Villa in der Maria-Theresia-Allee unweit des Kaiser-Friedrich-Parks.
Das große Eisentor, das als Zufahrt zum Grundstück diente, war geöffnet, sodass die Ermittler bis vor den Eingang fahren konnten. Als sie aus dem BMW ausgestiegen waren und den ersten Treppenabsatz betreten hatten, gingen sofort zwei kleine Lichtstrahler an, die den großzügig bemessenen

Eingangsbereich in helles Licht tauchten. Hansen entdeckte den Bewegungsmelder, der die Strahler aktiviert hatte, direkt oberhalb der Eingangstür. Er klingelte. Es dauerte eine Weile, bis die schwere Eingangstür aus Holz geöffnet wurde. Vor ihnen stand ein etwa ein Meter neunzig großer, schlanker Mann. Volles dunkelbraunes Haar. Markantes Gesicht.

»Georg Keller?«, fragte Hansen.

»Ja, und Sie sind bitte?«

»Hansen, Mordkommission Aachen. Mein Kollege, Riedmann. Dürfen wir hereinkommen?«

»Mordkommission? Worum geht es denn bitte?«, fragte Keller verwundert.

»Wir würden gerne mit Ihnen über Ihre ehemalige Mitarbeiterin Doktor Heike Berger sprechen.«

»Und weshalb bitte, wenn ich fragen darf?«

Hansen meinte, im Lichtschein der Außenlampen zu erkennen, wie Keller kalkweiß wurde.

»Könnten wir das bitte im Haus besprechen? Es ist wirklich saukalt hier draußen«, erwiderte Hansen. »Und außerdem könnte das Gespräch etwas länger dauern. Da ist es unangebracht, darüber auf Ihrer Türschwelle zu sprechen.«

»Selbstverständlich. Kommen Sie bitte herein. Am besten gehen wir gleich in mein Arbeitszimmer. Da sind wir ungestört.«

Vor allem musste Keller sich dann später keine unangenehmen Fragen seiner Frau gefallen lassen, wenn die Sprache auf die Affäre ihres Mannes kam, dachte Hansen. Er ging nicht davon aus, dass sie darüber Bescheid wusste. Auch Riedmann warf seinem Chef einen vielsagenden Blick zu. Wie auf Kommando tauchte da Kellers Gattin in der Ein-

gangshalle auf.
»Wer sind diese Herren, Schatz?«
»Das sind die Herren Hansen und Riedmann von der Polizei. Sie haben ein paar Fragen wegen eines ehemaligen Mitarbeiters von Neuendorff«, erklärte er und Hansen entging nicht, dass er die weibliche Form und den Namen von Heike Berger unterschlagen hatte. »Wir gehen in mein Arbeitszimmer. Es wird nicht lange dauern, dann bin ich wieder bei dir, Liebes.«
»Wenn es doch mit deiner Firma zu tun hat, warum besucht uns die Polizei dann zu Hause?«, erwiderte sie missmutig, und ehe Keller darauf antworten konnte, war sie auch schon wieder verschwunden.
»Polizisten machen Vivienne immer etwas nervös«, meinte Keller. »Bitte folgen Sie mir die Treppe hinauf.«
Das Arbeitszimmer, in das der Hausherr die Ermittler führte, schätzte Hansen auf an die fünfzig Quadratmeter groß. Gleich neben der Eingangstür stand eine Sitzgruppe aus Leder, auf der die drei Männer Platz nahmen. Der gesamte Raum wurde dominiert von dunklem Holz, angefangen von der Holzvertäfelung an den Wänden über den nussbaumfarbenen antik aussehenden Sekretär auf Höhe der Raummitte bis hin zum gleichfarbigen wuchtigen Schreibtisch am gegenüberliegenden Ende des Raumes.
Es gab sicherlich Menschen, die die Atmosphäre des Arbeitszimmers als warm beschreiben würden. Hansen gehörte nicht dazu. Er empfand es eher als drückend.
»Darf ich Ihnen etwas zu trinken anbieten?«
Beide Ermittler lehnten dankend ab, während sich der Hausherr aus dem Barwagen, der die Form einer Weltkugel

hatte und direkt neben seinem Sessel stand, einen Cognac einschenkte.
»Wenn Sie mir dann bitte jetzt erklären würden, was es mit Ihrem Besuch auf sich hat? Ich muss zugeben, dass ich mir ein wenig Sorgen mache, wenn ich höre, dass Sie für die Mordkommission arbeiten. Ist etwas mit Heike?«
»Frau Berger wurde heute Morgen in ihrem Haus ermordet aufgefunden, Herr Keller«, kam Hansen gleich zur Sache, um die Reaktion seines Gegenübers zu überprüfen.
Doch der sagte erst einmal gar nichts. Stattdessen starrte er Hansen sekundenlang ungläubig an. Dann leerte er seinen Cognacschwenker in einem Zug, um sich gleich darauf ein weiteres Glas einzuschenken.
»Heike wurde ermordet?«, sagte er schließlich irritiert und Hansen musste zugeben, dass die Reaktion keineswegs vorgetäuscht schien. »Warum? Und von wem?«
»Um das herauszufinden, sind wir hier!«, antwortete Hansen.
»Verdächtigen Sie etwa mich?«
»Sollten wir?«
»Ich gehe einmal davon aus, dass das eine rhetorische Frage war, Herr Kommissar?«
»Das war es nicht. Wo waren Sie heute Morgen zwischen acht und zehn Uhr?«
»Sie glauben also ernsthaft, dass ich Heike ermordet habe. Was für eine absurde Anschuldigung!«
»Es ist keine Anschuldigung. Sie wissen, dass ich Sie das fragen muss. Also, wo waren Sie zu diesem Zeitpunkt?«
»In der Firma!«
»Ich gehe davon aus, dass das jemand bezeugen kann.« Und

diesmal war die Frage rhetorisch gemeint, denn warum sollte der Professor zu dieser Stunde allein in seiner Firma gewesen sein? Aber Hansen wollte das Spiel jetzt noch etwas weiter treiben. Schon alleine, um zu sehen, wie Keller darauf reagierte.

»Natürlich gibt es dafür Zeugen. Meine Sekretärin, mein Forschungsteam und sicherlich auch noch diverse andere Kollegen. Ich war so gegen Viertel nach acht im Büro.«

»Gut, belassen wir es erst einmal dabei. Wir werden das selbstverständlich überprüfen. Uns würde des Weiteren interessieren, warum Frau Berger vor einigen Monaten bei Neuendorff ausgeschieden ist?«

»Sie wollte sich beruflich umorientieren. Es war ein großer Verlust für unsere Forschungsabteilung.«

»Andere Gründe gab es nicht?«

»Wenn es diese Gründe gab, sind sie mir nicht bekannt. Bedaure«, erwiderte Keller, der sich in der Zwischenzeit einen dritten Cognac genehmigte. Der Mann war eindeutig nervös. Deshalb ging Hansen jetzt weiter in die Offensive.

»Herr Professor Keller. Wir sollten dieses Spielchen an dieser Stelle beenden und mit offenen Karten spielen. Wir wissen, dass Sie und Frau Berger über mehrere Jahre ein Verhältnis hatten. Und wir haben Kenntnis darüber, dass Ihre Ex-Geliebte das Unternehmen verlassen musste, weil sie angeblich versucht hat, Forschungsergebnisse an die Konkurrenz weiterzugeben.«

Hier machte Hansen erst einmal eine Pause, um Kellers Reaktion abzuwarten. Doch dieser sagte gar nichts. Stattdessen leerte er abermals sein Cognacglas, um sich anschließend direkt ein neues Glas mit der goldbraunen Flüssigkeit einzuschenken. Traf ihn der Tod Heike Bergers so stark?

»Woher wissen Sie davon?«, fragte Keller schließlich.

»Das spielt keine Rolle. Also stimmt es?«

»Dass wir ein Verhältnis hatten? Ja, das stimmt.«

»Wusste Ihre Frau davon?«

»Nein, und ich wäre Ihnen sehr dankbar, wenn es dabei bliebe. Auch wenn Sie es vielleicht nicht glauben werden, aber ich liebe Vivienne.«

»Und was ist mit dem Vorwurf der Industriespionage?«, hakte Hansen nach.

»Leider stimmte auch das. Heike hat Kontakt zu einem Konkurrenten von uns aufgenommen und versucht, ihre Forschungsergebnisse weiterzugeben.«

»Und warum hätte sie das tun sollen?«

»Verletzte Eitelkeit. Gekränkte Forscherehre. Geltungssucht oder einfach nur, weil sie gehofft hatte, mit den Erkenntnissen sehr schnell sehr viel Geld zu verdienen.«

»Sie reden weiterhin in Rätseln, Herr Keller. Was wollen Sie damit andeuten?«

»Ich habe ihre Beweggründe dafür nie erfahren. Im Gegenteil. Sie hat stets abgestritten, dass etwas an diesen Vorwürfen dran wäre. Obwohl die Beweise gegen sie erdrückend waren. Die Kontaktaufnahme zu ihrem potenziellen Abnehmer war zum Beispiel über ihr Diensthandy erfolgt. Mit einem Stimmenverzerrer, wie wir später erfahren haben. Sie hat sich für die Weitergabe einer ersten Probe des angebotenen Materials eine neue E-Mail-Adresse angelegt, die wir zu ihr zurückverfolgen konnten, und so weiter. Heike hat mir gegenüber immer beteuert, dass man ihr diesen Vorfall in die Schuhe schieben wollte, um sie aus Gründen, die sie mir angeblich nicht nennen konnte oder wollte, loszuwerden.«

»Und das hielten Sie für ausgeschlossen?«

»Wie gesagt. Es gab eindeutige Beweise, die das widerlegten. Außerdem war es nicht das erste Mal, dass sie solche Unterstellungen äußerte. So hat sie zum Beispiel behauptet, dass sie davon überzeugt sei, jemand sabotiere ihre Arbeit. Das hatte für mich schon regelrecht paranoide Züge.«

»Wieso hat sie das geglaubt?«

»Gute Frage. Ich weiß es nicht. Möglicherweise hatte sie die Rückschläge bei ihrem Forschungsprojekt nicht verkraftet.«

»Warum hat sie nicht einfach gekündigt und ihre Forschung in einem anderen Unternehmen fortgesetzt, wenn sie der Auffassung war, dass man ihre Arbeit sabotierte?«

»Ganz einfach. Zum einen waren alle Erkenntnisse, die sie im Rahmen ihrer Forschungsarbeit erworben hatte, Eigentum von Neuendorff-Chemie. So etwas wie ein Recht auf geistiges Eigentum gibt es dank vertraglicher Vereinbarungen nämlich nicht. Und zum anderen war es ihr untersagt, nach ihrem Ausscheiden ihre Arbeit an dem Projekt einfach in einem konkurrierenden Unternehmen fortzusetzen. Egal ob sie nun selbst gekündigt hätte oder wie im konkreten Fall gekündigt wurde.«

»Und so etwas ist rechtens?«, wunderte sich Hansen.

»Sie werden es kaum glauben, aber das ist es! In ihrem Arbeitsvertrag wurde eine entsprechende Vereinbarung getroffen, die nach Beendigung des Arbeitsverhältnisses gegriffen und für zwei Jahre gegolten hätte. Solche Konkurrenzverbotsklauseln sind nicht ungewöhnlich. Ich selbst habe auch eine solche Klausel in meinem Arbeitsvertrag. Bei einer gütlichen Trennung hätte ihr eine Karenzentschädigung zugestanden.«

»Die sie aufgrund der Umstände vermutlich nicht erhalten hat?«, erwiderte Hansen.

»Richtig. Dafür hat Neuendorff aber auch von einer Anzeige abgesehen und eine entsprechende Verschwiegenheitsklausel in den Aufhebungsvertrag aufgenommen. Es war Heike strikt untersagt, über die Hintergründe ihrer Entlassung zu sprechen! In ihrem eigenen Interesse, vor allem aber in Neuendorffs. Deshalb wundert es mich auch, dass Sie davon wissen.«

Hansen ging nicht auf Kellers Gegenstoß ein.

»Wobei ich diesen Punkt nicht verstehe. Ich glaube kaum, dass Frau Berger Interesse daran gehabt haben dürfte, über den Vorfall zu reden. Es sei denn, der Vorwurf gegen Sie war haltlos. Warum wurde dennoch diese Vereinbarung getroffen?«

»Vor allem zum Schutz von Neuendorff. Wäre die Geschichte bekannt geworden, hätte das der Firma weitaus mehr geschadet als Heike. Schließlich betreiben wir bei uns im Unternehmen auch Auftragsforschung für potente Geldgeber. Und die haben selbstverständlich ein Interesse daran, dass die Forschungsergebnisse bei uns sicher sind. Wäre der Vorfall bekannt geworden, hätte das unangenehme Folgen für uns haben können.«

»Was waren das für Forschungsergebnisse, die Frau Berger verkaufen wollte?«

»Frau Berger war Projektleiterin unserer Demenzforschungsgruppe. Grob gesagt hat sich das Team damit beschäftigt, ein Mittel zu entwickeln, das die Krankheit gar nicht erst ausbrechen lässt.«

»Ein interessantes Forschungsgebiet angesichts der Tatsache, dass immer mehr Menschen an Demenz erkranken. Noch dazu ein sehr lukrativer Markt, wenn sie erfolgreich gewesen wäre, was der Fall war«, unterbrach Hansen den Professor.

»Wie kommen Sie denn darauf?« Keller runzelte verwundert die Stirn, »Ach, ich verstehe. Sie glauben, dass Frau Berger den Heiligen Gral gefunden hatte und das Ergebnis meistbietend verkaufen wollte? Aber da muss ich Sie enttäuschen. So weit sind wir und unsere Konkurrenz leider noch lange nicht. Trotz einiger vielversprechender Ansätze steckt die Forschung noch in den Kinderschuhen. Im Moment wären wir schon froh, einen brauchbaren Wirkstoff zu entwickeln, der die Krankheit effektiv aufhalten kann. Von Heilung ganz zu schweigen.«

»Und was genau hat Frau Berger dann versucht zu verkaufen?«, wunderte sich Hansen.

»Die Ergebnisse ihrer Grundlagenforschung. Frau Berger hatte vereinfacht gesagt einen neuen Angriffspunkt, auch Target genannt, im Krankheitsgeschehen entdeckt. Es hängt mit der Entstehung der Erkrankung zusammen. Genau genommen geht es um die Plaques, das sind Proteinablagerungen im Gehirn, die aus fehlerhaft gefalteten Beta-Amyloid-Peptiden bestehen, und um die Tangles, wobei es sich um verdrillte Fibrillen des Proteins Tau handelt. Diese Proteine bilden sich schon lange vor Ausbruch der Krankheit im Gehirn eines Erkrankten. Die genannten Angriffspunkte sind die Voraussetzung, um überhaupt Wirkstoffkandidaten zu entwickeln. Frau Berger hat ein weiteres, bisher unbekanntes Protein entdeckt, das den Ausbruch der Krankheit begünstigt. Und die Entdeckung eines Targets, das die Voraussetzung für die erfolgreiche Entwicklung eines Medikamentes ist, kann schon bares Geld wert sein.«

»Sie sprachen eben über Rückschläge und dass Frau Berger möglicherweise deshalb versucht hat, ihre Erkenntnisse weiterzugeben. Könnten Sie das näher ausführen?«

»Frau Berger war ein Überflieger. In der Schule, im Studium und lange Zeit bei Neuendorff. Sie war es nicht gewohnt, mit Rückschlägen umzugehen. Und ihr Forschungsprojekt hatte trotz des großartigen Ansatzes, den sie mit ihrem Team entdeckt hatte, mehrfach mit größeren Rückschlägen zu kämpfen. Ich denke, das hat ihrem Ego nicht gerade gutgetan. Die Entscheidung, das Demenzforschungsteam um eine weitere Koryphäe auf diesem Gebiet zu erweitern, hat offenbar den Eindruck bei ihr erweckt, dass wir nicht mehr mit ihrer Arbeit zufrieden waren. Dabei war genau das Gegenteil der Fall. Wir haben diese Entscheidung getroffen, gerade weil wir an ihren Ansatz geglaubt haben. Außerdem wäre sie immer noch Leiterin des Projektes geblieben. Noch bevor Doktor Johnen seine Stelle angetreten hatte, ist es zu dem Vorfall gekommen.«

»Glauben Sie, dass es sich um eine Art Kurzschlussreaktion von Frau Berger gehandelt hat?«

»Möglich wäre es.«

»Ist die gesamte Geschichte nicht etwas seltsam? Wenn es Frau Berger nicht um Geld ging, warum hat sie nicht einfach gekündigt? Sie hätte doch trotzdem bei einem anderen Pharmaunternehmen anheuern können, um dort nach einem neuen Forschungsansatz zu suchen, wenn es ihr untersagt war, ihre eigenen bis dato erworbenen Erkenntnisse weiter zu nutzen. Sie genoss doch einen ausgezeichneten Ruf«, war Hansen überrascht.

»Wie gesagt, ich kann es Ihnen leider nicht erklären. Außer Ausreden hat sie mir nie eine vernünftige Erklärung für ihr irrationales Verhalten gegeben, obwohl es ausreichend Beweise gegen sie gab.«

»Die man ihr aber tatsächlich untergeschoben haben könnte, so wie sie das auch behauptet hat.«

»Das ist absoluter Humbug. Frau Berger war beliebt bei allen Mitarbeitern. Niemand hätte Interesse daran gehabt, ihre Arbeit zu sabotieren oder sie loszuwerden. Ich am allerwenigsten. Sie war eine brillante Wissenschaftlerin. Und ich bin davon überzeugt, dass sie gemeinsam mit Doktor Johnen in den nächsten Jahren Bahnbrechendes hätte erfinden können.«

»Wie hat Neuendorff eigentlich davon erfahren, dass Frau Berger versucht hat, Forschungsergebnisse zu verkaufen?«

»Im Grunde war es ein blöder Zufall. Ihr potenzieller Interessent ist zum Schein auf das Angebot eingegangen. Allerdings wusste sie nicht, dass sie an einen ehemaligen Kommilitonen von mir herangetreten war. Der hatte mich schon bei der ersten Kontaktaufnahme informiert. Seine Skrupel waren zu groß, um auf diesem Weg an unsere Forschungsergebnisse zu kommen. Auch wenn es ihn gereizt hat, wie er später zugegeben hat. Ich habe ihn gebeten, das Spiel eine Zeit lang mitzuspielen, bis wir schließlich genug gegen Frau Berger in der Hand hatten.«

»Wie heißt der Mann?«, wollte Hansen wissen.

»Wieso möchten Sie das wissen? Was hat das mit Ihren

Mordermittlungen zu tun?«
»Reine Routine. Wir wollen uns ein möglichst umfangreiches Bild bei den Ermittlungen machen«, erwiderte Hansen. »Also, den Namen bitte.«
»Alfons Pracht. Er wohnt in Mannheim und arbeitet bei Deusen Pharma.«
Hansen notierte den Namen in sein kleines Heft.
»Können Sie sich vorstellen, wer Interesse am Tod von Frau Berger gehabt haben könnte?«, wechselte Hansen abrupt das Thema.
»Nein, das kann ich nicht. Aber wer weiß schon, mit wem Heike sich nach ihrem Rausschmiss noch alles eingelassen hat? Nach der Sache damals ist ihr im Grunde ja alles zuzutrauen. Trotzdem bedaure ich ihren Tod natürlich zutiefst! Nicht, dass Sie einen falschen Eindruck von mir erhalten.«
»Wollen Sie damit andeuten, dass Frau Berger nach ihrem Ausscheiden bei Neuendorff in kriminelle Machenschaften verstrickt gewesen sein könnte und deshalb ermordet wurde?«
»Die Äußerung war rein spekulativ. Aber Industriespionage ist schon ein schwerwiegender Vorwurf, finden Sie nicht auch?«
»Das kann man so sehen. Wann haben Sie zuletzt mit Frau Berger gesprochen?«
»Das ist schon mehrere Monate her. Wir haben uns nicht gerade in Freundschaft getrennt und beide keinen Wert darauf gelegt, uns wiederzusehen.«
»Wir haben Sie dann jetzt lange genug behelligt«, erwiderte Hansen und klappte sein Notizheft zu. Fürs Erste hatte er keine weiteren Fragen mehr.

»Ich begleite Sie noch zur Tür«, entgegnete Keller, der sein leeres Cognacglas auf dem Beistelltisch abstellte.

Nachdem die beiden Ermittler die Villa verlassen hatten, ging er noch einmal zurück in sein Arbeitszimmer und genehmigte sich einen weiteren Drink. Er musste nachdenken. Schließlich setzte er sich an seinen Schreibtisch, um einen Anruf zu tätigen. Er hob den Hörer von der Gabel des edlen, weißen Elfenbeintelefons aus den dreißiger Jahren des vergangenen Jahrhunderts und wählte eine Nummer. Nach längerem Klingeln wurde der Anruf entgegengenommen. Es gab keine Begrüßung. Das war auch nicht notwendig. Nur wenige Eingeweihte hatten die Nummer, die Keller jetzt gewählt hatte. Er kam gleich zur Sache.
»Wir haben ein Problem. Die Polizei war gerade bei mir. Heike Berger ist tot. Sie haben Fragen wegen des Forschungsprojekts und ihres Verrats gestellt. Ich musste ihnen sogar Prachts Namen nennen.«
Nach einer kurzen Pause, die Keller endlos vorkam, antwortet der Angerufene schließlich.
»Ich glaube nicht, dass uns das vor ernsthafte Probleme stellen wird. Aber danke für die Warnung!«
Dann machte es Klick und die Leitung war tot.

15. Kapitel

Freitag, 25. Januar 2019

Die allmorgendliche Frühbesprechung, die bei aktuellen Mordfällen zum täglichen Ritual gehörte, war nicht bei allen Kollegen der Mordkommission beliebt. Hansen hielt sie aber für notwendig und verzichtete nur in Ausnahmefällen darauf. So waren wenigstens immer alle Beteiligten auf dem gleichen Stand der Ermittlungen. Auch Hellhausen war an diesem Morgen zugegen. Der Kriminalrat wollte sich über alle neuen Entwicklungen informieren lassen, bevor er später bei der angesetzten Pressekonferenz Rede und Antwort stehen musste.

Wie gewöhnlich war es Hansen, der die Besprechung eröffnete. »Wie alle hier wissen, haben Stefan und ich gestern mit Heike Bergers Eltern, ihrer besten Freundin Maja Koslowsky und ihrem Ex-Chef, Professor Georg Keller, der gleichzeitig der Ex-Geliebte der Ermordeten war, gesprochen. Dabei haben wir von Frau Koslowsky erfahren, dass Heike Berger ihren Job bei Neuendorff verloren hat, weil sie versucht haben soll, Forschungsergebnisse an die Konkurrenz zu verkaufen.

Laut Aussage der Freundin hat Berger ihr aber erzählt, dass der Wissenschaftlerin die Geschichte nur angehängt wurde und man ihr die angeblichen Beweise dafür untergeschoben hat. Das Problem ist allerdings, dass Berger die Geschichte ihr gegenüber nicht weiter konkretisiert hat. Georg Keller hat uns bestätigt, dass Berger tatsächlich versucht haben soll, Forschungsergebnisse ihres Projekts an Deusen Pharma in Mannheim zu verkaufen. Bergers Kontakt bei Deusen hat sich allerdings als ein ehemaliger Studienkollege Kellers herausgestellt, der Keller darüber informiert hat, dass Berger entlassen wurde und eine Verschwiegenheitsklausel über den Vorfall unterschreiben musste. An die sie sich offensichtlich auch weitgehend gehalten hat, wenn man einmal von der Andeutung ihrer Freundin gegenüber absieht. Die Eltern haben weder von dem Verhältnis der Tochter mit ihrem Chef noch von ihrer Entlassung gewusst. Wir werden heute der Firma Neuendorff einen Besuch abstatten und uns mal unter den Mitarbeitern umhören. Mal sehen, ob uns das irgendwie weiterbringt. Wenn ihr mich fragt, stinkt die ganze Geschichte mit der Industriespionage zum Himmel!«

»Dann könnte deine Theorie, dass die Ermordungen Wolfs und Bergers zusammenhängen, ja tatsächlich zutreffen. Vielleicht hat die Berger irgendeine Schweinerei, die da bei Neuendorff im Gange ist, entdeckt und wurde kaltgestellt«, meinte Hellhausen.

»Dann muss das aber schon eine richtig große Sache gewesen sein, wenn man bedenkt, welchen Aufwand Neuendorff betrieben hat, um die Berger aus dem Spiel zu nehmen. Warum hat sie sich dann nicht gleich an die Öffentlichkeit gewandt und die Entlassung einfach so hingenommen?«, meinte Riedmann.

»Vielleicht weil sie keine Beweise dafür hatte, was bei Neuendorff vorgeht? Und deshalb hat sie Wolf kontaktiert, um Beweise zu finden und den Skandal aufzudecken«, mutmaßte Marquardt.

»Das könnte ich mir auch vorstellen. Und was den zweiten Teil deiner Frage angeht, vielleicht hatte Neuendorff etwas gegen Berger in der Hand, so dass sie sich gezwungen sah, die Kündigung hinzunehmen«, nahm Hansen den Gedanken auf.

»Anders als ihr habe ich übrigens wirkliche Neuigkeiten für euch«, ergriff Laura Decker keck das Wort, »die Fakten darstellen. Es gibt eine ganz neue Entwicklung, von der ich quasi auf dem Weg zur Besprechung erfahren habe. Und um eins vorwegzunehmen, es macht die Sache nicht unbedingt einfacher.«

»Nun mach es doch nicht wieder so spannend«, unterbrach Hellhausen sie ungeduldig.

»Wir konnten am Fundort Berger DNA des mutmaßlichen Täters sicherstellen. Vermutlich hat er sie auf der Leiche hinterlassen, als er sie aus dem Eingangsbereich weggezogen hat. In den nationalen Datenbanken gab es keinen Treffer. Dafür aber bei Interpol.«

»Und was ist dabei rausgekommen?«, meinte Hansen neugierig.

»Die DNA passt zu einem unbekannten Mann. Interpol nennt ihn nur *Phantom*. Er ist ein Auftragskiller. Er hat in den letzten siebzehn Jahren mindestens neun Menschen in sechs europäischen Ländern ermordet, wobei die Dunkelziffer höchstwahrscheinlich deutlich höher sein dürfte. Niemand hat den Mann je gesehen.«

»Wir haben es also mit einem europäischen Topkiller zu tun, der seit fast zwei Jahrzehnten sein Unwesen treibt. Na wunderbar!«, seufzte Hansen.

»Du legst dich aufgrund von Lauras Information also fest, dass Wolf auch Opfer des Phantoms geworden ist?«, hakte Hellhausen nach.

»Wie groß ist deiner Meinung nach die Wahrscheinlichkeit, dass das nicht der Fall ist? Die Vorgehensweise schreit doch förmlich danach.«

»Außerdem gab es in Südfrankreich kürzlich einen ähnlichen Fall, der dem Phantom zugeordnet werden konnte«, erwiderte Decker. »Dieser Mensch scheint ein exzellenter Schütze zu sein.«

»Das schauen wir uns einmal genauer an. Was habt ihr sonst noch herausgefunden, Laura?«

»Wir wissen mittlerweile, mit welcher Waffe Wolf erschossen wurde. Das war gar nicht so einfach. Aber unseren Ballistikexperten ist es anhand der Geschossfragmente, die wir sicherstellen konnten, letztlich doch gelungen, den Munitionstyp zu bestimmen. Und anhand dessen konnten sie Rückschlüsse auf die mögliche Tatwaffe ziehen. Bei dem Gewehr dürfte es sich um ein HK MSG 90, Kaliber 7,62 x 51 gehandelt haben. Und jetzt wird's richtig spannend: Wir haben noch einmal mit Bode Rücksprache gehalten und uns die Charakteristiken der Kopfwunde erklären lassen. Es spricht einiges dafür, dass die Geschossspitze manipuliert wurde. Eingekerbt oder abgekniffen. Beim Aufprall zerlegt sich der Geschossmantel und vergrößert so die Wundhöhle. Das erklärt die große Zerstörungskraft, die dem armen Kerl den halben Hinterkopf gekostet hat. Bei der Berger war die Tatwaffe nicht ganz so spektakulär. Eine Glock 17.«

»Gute Arbeit, Laura«, meinte Hansen, der in der Zwischenzeit aufgestanden war, um die bisherigen Ermittlungsergebnisse an die Dokumentationstafel zu schreiben. »Übrigens habe ich vor unserer Besprechung noch einmal mit Bode gesprochen. Er teilt die Einschätzung des Notarztes, was

Bergers Todeszeitpunkt angeht. Die Frau war bei Auffinden noch keine zwei Stunden tot. Wenn man bedenkt, dass der Täter noch eine gewisse Zeit damit beschäftigt war, das Haus zu durchsuchen, kann der Paketbote von Glück reden, dass er dem Mörder nicht geradewegs in die Arme gelaufen ist. Der hätte sicherlich kurzen Prozess mit ihm gemacht.«
»Apropos Hausdurchsuchung. Das hätte ich jetzt glatt vergessen«, ergriff Decker wieder das Wort. »Der Täter hat auch bei Berger ganze Arbeit geleistet. Wir haben weder einen Computer, ein Handy noch ein sonstiges Eingabemedium im Haus gefunden. Auch keine Aufzeichnungen, die mit ihrer Forschungsarbeit zu tun haben könnten. Nur ein paar Aktenordner mit Bank- und Versicherungsunterlagen.«
»Und die Auswertung der Handyverbindungsdaten hat uns auch nicht weitergebracht. Auffällig oft wurde eine Nummer angerufen, deren Teilnehmer wir noch nicht zuordnen konnten. Sehr wahrscheinlich handelt es sich dabei um ein Prepaidhandy. Wir versuchen über die Funkzellenauswertung zu ermitteln, wo diese Nummer regelmäßig eingewählt war. Vielleicht bringt uns das ja irgendwie weiter. Zuletzt hat Berger diese Nummer übrigens gestern Abend gewählt«, ergänzte Beck.
Hansen schrieb auf den freien Teil der Wandtafel »Phantom« in die Mitte. Darüber notierte er die Namen von Jürgen Wolf und Heike Berger. Ausgehend von dem Namen des Mörders zeichnete er jeweils einen Pfeil in Richtung der beiden Opfer. Auch zwischen die beiden Opfernamen malte er einen Verbindungspfeil. Darüber schrieb er die Wörter Neuendorff-Skandal und Recherchen mit einem Fragezeichen versehen.

»Was habt ihr gestern bei der Befragung in Bergers persönlichem Umfeld in Erfahrung gebracht, Markus?«, wollte Hansen wissen, als er wieder Platz genommen hatte.
»Nichts Nennenswertes. Allerdings wusste auch hier niemand, dass Berger seit Monaten arbeitslos war. Das scheint tatsächlich nur Maja Koslowsky gewusst zu haben.«
»Das ist wirklich seltsam. Wieso hat sie diese Fassade aufrechterhalten? Ich kann ja verstehen, dass man nicht mit dem Vorwurf hausieren geht, versucht zu haben, Forschungsergebnisse an die Konkurrenz zu verkaufen. Aber warum durfte aus dem Umfeld der Frau niemand wissen, dass sie arbeitslos war? Nicht einmal die Eltern!«, wunderte sich Riedmann.
»Vielleicht aus Schamgefühl«, schlug Decker vor. »Die Frau war es gewohnt, erfolgreich zu sein. Abschluss mit Auszeichnung. Top-Job in der Forschung und so weiter. Und dann verliert sie ihre Arbeit unter, wie es scheint, dubiosen Umständen.«
»Was auch immer ihre Beweggründe waren, wir werden es möglicherweise nicht erfahren. Allerdings können wir unseren Beitrag dazu leisten, die Hintergründe der Morde aufzuklären. Deshalb schlage ich vor, dass wir wie folgt vorgehen. Stefan und ich werden nachher der Firma Neuendorff einen Besuch abstatten, während ihr euch bitte mit diesem Alfons Pracht in ...«, weiter kam Hansen nicht, weil in diesem Moment Laura Deckers Handy klingelte.
»Sorry«, grinste sie.
»Nun geh schon ran«, meinte Hansen.
Das Gespräch dauerte nicht länger als eine halbe Minute.
»Ich habe da vielleicht etwas für euch«, sagte sie, nachdem

sie das Gespräch beendet hatte. »Es hört sich jedenfalls vielversprechend an. Ich hatte meine Jungs gebeten, die eingegebenen Adressdaten des Navigationsgerätes aus Wolfs Wagen zu überprüfen und daraus ein Bewegungsprofil zu erstellen. Das haben wir dann mit den Handydaten von Heike Berger abgeglichen. Genauer gesagt haben wir überprüft, in welche Funkzellen sie im letzten halben Jahr eingewählt war. Und dabei ist herausgekommen, dass Bergers Handy exakt zwei Wochen vor Wolfs Tod in einer Funkzelle eingeloggt war, die sich in der Nähe einer Adresse aus Wolfs Navi befand.«

»Und wo war der Journalist zu diesem Zeitpunkt?«

»In Einruhr am Rursee«, erklärte sie.

»Laura, du bist genial«, meinte Hansen.

»Ich weiß, aber dubbele merssi«, sagte sie mit einem breiten Lächeln.

»Gut, dann habe ich eine neue Aufgabe für Markus und Jens. Ich hoffe, ihr habt ein paar Schneeketten im Kofferraum eures Dienstwagens. Ihr macht einen Ausflug an den Rursee! Wenn ihr das erledigt habt, versucht bitte, diesen Doktor Pracht zu erreichen. Ich würde gerne die Geschichte aus seiner Sicht beschrieben bekommen. Ach ja, und noch eins. Es herrscht absolute Schweigepflicht, was die Identität des Mörders angeht. Wenn die Presse Wind davon bekommt, dass wir es hier in Aachen mit einem international operierenden Auftragskiller namens *das Phantom* zu tun haben, könnt ihr euch ja vorstellen, was dann losgeht!«

16. Kapitel

Unmittelbar nach der Besprechung machten sich Hansen und Riedmann auf den Weg zu der Adresse von Neuendorff-Chemie. Das Gebäude, eine ehemalige Tuchfabrik, befand sich im Drosselweg in der Soers. Als hier in den achtziger Jahren des vergangenen Jahrhunderts die Herstellung der weltbekannten Aachener Tuche, die der Stadt auch den Beinamen Tuchstadt des Westens eingebracht hatten, eingestellt wurde, übernahm das ursprünglich in Stolberg ansässige Pharmaunternehmen das Gebäude. Während damals eine jahrhundertelange Tradition geendet hatte, begann kurze Zeit später die Ära von Neuendorff-Chemie. Immerhin achthundert Arbeitsplätze waren im Laufe von knapp drei Jahrzehnten in den alten Backsteingemäuern und diversen Nebengebäuden, die nach und nach errichtet worden waren, entstanden. Und das Unternehmen expandierte weiter, wie Hansen auf dem Weg in den Drosselweg auf seinem Smartphone lesen konnte.
Nachdem Riedmann den Wagen auf dem firmeneigenen Parkplatz abgestellt hatte, meldeten die Ermittler ihren Besuch beim Pförtner an. Mit einem Besucherausweis ausgestattet begaben sie sich auf den Weg zum Büro von Professor Keller. Der Pförtner hatte ihnen den Weg auf einem Plan eingezeichnet. Trotzdem mussten sie sich verlaufen haben, denn plötzlich standen sie vor einer Tür mit der Aufschrift: Lager, Zutritt verboten! Sie gingen den Weg wieder ein Stück zurück und gerade, als sie sich auf dem Plan neu orientieren wollten, kam ihnen ein junger Mann entgegen, den Riedmann kurzerhand ansprach. Glückli-

cherweise erklärte sich der Mitarbeiter, auf dessen Namensschild Metin Yilmaz stand, bereit, sie zu dem gewünschten Büro zu bringen. Kurze Zeit später standen sie vor der Bürotür von Kellers Sekretärin. Wer den Professor besuchen wollte, musste unweigerlich hier vorbei. Hansen hoffte nur, dass sie es nicht mit einem dieser Vorzimmerdrachen aufnehmen mussten, wie er das schon oft erlebt hatte. Aber in diesem Fall hatten sie Glück. Elvira Lerch, eine Mittvierzigerin, wie Hansen schätzte, war das genaue Gegenteil. Sie bat die Ermittler freundlich, Platz zu nehmen, da Keller noch ein wichtiges Telefonat zu führen hatte und es noch einen Moment dauern würde.

»Darf ich Ihnen etwas zu trinken anbieten? Einen Kaffee? Oder lieber Tee?«

»Da sage ich nicht nein. Einen Kaffee könnte ich jetzt vertragen«, erwiderte Hansen.

Elvira Lerch erhob sich von ihrem Schreibtischstuhl und ging zu dem kleinen Tisch, auf dem ein Kaffeevollautomat stand. Nachdem sie Hansen mit einem Kaffee versorgt hatte, erkundigte sich der Ermittler beiläufig nach Heike Berger.

»Was ich Ihnen über Frau Berger erzählen kann?«, wiederholte sie seine Frage. »Sie war bis zu der unsäglichen Angelegenheit vor ein paar Monaten eine sehr angesehene Mitarbeiterin gewesen. Ich fand sie sympathisch. Sie war immer nett und freundlich zu mir. Im Gegensatz zu ihrem Nachfolger, Doktor Bernd Johnen, der eine eher herablassende Art hat und sich ganz offensichtlich für etwas Besseres hält«, erklärte die Sekretärin mit einem Naserümpfen. »Frau Berger hat mich auch hin und wieder besucht und auf einen

Kaffee hereingeschaut. Sie sagte immer, dass man das Gebräu in ihrem Labor kaum als Kaffee bezeichnen könnte.«

»Wenn er nur halb so schlimm schmeckt wie der Kaffee bei uns im Präsidium, dann kann ich das durchaus nachvollziehen. Ihr Kaffee schmeckt dagegen hervorragend«, erwiderte Hansen.

»Danke. Ich kann es immer noch nicht begreifen, dass Frau Berger tot ist! Seit Professor Keller mir davon erzählt hat, kann ich an nichts anderes mehr denken.«

Wie auf Kommando ertönte genau in dem Moment, als Lerch den Namen ihres Chefs erwähnte, dessen Stimme aus dem Lautsprecher der Gegensprechanlage. Schade, dachte Hansen. Er hätte Elvira Lerch gerne noch darauf angesprochen, was genau sie über den Vorfall, der zu Bergers Entlassung geführt hatte, wusste. Aber das konnten sie immer noch nachholen. Lerch war von ihrem Stuhl aufgesprungen und zur Tür, die zu Kellers Büro führte, geeilt und bat die Ermittler einzutreten.

»Guten Morgen, die Herren«, begrüßte Keller die Ermittler etwas kurz angebunden. »Was verschafft mir die neuerliche Ehre Ihres Besuchs?«

»Wir würden uns gerne mit den ehemaligen Kollegen aus Frau Bergers Forscherteam unterhalten«, erklärte Hansen.

»Das ist kein Problem. Allerdings habe ich da eine kleine Bitte.«

»Die da lautet?«

»Ich möchte Sie bitten, keine Fragen zu den Hintergründen von Frau Bergers Entlassung zu stellen. Wir haben größten Wert auf Diskretion in dieser delikaten Angelegenheit gelegt. Deshalb gab es ja unter anderem diese Verschwiegenheitsklausel in Doktor Bergers Aufhebungsvertrag. Die Kollegen wissen nichts von dem Vorfall. Wenn man einmal von den Gerüchten, die damals aufgekommen sind, absieht. Offiziell hat Frau Berger völlig überraschend gekündigt, um sich einer neuen Aufgabe zuzuwenden.«

Riedmann warf Hansen in diesem Moment einen fragenden Blick zu. Hansen war kurz davor zu explodieren, bewahrte aber die Ruhe.

»Man könnte fast glauben, dass hier etwas unter den Teppich gekehrt werden sollte. Kommt Ihnen der Tod von Heike Berger eigentlich gelegen?«, fragte er so ruhig, wie er nur konnte.

»Mir ist zwar nicht klar, was Sie damit andeuten wollen, aber das Einzige, was hier unter den Teppich gekehrt wurde, ist das Fehlverhalten einer ehemaligen Mitarbeiterin«, erwiderte Keller kühl. »Wie ich schon gestern erwähnt habe, wäre es für die Reputation unseres Unternehmens eine Katastrophe gewesen, wenn unsere Kunden erfahren hätten, dass eine Mitarbeiterin, noch dazu eine angesehene Forscherin, versucht hat, Forschungsergebnisse an ein anderes Unternehmen weiterzugeben. Wir praktizieren hier schließlich auch Auftragsforschung für renommierte Geldgeber. Wenn der Eindruck entstanden wäre, dass in unserem Haus Forschungsergebnisse nicht sicher sind, hätte das ungute Folgen für Neuendorff haben können. Aber abgesehen davon geht mir Heikes Tod persönlich sehr nahe. Von daher verbitte ich mir derartige Andeutungen«, echauffierte sich der Professor.

»Dann würden wir jetzt gerne mit Ihren Mitarbeitern sprechen. Ich versichere Ihnen, dass wir keine Fragen stellen, die

mit dem damaligen Vorgang zu tun haben«, erwiderte Hansen.
»Ich werde den neuen Laborleiter, Doktor Johnen, informieren. Und jetzt wünsche ich Ihnen einen schönen Tag, meine Herren.« Damit war klar, dass die Audienz bei Georg Keller beendet war.

Johnen empfing die Ermittler in seinem Büro. Elvira Lerch war so freundlich, sie dorthin zu begleiten. Was sicherlich eine gute Entscheidung war angesichts der komplexen Büro- und Forschungsräumlichkeiten und der verwinkelten Flure, dachte Hansen auf dem Weg zu Johnen. Während ihres gut dreiminütigen Fußmarsches durch die Flure hatte Hansen die Gelegenheit genutzt, um die Sekretärin auf Bergers Entlassung anzusprechen. Aber Lerch antwortete nur: »Das hätte ich von Frau Berger nicht erwartet, dass sie nur auf das schnelle Geld aus war. Ich hatte sie immer für eine ehrgeizige und ehrliche Forscherin gehalten«.
Johnen saß an seinem Schreibtisch und arbeitete, als die Ermittler das Büro betraten. Er hatte ein rundliches Gesicht, dichtes schwarzes Haar, das er zu einem Zopf zusammengebunden hatte und schmale schwarze Augenbrauen, die über der Nase zusammengewachsen waren. Seine dunkelgrünen Augen starrten die Ermittler mit einer Mischung aus Neugier und Entschlossenheit an. Sein Mund war eher schmallippig. Als Johnen sich von seinem Stuhl erhob, um die beiden Ermittler zu begrüßen, erkannte man die athletische Figur des Mannes. Johnen hatte Modelmaße und aus irgendeinem Grund ging Hansen davon aus, dass er das wusste.

»Setzen Sie sich doch bitte«, meinte der Wissenschaftler, nachdem sie sich vorgestellt hatten. Die Ermittler nahmen auf den beiden Besucherstühlen, die vor Johnens Schreibtisch standen, Platz.

»Herr Doktor Johnen, der Grund unseres Besuchs ist Ihnen bekannt?«, begann Hansen.

»Bedauerlicherweise ja. Frau Bergers Tod hat sich natürlich schnell herumgesprochen.«

»Kannten Sie sie persönlich?«

»Ja, wir sind uns einmal im Institut begegnet. Eigentlich war vorgesehen, dass ich Frau Bergers Forschungsteam ergänzen sollte. Unter ihrer Führung natürlich. Aber durchaus mit meinen eigenen Kompetenzen innerhalb des Teams. Die Forschungsarbeit war trotz des vielversprechenden Ansatzes nicht von Erfolg gekrönt gewesen. Und man hoffte bei Neuendorff, durch meine Hilfe, einen neuen Lösungsansatz für die Probleme, die sich ergeben hatten, zu finden. Als ich dem Team vorgestellt wurde, lernten wir uns kennen. Das war etwa sechs Wochen, bevor ich meine Stelle in Aachen antreten sollte. Aber schon kurze Zeit später hat Professor Keller mir mitgeteilt, dass Frau Berger um eine sofortige Auflösung ihres Arbeitsvertrages gebeten hatte. Er hat mir dann die Leitung des Teams anvertraut. Tja, und jetzt sitze ich hier.«

»Was waren das für vielversprechende Ansätze? Professor Keller hat uns gegenüber, abgesehen davon, dass es um die Erforschung von Demenzerkrankungen geht, nichts Genaueres mitgeteilt.«

»Aus gutem Grund. Wir können es uns nicht erlauben, dass etwas über unsere Forschung nach außen dringt. Jedenfalls

jetzt noch nicht.«
»Ihnen ist schon klar, dass Sie mit der Mordkommission sprechen? Wir haben nur ein Interesse daran, einen Mord aufzuklären. Wir haben nicht vor, Interna von Neuendorff nach außen zu tragen«, ließ Hansen nicht locker.
»Also gut«, seufzte Johnen. »Aber damit sie die Tragweite unserer Arbeit verstehen, muss ich etwas weiter ausholen. Die Erforschung von Alzheimer, der häufigsten Form von Demenz, hat in den vergangenen zwanzig Jahren große Fortschritte gemacht. Wir verstehen nun viel besser, welche Faktoren den Ausbruch der Erkrankung begünstigen.«
»Sie sprechen von den Plaques und Tangles«, nehme ich an.
»Sehr gut, Herr Kommissar. Sind Sie Hobby-Wissenschaftler?«, erwiderte Johnen anerkennend.
»Nein, nur ein aufmerksamer Ermittler. Keller hat das gestern auch schon erwähnt.«
»Gut. Obwohl man die auslösenden beziehungsweise begünstigenden Faktoren für den Ausbruch der Krankheit kennt, sind mehrere Studien mit dem Ziel, ein wirksames Medikament zu entwickeln, in den letzten Jahren gescheitert. Abeta Antikörper sollten die Abeta Aggregation und somit die Plaquebildung vermindern. Ein ähnliches Ziel verfolgte die Abeta Immunotherapie.«
»Schon gut, Doktor Johnen. Wir sollten an dieser Stelle die wissenschaftliche Exkursion beenden. Erzählen Sie uns lieber, welche wichtige Entdeckung Frau Berger gemacht hatte, und zwar so, dass wir Normalsterblichen das auch verstehen können«, unterbrach Hansen den Wissenschaftler ungeduldig.
»Der Zusammenhang ergibt sich noch, versprochen. Man

wusste seit längerem, dass Affen, die zu neunundneunzig Prozent eine genetische Identität mit uns verbindet, trotz im Gehirn vorhandener Plaques keine typischen klinischen Verhaltensmerkmale von Alzheimer-Demenz ausbilden. Das legt die Vermutung nahe, dass es Faktoren geben muss, die den Affen davor schützen, eine Demenz zu entwickeln. Befeuert wurde die Annahme durch die sogenannte Nonnenstudie, die seit 1986 in den USA durchgeführt wurde. Die Langzeitstudie hat sechshundertsiebenundachtzig katholische Nonnen untersucht, bei denen zu einem hohen Prozentsatz zum Teil große Proteinablagerungen im Gehirn gefunden wurden, obwohl sie keine oder nur wenig ausgeprägte Anzeichen einer Demenz gezeigt haben. Diese Studie wurde zwar sehr kontrovers unter Wissenschaftlern diskutiert, aber ...«

»Wollen Sie andeuten, dass Frau Berger die Ursache für den Nichtausbruch der Krankheit bei den Affen oder den Nonnen gefunden hat?«, unterbrach Hansen den Mann erneut, weil er keine Lust auf weitere wissenschaftliche Erklärungen hatte.

»Ganz so einfach ist es dann doch nicht. Aber es lag auf der Hand, dass es bestimmte Schutzmechanismen geben muss, die trotz aller vorhandenen Voraussetzungen für den Ausbruch der Krankheit diesen eben verhindern. Frau Berger war auf der Suche nach diesem, ich nenne es einmal Schutzfaktor, und glaubte diesen auch in einem bestimmten Gen gefunden zu haben.«

»Sie glauben das also nicht?«

»Der Ansatz war vielversprechend, aber die Forschungsergebnisse sprachen leider eine andere Sprache. Dabei glaube

ich im Grunde nur, dass Doktor Berger einer falschen Zielvorstellung hinterhergejagt ist.«
»Inwiefern?«
»Sie hat bei der Suche nach dem Schutzfaktor ein weiteres Protein lokalisiert, das den Ausbruch der Krankheit vermutlich genauso fördert wie die bisher bekannten Katalysatoren. Das würde ich in diesem Zusammenhang als bahnbrechend bezeichnen. Das erklärt nämlich aus meiner Sicht, warum die Konkurrenz bei ihren bisherigen Therapieansätzen scheitern musste. Schließlich haben sie bei der Entwicklung eines Wirkstoffs nur zwei der drei Risikofaktoren berücksichtigen können. Ich bin davon überzeugt, dass Doktor Berger den Fehler gemacht hat, den zweiten vor dem ersten Schritt gemacht zu haben.«
»Und dieser erste Schritt, wie Sie es nennen, ist dann wahrscheinlich die Entwicklung eines Medikamentes, das die Krankheit stoppen kann«, unterbrach Hansen den Wissenschaftler abermals.
»Richtig. Und wenn uns das gelungen ist, sollte es unser nächstes Ziel sein, einen Wirkstoff zu entwickeln, der sie präventiv bekämpfen kann. Dank diverser Testverfahren ist es uns heute schon möglich vorherzusagen, bei wem die Krankheit auftreten wird. Und nur diese Menschen müssten behandelt werden.«
»Sie klingen sehr zuversichtlich, dieses Ziel verwirklichen zu können. Ist es deshalb nicht seltsam, dass Frau Berger einfach so das Handtuch geworfen hat? Sie hatte den Ruf, eine ehrgeizige Wissenschaftlerin zu sein. Und dann macht sie diese Entdeckung und kapituliert nach den ersten Rückschlägen?«

»Ich weiß, worauf Sie anspielen, Herr Kommissar. Ich kenne die Gerüchte, die hier im Haus über den Fehltritt von Doktor Berger kursieren. Aber ich beteilige mich nicht daran. Ich habe einen Forschungsauftrag, und den nehme ich sehr ernst.«
»Gut, wir haben erst einmal keine weiteren Fragen an Sie. Wir würden uns dann gerne mit den Mitarbeitern Ihres Teams unterhalten.« Hansen spürte, dass es keinen Sinn ergab, weiter zu bohren.
»Das ist kein Problem. Es wäre allerdings schön, wenn Sie keine Fragen bezüglich Frau Bergers Kündigung stellen würden. Professor Keller hat mich instruiert, Sie noch einmal daran zu erinnern. Und nach unserem Gespräch sehe ich mich leider genötigt, Sie erneut darauf hinzuweisen.«
»Sofern unsere Ermittlungen dadurch nicht behindert werden, kommen wir diesem Wunsch nach«, erwiderte Hansen, der mehr denn je davon überzeugt war, dass der Grund für den Tod der Frau und des Journalisten genau in dieser ungeklärten Frage seinen Ursprung hatte. Die fadenscheinige Erklärung Kellers, dass man versucht habe, einen Skandal von Neuendorff abzuwenden, hatte er dem Professor nicht abgekauft. Aber alles zu seiner Zeit, dachte Hansen. »Wenn Sie uns dann jetzt die Mitarbeiter vorstellen könnten.«

Die Befragung der übrigen Mitarbeiter bei Neuendorff brachte keine neuen Erkenntnisse. Hansen hatte das nach den Gesprächen mit Keller und Johnen bereits befürchtet. Da er und Riedmann keine Beweise für ihre bisherige Theorie, dass die Gründe für Bergers Entlassung nur vorgeschoben waren, hatten, hielt Hansen es für klüger, sich erst einmal an die Abmachung mit Keller zu halten. Auch wenn es gegen Hansens eigene Überzeugung gesprochen hatte.

17. Kapitel

Während Hansen und Riedmann bei Neuendorff waren, hatten sich Beck und Marquardt auf den Weg zum Rursee gemacht. Die Straßen waren allesamt freigeräumt gewesen. Kurz nachdem sie die Himmelsleiter hinter sich gelassen hatten, waren sie in der Nähe von Roetgen in einen durch einen Unfall bedingten Stau geraten. Eine halbe Stunde lang war gar nichts mehr vorwärtsgegangen. Erst dann hatten sie ihre Fahrt fortsetzen können. Marquardt war zu diesem Zeitpunkt schon recht genervt gewesen. Die schlechte Laune hatte Beck zu spüren bekommen, aber da er die Launen seines Kollegen schon gewohnt war, hatte er das wie sonst auch an sich abprallen lassen. Er war der Ruhepol des Teams. Als Vater von zwei Töchtern war er weitaus Schlimmeres gewohnt. Als sie die Serpentinen der B266 hinunterfuhren, bot sich ihnen dank der winterlichen Kulisse ein wunderschöner Blick auf den Obersee des Rursees. Beck bog von der Bundesstraße links ab in die Rurstraße. Sie hatten das Sechshundertseelendorf Einruhr endlich erreicht, die letzte Zieladresse, die in Jürgen Wolfs Navigationsgerät einprogrammiert gewesen war.
Beck stellte den Wagen auf dem kleinen öffentlichen Parkplatz am Ortseingang ab. Er verzichtete darauf, ein Parkticket an einem der Automaten zu ziehen. Vermutlich hatte

hier auch vor kurzem Wolfs Auto gestanden, dachte er. Und vielleicht auch der Clio von Heike Berger, wenn Decker mit ihrer Vermutung richtig lag. Sie stiegen aus dem Auto und Kälte umfing sie. Hier in der Eifel war es noch einmal ein paar Grad kälter als in Aachen. Beck und Marquardt schlossen die Reißverschlüsse ihrer Daunenjacken und stapften durch den Schnee los. In Ufernähe gab es insgesamt fünf Restaurants beziehungsweise Cafés, die als möglicher Treffpunkt Wolfs und Bergers infrage kamen. Das erste Café, in dem Beck erst im Sommer mit seiner Frau und seinen Töchtern bei einem gemeinsamen Ausflug einen hervorragenden Apfelkuchen gegessen hatte, konnten die Ermittler von ihrer Liste streichen. Auf einem Pappschild, das mit Klebeband an der Rolllade der Eingangstür befestigt war, stand der Hinweis, dass von Ende November bis Anfang März geschlossen war. Blieben also noch vier übrig. Als sie das Café Seeblick betraten, stürmte sofort eine junge Kellnerin erwartungsfroh auf sie zu. Was auch kein Wunder war. Außer den Ermittlern und den beiden Angestellten befand sich niemand in dem gemütlichen Etablissement.

»Mahlzeit«, sagte die Kaugummi kauende Kellnerin, die höchstens achtzehn oder neunzehn Jahre alt war. Sie war durchaus hübsch, was sie aber geschickt durch allzu viele Piercings im Gesicht und eine recht eigentümliche Art, sich zu schminken, zu kaschieren wusste. Er würde seine Töchter nicht so herumlaufen lassen, dachte Beck. Jedenfalls nicht, solange er etwas zu sagen hatte. »Sie haben freie Platzauswahl«, fuhr sie mit einem frechen Grinsen fort.

»Guten Tag. Wir haben nur ein paar Fragen und hoffen, dass Sie uns helfen können«, sagte Beck freundlich. »Haben

Sie am fünften Januar auch zufällig hier gearbeitet?«
»Und wer möchte das wissen?«, fragte die Kellnerin, die eine große Kaugummiblase produzierte, um sie mit einem lauten Knall platzen zu lassen.
»Mordkommission Aachen. Mein Name ist Beck und der junge Mann neben mir heißt Marquardt«, erwiderte der Ermittler und zeigte seinen Ausweis.
»Oh«, war die einzige Antwort der jungen Frau.
»Ich muss mich für das Benehmen der jungen Dame bei Ihnen entschuldigen«, meinte die Frau, die sich mittlerweile zu ihnen gesellt hatte. »Mein Name ist Margot Gruber. Und die reizende junge Frau ist meine Tochter Sandra. Ich bin die Eigentümerin. Worum geht es bitte genau?«
»Sie brauchen sich nicht zu entschuldigen. Ich bin selbst Vater zweier Töchter. Die sind nur ein paar Nummern kleiner«, erwiderte Beck freundlich.
»Wir würden gerne wissen, ob Sie diese beiden Personen im Laufe des fünften Januars hier gesehen haben, einzeln oder zusammen«, ergriff nun Marquardt die Initiative. Dabei zeigte er auf seinem Handy zunächst der Mutter ein Foto von Jürgen Wolf, und anschließend von Heike Berger. Er wiederholte die Prozedur im Anschluss bei Sandra Gruber. Aber beide Frauen verneinten. Sie hatten weder den Mann noch die Frau am besagten Tag hier gesehen. Und auch nicht an einem anderen Tag, wie sie schnell hinzufügten.
»Tut mir leid, dass wir Ihnen nicht helfen konnten«, sagte Margot Gruber, als sie sich von den Ermittlern verabschiedete.
»Es war einen Versuch wert. Schönen Tag noch«, entgegnete Beck und verabschiedete sich.

Die Befragung der Angestellten im Hotelrestaurant »Rurparkhotel« endete nach knapp zehn Minuten mit dem gleichen Resultat. Das Personal hatte keine der beiden Personen am besagten Tag gesehen.

»Sieht fast so aus, als ob unser Betriebsausflug umsonst war«, meinte Marquardt, als sie das Rurparkhotel verließen.

»Abwarten«, erwiderte Beck. »Zwei Versuche haben wir noch. Und besser, als im Büro zu hocken und Handyverbindungsdaten zu überprüfen oder irgendeinen Backgroundcheck zu machen, ist das hier doch allemal. Das kannst nicht mal du abstreiten.«

»Da hast du natürlich auch wieder recht. Ich könnte übrigens eine Kleinigkeit zu Essen vertragen. Wie sieht´s bei dir aus?«

»Da sage ich nicht nein. Dann können wir Angenehmes und Nützliches miteinander verbinden. Und da wir ja im Dienst sind, können wir das auch auf unsere Spesenabrechnung setzen. Da freut sich unser Kriminalrat wieder«, feixte Beck.

Weit mussten sie dafür nicht laufen. Nach knapp hundert Metern hatten sie ihr Ziel erreicht. Sie betraten das »Café-Restaurant Zur Post« und setzten sich an einen Tisch in Fensternähe. Während Beck ein Zigeunerschnitzel mit Pommes bestellte, entschied sich Marquardt für das Tagesgericht: Schweinebraten mit Klößen. Dazu orderten sie jeweils ein alkoholfreies Bier. Gleichzeitig nutzte Beck die Gelegenheit und zeigte dem Kellner, der die Bestellung aufnahm, die Fotos von Jürgen Wolf und Heike Berger. Da dieser aber am fünften Januar keinen Dienst gehabt hatte, konnte er ihnen nicht weiterhelfen. Noch bevor sie Gelegenheit hatten nachzufragen, ob andere Mitarbeiter, die am besagten Tag Dienst hatten, da seien, war der Kellner auch schon wieder verschwunden. Während sie auf das Essen warteten, wurde ihnen das Bier von einer anderen Servicekraft gebracht, einem jungen Mann, höchstens Mitte zwanzig. Lange Haare, die zu einem Zopf zusammengebunden waren. Ein Ohrring zierte das linke Ohrläppchen. Das Gesicht eines unscheinbaren jungen Mannes.

»Entschuldigen Sie bitte. Wir sind von der Polizei in Aachen und haben eine Frage«, meinte Beck und zeigte seinen Dienstausweis.

»Was kann ich für Sie tun?«, antwortete der Kellner freundlich.

»Hatten Sie zufällig am fünften Januar Dienst?«

»Ja, hatte ich. Warum?«

»Das trifft sich gut. Erinnern Sie sich daran, diesen Mann und diese Frau hier auf den Fotos gesehen zu haben?«

Der Kellner schaute sich die beiden Bilder auf Becks Smartphone genau an.

»Ja, die waren hier«, sagte er schließlich. »Ich kann mich ganz genau an die Brünette erinnern. Ich hätte jetzt zwar nicht genau sagen können, dass das am fünften war. Aber sie waren definitiv zusammen hier. Sie haben am Tisch gleich neben Ihrem gesessen.«

»Und da sind Sie sich absolut sicher?«, hakte Beck nach.

»Hundertprozentig! Sie haben etwas gegessen und sind danach noch eine ganze Weile geblieben. Ich habe ihnen mehrfach Getränke an den Tisch gebracht. Und es gab ein großzügiges Trinkgeld.«

»Vielen Dank für Ihre Hilfe«, erwiderte Beck, nachdem sie die Personalien des Kellners aufgenommen hatten. Er hatte beschlossen, ebenfalls ein großzügiges Trinkgeld zu geben. Der Ausflug an den Rursee hatte sich jetzt schon mehr als gelohnt. Da konnte man sich auf Staatskosten durchaus erkenntlich zeigen, dachte Beck. Bevor das Essen kam, rief der Ermittler bei Hansen an, um ihm von den guten Nachrichten zu berichten. Natürlich sprang wieder nur die Mailbox an. Hansen hatte mal wieder richtig gelegen, wie es den Anschein machte. Es gab tatsächlich eine Verbindung zwischen den beiden Opfern, dachte Beck, nachdem er aufgelegt hatte. Jetzt mussten sie nur noch herausfinden, woran Wolf und Berger gearbeitet hatten.

18. Kapitel

»Das hört sich doch ganz so an, als ob da ein konspiratives Treffen stattgefunden hat. Warum sonst hätten sich die beiden Mordopfer ausgerechnet in Einruhr treffen sollen? Sie hätten genauso gut in ein Café in Aachen, Würselen oder sonst wo in der Nähe gehen können«, meinte Riedmann, nachdem Beck und Marquardt ausführlich von ihrer Recherche in der Eifel berichtet hatten.
»Das scheint mir auch so. Die Aussage des Kellners wurde noch von einer weiteren Kollegin bestätigt. Kurz bevor wir aufgebrochen sind, hat sie ihren Dienst angetreten. Die Befragten haben übereinstimmend ausgesagt, dass die beiden Opfer ziemlich lange an dem besagten Tag im Restaurant zusammen gegessen haben. Sie hätten sich angeregt unterhalten. Allerdings konnten die Servicekräfte uns nicht

sagen, worüber sie gesprochen haben. Sobald sie sich dem Tisch genähert haben, wäre die Unterhaltung unterbrochen worden.«

»Okay, lasst uns noch einmal nachdenken«, schlug Riedmann vor. »Ich glaube, dass wir uns weitgehend darüber einig sind, dass Heike Berger der Ausgangspunkt für die Morde war. Obwohl Jürgen Wolf das erste Opfer des Phantoms war.«

»Das mutmaßliche Opfer des Phantoms«, unterbrach Marquardt seinen Kollegen.

»Also gut. Das mutmaßliche Opfer. Wobei, aus meiner Sicht gibt es drei Gründe, die eindeutig für Karls Theorie sprechen, dass Bergers Entlassung keineswegs mit dem Versuch zusammenhängt, Forschungsergebnisse an die Konkurrenz zu verkaufen, sondern vielmehr damit, dass sie versucht hat, irgendeine Schweinerei aufzudecken, die bei dem Pharmaunternehmen im Gang ist:

Erstens, wir konnten nachweisen, dass sich Berger und Wolf gekannt haben und ich glaube kaum, dass es dabei nur um ein Date zwischen den beiden ging.

Zweitens, beide wurden offensichtlich Opfer eines Auftragskillers, den Interpol als Phantom kennt.

Drittens, man hat sich größte Mühe gegeben, alle persönlichen Unterlagen beider Opfer verschwinden zu lassen.

Das wiederum führt uns zu der Frage, wie die Person, die die Morde in Auftrag gegeben hat, davon erfahren hat, dass

Berger und Wolf zusammenarbeiten?«
»Ich hätte es nicht besser zusammenfassen können, Stefan«, meinte Hansen anerkennend.
»Vielleicht sollten wir unsere Zurückhaltung Neuendorff gegenüber aufgeben«, schlug Riedmann vor. »Ich habe mich ohnehin gewundert, dass du Kellers Wunsch entsprochen hast, Bergers Kollegen nicht auf die Umstände ihrer Entlassung anzusprechen.«
»Einerseits gebe ich dir recht. Andererseits bewegen wir uns da auf ganz dünnem Eis, Stefan. Außer Koslowskys Aussage haben wir nichts in der Hand, was unsere Vermutung stützen würde. Und selbst die ist nur Hörensagen ohne jegliche Substanz.«
»Aber irgendwie müssen wir Neuendorff doch beikommen können. Immerhin geht es um Mord in zwei Fällen.«
»Wir sollten mal mit den Kollegen des Wirtschaftsdezernats reden. Vielleicht haben die was über die Firma läuten hören. Und wenn es nur ein Gerücht ist«, schlug Marquardt vor.
»Ist einen Versuch wert«, erwiderte Hansen. »Kümmert ihr euch bitte darum, Jens. Stefan und ich übernehmen den Hintergrundcheck aller Mitarbeiter aus dem Forschungsteam, die unter Keller und Berger gearbeitet haben. Wenn bei Neuendorff irgendein krummes Ding gelaufen ist, würde es mich wundern, wenn nur die Berger davon gewusst haben soll. Sie war möglicherweise nur ein Bauernopfer. Vielleicht sollte ihre Entlassung auch als abschreckendes Beispiel dienen. Schließlich konnte man sich ja nicht leisten, alle Mitarbeiter aus dem Team zu entfernen. Möglicherweise hat man sich die Loyalität dieser Angestellten auch schlicht und

einfach erkauft und die Berger wollte dabei nicht mitmachen«, meinte Hansen an Riedmann gewandt.
»Bei aller Begeisterung für diese Theorie stört mich daran eine Sache. Wenn der Vorwurf der Industriespionage haltlos war, warum hat die Berger trotzdem geschwiegen? Wenn sie tatsächlich unschuldig war, war der Vertrag mit der Verschwiegenheitsklausel doch nicht das Papier wert, auf dem er geschrieben war. Irgendetwas muss Neuendorff gegen sie in der Hand gehabt haben, damit sie auch wirklich schweigt«, äußerte Marquardt seine Bedenken.
»Das ist ein berechtigter Einwand, Jens«, erwiderte Hansen, nachdem er kurz darüber nachgedacht hatte. »Behalten wir das im Hinterkopf und suchen nach einer möglichen Erklärung dafür, warum die Berger so lange stillgehalten hat!«
»Ach so, hätte ich jetzt glatt vergessen. Wir haben versucht, diesen Doktor Pracht von Deusen Pharma zu erreichen. Leider erfolglos. Der ist laut Aussage seiner Frau in die österreichischen Alpen zum Winterwandern gefahren. Und zwar ohne Handy. Und die Berghütten, in denen er übernachtet, sind nur per Funk zu erreichen. Er kommt erst Montagabend wieder nach Hause. Entweder wir warten so lange oder wir müssen irgendwie versuchen, ihn ans Funkgerät zu bekommen«, erklärte Beck.
»Manchmal habe ich wirklich den Eindruck, dass sich selbst bei den einfachsten Dingen alles gegen uns verschworen hat«, meckerte Hansen. »Sei's drum, dann müssen wir eben warten. Und jetzt ab an die Arbeit!«

19. Kapitel

Samstag, 26. Januar 2019

Beck und Marquardt konnten bereits am Morgen des nächsten Tages mit der Information aufwarten, dass bei den Kollegen des Wirtschaftsdezernats nichts gegen Neuendorff vorlag. Bei Hansen und Riedmann dauerte es hingegen bis zum späten Vormittag, bis die Überprüfung von Bergers ehemaligen Kollegen abgeschlossen war. Dafür waren die neu gewonnenen Informationen umso interessanter. Bei einem der fünf Mitglieder aus dem Forschungsteam gab es in den vergangenen acht Monaten auffällige Veränderungen der Lebensumstände. Demnach hatte Lucas Huber eine größere Summe Geld erhalten, deren Herkunft für das Ermittlerteam unklar war. Eine weitere Befragung war also unumgänglich. Da Wochenende war, blieb ihnen nichts anderes übrig, als ihr Glück bei ihm zu Hause zu versuchen. Huber wohnte keine fünf Minuten vom Präsidium entfernt. Gegen zwanzig vor zwei hatten sie die Adresse in der Malteserstraße in der Nähe des Ponttors erreicht. Den Unterlagen zufolge hatte Huber erst vor wenigen Monaten eine Eigentumswohnung in dem Dreiparteienhaus, in dem er jetzt wohnte, gekauft.

»Sie schon wieder?«, wunderte sich Huber, als er Hansens Gesicht in seinem Display der videounterstützten Türsprechanlage erkannte.

»Wir haben noch ein paar Fragen, die sich kurzfristig ergeben haben. Wären Sie bitte so freundlich, uns hereinzulassen«, erwiderte der Hauptkommissar.

»Wenn es unbedingt sein muss! Zweite Etage.«
Dann ertönte der Türsummer. Ein freundlicher Empfang sah anders aus, dachte Hansen. Huber erwartete die Ermittler an der Wohnungstür. Er trug Mantel und Schal.
»Ich hoffe, das dauert nicht allzu lange. Ich war eigentlich gerade auf dem Sprung.«
»Es wird nicht lange dauern, Herr Huber«, erwiderte Hansen.
»Also gut.« Huber bat sie, im Wohnzimmer Platz zu nehmen. Er zog noch einmal seinen Mantel aus, legte den Schal ab und setzte sich auf das klatschmohnrote Sofa rechts von den Ermittlern und schlug die Beine übereinander. Er trug einen, wie Hansen vermutete, Designeranzug und am rechten Handgelenk eine Rolexuhr. Beides hatte Huber gestern im Labor definitiv nicht getragen.
»Worum geht es?«
Hansen ging das Gespräch diplomatisch an. Er wollte es vermeiden, über den eigentlichen Verdacht in Sachen Berger zu sprechen. Nicht weil er eine Reaktion von Neuendorff auf möglicherweise unberechtigte Vorwürfe fürchtete. Vielmehr ahnte er, dass Huber die Verantwortlichen bei Neuendorff warnen könnte, sollte etwas an der Verschwörungstheorie dran sein und Huber selbst involviert sein.
»Uns liegen Hinweise vor, dass Frau Berger Neuendorff nicht ganz freiwillig verlassen hat. Vielmehr soll es Unstimmigkeiten wegen ihres Forschungsprojektes gegeben haben. Was wissen Sie darüber?«
»Unstimmigkeiten? Welcher Art?«
»Das möchten wir ja gerne von Ihnen wissen, Herr Huber. Immerhin waren Sie Teil der Forschungsgruppe. Wenn man

so eng zusammenarbeitet, bekommt man doch so einiges mit?«

»Reden wir über den Streit zwischen Doktor Berger und Professor Keller?«

»Es wäre schön, wenn Sie nicht in Rätseln sprechen würden. Von welchem Streit reden Sie?«

»Ich habe da zufällig etwas aufgeschnappt vor einigen Monaten, als ich etwas im Labor vergessen hatte. Berger erzählte irgendetwas von Sabotage. Und Keller meinte, dass das Blödsinn sei und sie nur von ihrem eigenen Fehltritt ablenken wolle. So genau habe ich das nicht verstanden. Ach ja, und es war noch eine weitere Person anwesend. Ein Mann. Er stand mit dem Rücken zu mir, deshalb habe ich ihn nicht erkannt. Mehr habe ich auch nicht mitbekommen. Ich bin schnell wieder weg, da ich nicht den Eindruck wecken wollte, dass ich lausche. Kurze Zeit später hat Heike dann Neuendorff verlassen. Mehr weiß ich nicht und ich wäre Ihnen auch sehr dankbar, wenn Sie das für sich behalten könnten.«

»Und warum haben Sie uns das gestern nicht erzählt? Immerhin wurde ihre ehemalige Chefin ermordet«, hakte Hansen nach.

»Ich habe da keinen Zusammenhang gesehen. Abgesehen davon habe ich ja bereits erwähnt, dass ich nur einen kleinen Teil des Gesprächs mitbekommen habe.«

»Wie kam Frau Berger darauf, dass ihre Arbeit sabotiert wurde? Haben Sie auch den Eindruck gehabt, dass an dem Vorwurf etwas dran sein könnte?«

»Nein, nicht wirklich.«

»Oder hat man Sie dafür bezahlt, nichts darüber zu wissen? Weder über die Sabotage noch den Inhalt des Gespräches,

von dem Sie zufällig Zeuge geworden sind?«
»Wie habe ich das denn zu verstehen?«, fragte Huber irritiert.
»Wir haben bei einer routinemäßigen Überprüfung festgestellt, dass Sie vor acht Monaten plötzlich zu sehr viel Geld gekommen sind. Unter anderem haben Sie diese Wohnung hier vor einem Vierteljahr gekauft, und zwar ohne dafür einen Kredit aufnehmen zu müssen.«
»Ach daher weht der Wind. Aber da muss ich Sie enttäuschen. Das Geld stammt aus einer Erbschaft.«
»Was Sie natürlich beweisen können.«
»Selbstverständlich«, erwiderte Huber, der im gleichen Moment aufstand und zu seinem Wohnzimmerschrank ging. Er öffnete die Schranktür und holte einen Aktenordner hervor. Er brauchte nicht lange, bis er gefunden hatte, wonach er suchte. Mit einem Schriftstück in der Hand kam er auf Hansen zu.
»Hier, der Erbschein«, sagte er mit einem triumphalen Lächeln. »Sie haben nicht ernsthaft geglaubt, dass ich das Geld von Neuendorff erpresst habe, oder? Sonst hätte ich Ihnen wohl kaum von diesem Streit erzählt. Glauben Sie mir, ich bin nicht so blöd wie Heike und setze meine Karriere so leichtfertig aufs Spiel. Dazu arbeite ich viel zu gerne bei Neuendorff.«
Hansen warf einen kurzen Blick auf den Erbschein und musste sich eingestehen, dass sich gerade ein verheißungsvoller Ermittlungsansatz als Sackgasse erwiesen hatte. Warum hatten sie von der Erbschaft nichts gewusst?

20. Kapitel

Manfred Böhm, der Leiter des Senioren- und Pflegeheims St. Albertus in Aachen, verließ sein Haus in der Monschauer Straße genau in dem Moment, als das Phantom seinen Leihwagen einparkte.

Eigentlich sollte Böhm nach dem gleichen Muster wie Heike Berger sterben. Da der Mann aber gerade dabei war, die Haustür abzuschließen, musste eine Entscheidung her. Abwarten, bis der Mann wieder nach Hause käme? Oder seine Verfolgung aufnehmen? Das Phantom entschied sich für Letzteres. Das erhöhte zwar ein wenig den Nervenkitzel, konnte die Aufgabe aber auch reizvoller gestalten. Möglicherweise ergab sich ja unterwegs eine günstige Gelegenheit zuzuschlagen. Böhm fuhr über die Trierer Straße und den Adalbertsteinweg in die Sedanstraße. Das Phantom hoffte nur, dass Böhm nicht auf die Autobahn fuhr. Dann wäre die Verfolgung sinnlos und der Zeitplan geriet in Gefahr. Aber Böhm fuhr nicht auf die Autobahn. Stattdessen bog er in die Joseph-von-Görres-Straße ab. Dann lenkte er seinen Wagen in ein Parkhaus. Das Phantom folgte ihm in sicherem Abstand. Im Rückspiegel erkannte es, dass Böhm bereits aus seinem Wagen stieg, während es sich gezwungen sah, auf die nächste Parkplatzebene zu fahren. Dort hieß es parken, aussteigen, absperren und zur Treppe, um Böhm noch zu finden.

Als das Phantom schließlich die Ausgangstür des Treppenhauses erreicht hatte und die Straße betrat, war von dem Zielobjekt nichts zu sehen. In welche Richtung war er gegangen? Nach links oder rechts? Das Phantom musste eine

Entscheidung treffen. Intuitiv bog der Verfolger nach rechts ab und beschleunigte seinen Schritt. An der Straßenecke konnte das Phantom noch so eben erkennen, wie Böhm ein Gebäude betrat. Ohne größere Eile setzte es nun die Verfolgung fort. Es war klar, was der Mann vorhatte. Ein wenig Kultur am Samstagmittag. Warum auch nicht? Böhm hatte das Ludwig-Forum betreten, ein Museum für moderne Kunst, das im Gebäude einer ehemaligen Schirmfabrik aus den zwanziger Jahren untergebracht war. Wie auf den Werbeplakaten zu erkennen war, gab es gerade eine Sonderausstellung: Kunst und Computerspiele.

Auch das Phantom kaufte ein Ticket und machte sich auf die Suche nach Böhm. Ab dem Moment, als es den Mann ausfindig gemacht hatte, blieb der Auftragsmörder in der Nähe seines Zielobjektes. Das Phantom liebte Herausforderungen und vielleicht ergab sich ja doch eine unerwartete Gelegenheit, den Auftrag hier an Ort und Stelle auszuführen. Außerdem war es lange nicht mehr in einem Museum gewesen. Nach drei Stunden musste sich der Verfolger allerdings eingestehen, dass sich in dem Museum keine Gelegenheit ergeben würde. Böhm war bisher nicht einmal auf die Toilette gegangen. Stattdessen schien er jedes einzelne Kunstwerk genauestens in Augenschein zu nehmen. Für das Phantom absolut unverständlich. Es fand die Ausstellung einfach nur langweilig.

21. Kapitel

Hansen hatte gerade nach einem wenig erbaulichen Arbeitstag mit seiner Frau Christine beim Abendessen gesessen, als er den Anruf erhielt.

»Mord in der Monschauer Straße. Das Phantom hat wieder zugeschlagen«, hatte Riedmann gesagt, der heute Bereitschaftsdienst schieben musste.

Da es wieder angefangen hatte zu schneien und die Straßen nicht geräumt waren, brauchte Hansen fast eine halbe Stunde, bis er den Fundort endlich erreichte. Neben seinem Kollegen waren Laura Decker und ihr Team auch bereits vor Ort und wuselten in ihren weißen Overalls durch den Flur des Hauses. Hier und da blitzte ein Blitzlicht der Kameras auf, mit denen die Kollegen der Spurensicherung Aufnahmen machten, wie Hansen erkannte, als er auf die geöffnete Haustür zuging.

»`n Abend«, sagte Hansen, als er den Flur betrat.

»Hallo, Karl«, begrüßten Riedmann und Decker ihn fast synchron.

»Ihr versteht es wirklich, einem den Tag zu versüßen. Und dann noch das Schiet Wetter.«

»Na ja, wir haben uns unseren Abend auch etwas anders vorgestellt, Karl. Aber du siehst ja selbst. Unser Typ wird verlangt«, meine Riedmann und deutete mit seinem Daumen über die rechte Schulter.

»Wer ist das Opfer?«, wollte Hansen wissen, als er sich hinhockte, um den Toten näher zu betrachten. Er schätzte, dass der Mann circa vierzig bis fünfzig Jahre alt war. Genauer ließ sich das aufgrund des ganzen Blutes, das den Kopf des Opfers umrahmte, nicht sagen. Er hatte rotblondes Haar, einen Vollbart und obwohl das Opfer auf dem Bauch lag, konnte Hansen erkennen, dass der Mann eindeutig ein paar Kilo zu viel mit sich herumgetragen hatte.

»Dem Ausweis in seinem Portemonnaie zufolge handelt es sich um den Besitzer des Hauses, Manfred Böhm. Er war Leiter des Pflegeheims St. Albertus hier in Aachen. Seine Freundin Wiebke Behrens hat ihn gefunden, als sie von einer Freundin nach Hause gekommen ist. Zwei Schüsse in den Hinterkopf. Ansonsten das mittlerweile bekannte Bild. Das Haus wurde durchsucht. Sieht aus, als hätte Böhms Mörder dessen Handy und Laptop mitgenommen. Wir konnten beides bisher nicht finden.«

»Spricht in der Tat dafür, dass das Phantom wieder zugeschlagen hat. Stellt sich nur die Frage, wie die Ermordung des Mannes in unser Puzzle passt?«

»Entweder sind wir die ganze Zeit von einer falschen Annahme ausgegangen oder das Ausmaß der Vertuschungsaktion bei Neuendorff-Chemie ist weitaus größer, als wir bisher dachten.«

»Darf ich eine Vermutung zum möglichen Tathergang äußern?«, mischte sich Laura Decker in die Unterhaltung ein.

»Nur zu, Laura.«

»Da es keine Einbruchsspuren gibt, vermute ich, dass Böhms Mörder ihn von hinten beim Aufschließen der Haustür überrascht, in den Hausflur gedrängt und dann erschossen hat. Den Haustürschlüssel haben wir drüben auf dem Esszimmertisch gefunden. Da Böhm von hinten erschossen wurde und er bäuchlings mit den Füßen zur Tür liegt, vermute ich, dass der Mörder den Schlüssel abgezogen und auf den Tisch gelegt hat. Wir haben in der Manteltasche des Toten diese Eintrittskarte vom Ludwig-Forum mit Datum von heute gefunden. Vermutlich wurde er erschossen, als er gerade von dort nach Hause kam.«

»Klingt plausibel. Es könnte aber auch so gewesen sein, dass Böhm seinem Mörder die Tür geöffnet hat, er ihn hereingelassen hat und als er sich umdrehte, erschossen wurde.«

»Das würde allerdings voraussetzen, dass er seinen Mörder gekannt hat. Wie wahrscheinlich ist es, dass Böhm einen international gesuchten Serienkiller kannte?«

»Das Phantom könnte mit einer Waffe vor der Tür gestanden haben und den Mann gezwungen haben hineinzugehen. Dann hat er nicht lange gefackelt und ihn direkt erschossen«, mutmaßte Hansen.

»Das wäre natürlich auch eine Möglichkeit«, gab Decker klein bei.

»Warten wir einfach ab, was die weiteren Untersuchungen ergeben. Wo befindet sich Böhms Partnerin jetzt, Stefan? Ich würde gerne mit ihr sprechen.«

»Sie sitzt in der Küche. Ich bringe dich zu ihr.«

»Dann wollen wir mal.«

Als die beiden Ermittler die Küche betraten, machte Wiebke Behrens einen vergleichsweise gefassten Eindruck. Man konnte erkennen, dass sie noch vor kurzem geweint hatte. Die Wimperntusche war verlaufen. Aber jetzt saß die Frau mit dem Pagenschnitt und dem ansprechenden Gesicht am Küchentisch und trank eine Tasse Tee.

»Frau Behrens, das ist Hauptkommissar Hansen. Er leitet die Ermittlungen und hat ein paar Fragen an Sie.«

»Mein aufrichtiges Beileid, Frau Behrens«, sagte Hansen und setzte sich zu ihr. Die Frau nickte nur. Die üblichen Fragen wie die nach dem Alibi der Frau oder möglichen Feinden ihres Partners sparte sich Hansen an dieser Stelle. Es schien ihm, dass das Motiv für den Mord nicht im Privatbereich lag und stattdessen einen anderen Hintergrund hatte. »Ich würde gerne wissen, ob Ihnen die Namen Jürgen Wolf und Heike Berger etwas sagen?«

Wiebke Behrens musste nur kurz nachdenken, bevor sie antwortete.

»Jürgen Wolf ist der Journalist, der kürzlich ermordet wurde. Ich habe in der Zeitung davon gelesen. Den anderen Namen habe ich noch nie gehört.«

Wiebke Behrens sprach mit einer angenehmen weichen Stimme.

»Sie kannten Herrn Wolf also nicht persönlich?«

»Nein, sollte ich?«

»Es war nur so ein Gedanke. Und Herr Böhm hat seinen Namen auch nicht erwähnt?«

»Nicht dass ich wüsste. Ich kann mich jedenfalls nicht daran erinnern. Kannte Manfred diesen ermordeten Reporter?«

»Das wissen wir nicht. Wir hatten gehofft, dass Sie uns das sagen können.«

Mehr wollte Hansen für den Moment auch nicht wissen. Es war offensichtlich, dass die Frau ihnen nicht weiterhelfen konnte.

Wiebke Behrens schien das zu ahnen. »Wenn Sie keine weiteren Fragen mehr haben, würde ich diesen schrecklichen Ort jetzt gerne verlassen. Ich halte es hier keine Minute mehr aus. Ich werde für ein paar Tage zu meiner Schwester

nach Düsseldorf ziehen.«
»Das ist schon in Ordnung. Wir haben vorerst keine weiteren Fragen. Aber bitte geben Sie meinem Kollegen die Adresse Ihrer Schwester. Und am besten auch Ihre Handynummer, damit wir Sie gegebenenfalls erreichen können«, bat Hansen.
»Habe ich alles schon notiert«, meinte Riedmann aus dem Hintergrund.
»Dann dürfen Sie jetzt gehen, Frau Behrens.«
Kaum, dass Hansen zu Ende gesprochen hatte, schnappte sie ihren Mantel, den sie über die Rückenlehne ihres Stuhls gelegt hatte, und stürmte ohne ein weiteres Wort zu sagen aus der Küche. Sie war längst nicht so gefasst, wie es zunächst den Anschein gemacht hatte, stellte Hansen fest.
»Das war aber eine kurze Befragung«, meinte Riedmann.
»Mich interessierte nur, ob sie die beiden anderen Opfer gekannt hat. Auch dieser Mord trägt die Handschrift des Phantoms. Warum hätte ich sie unnötig mit den üblichen Fragen belästigen sollen? Themawechsel. Ob unsere Kollegen wieder mal im Stau stehen? Ich war ja schon lange unterwegs bis hier, aber von Markus und Jens fehlt bisher jede Spur.«
»Oh, mein Fehler«, murmelte Riedmann. »Hatte ich ganz vergessen zu erwähnen. Die waren sogar zuerst hier. Ich war so frei und habe sie gleich gebeten, die Nachbarn zu befragen.«
»Dann will ich mal nichts gesagt haben. Bei unserem bisherigen Glück hat sowieso keiner etwas mitbekommen.«
»Hätte Böhm nicht auch ein möglicher Informant von Wolf gewesen sein können?«

»Interessanter Gedanke. Böhm war Leiter eines Pflegeheims. Da gibt es sicher auch Bewohner, die an Demenz erkrankt sind. Also könnte da durchaus ein Zusammenhang bestehen. Wobei das im Moment natürlich sehr spekulativ ist. Trotzdem gehe ich davon aus, dass zwischen ihm und den beiden anderen Opfern eine Verbindung besteht.«

»In Bezug auf Wolf ist das sogar mehr als wahrscheinlich.«

»Wieso meinst du?«

»Erinnerst du dich daran, dass Wolfs Mutter im Pflegeheim lebt?«

»Sag jetzt nicht, dass wir über das St. Albertus reden?«

»Genauso ist es.«

»Das ist interessant. Sogar sehr interessant. Opfer Nummer eins war investigativer Journalist. Woran er zuletzt gearbeitet hat, wissen wir nicht. Opfer Nummer zwei war Forscherin mit dem Spezialgebiet Gehirnerkrankungen, die unter mysteriösen Umständen ihren Forschungsauftrag bei Neuendorff-Chemie verloren hat. Wir wissen mit Sicherheit, dass sich die ersten beiden Opfer gekannt haben. Und jetzt wird ausgerechnet der Leiter des Pflegeheims ermordet, in dem die Mutter von Opfer Nummer eins lebt. Zudem wurden allem Anschein nach alle drei Opfer von einem Auftragskiller ermordet. Das sind mir ein paar Zufälle zu viel auf einmal.«

»Ich verstehe, was du meinst. Mir ist allerdings nicht klar, was der gemeinsame Nenner dabei sein könnte.«

»Den müssen wir halt finden. Du kannst davon ausgehen, dass es den gibt. Immerhin war irgendjemand bereit, drei Menschen zu töten. Und dafür einen Profikiller zu engagieren.«

»Hallo, Karl«, begrüßte Markus Beck seinen Chef, als er mit Marquardt im Schlepptau die Küche betrat. »Du hast also auch nichts Besseres vor an einem Samstagabend?«
»Ich genieße halt jeden Moment mit meinen Kollegen. Was hat die Befragung der Nachbarn ergeben?«
»Die haben nichts gehört oder gesehen«, war die kurze Antwort.
»Warum überrascht mich das nicht? Dann machen wir jetzt Feierabend. Heute können wir sowieso nichts mehr ausrichten. Lassen wir die SpuSi in Ruhe ihre Arbeit machen.«
»Dann bist du wohl heute Abend Strohwitwer, Kollege Riedmann?«, ließ Marquardt mal wieder eine Spitze gegen seinen Kollegen los. Der Schürzenjäger der Abteilung hatte damals ebenfalls ein Auge auf die neue Chefin der KTU geworfen, gegenüber seinem Kollegen letztlich aber das Nachsehen gehabt. Bevor Riedmann etwas erwidern konnte, ertönte aus dem Nebenraum ein klar vernehmbares »Mullejan«. Decker ließ sich eben nichts gefallen. Schon gar nicht von Marquardt.
»Dem ist wohl nichts hinzuzufügen«, meinte Hansen. »Morgen neun Uhr, Besprechungsraum. Schönen Abend noch!«
Hansen hatte es kaum ausgesprochen, als irgendwo aus der oberen Etage Sven Kochs rief. Kurz darauf stürmte er die Treppe herunter.
»Das müsst ihr unbedingt sehen«, meinte er an die Ermittler gewandt und schoss im gleichen Moment schon wieder die Treppe hinauf. Die vier Kollegen folgten ihm. Kochs wartete am Ende des Flurs.
»Hier entlang«, rief er und ging voran. Die Ermittler betraten den Raum, bei dem es sich offensichtlich um Böhms

Arbeitszimmer handelte. Hansen erblickte diverse Aktenordner mit dem Logo des Pflegeheims im Regal.
»Du machst es ganz schön spannend, Kollege«, meinte Riedmann.
»Aber es lohnt sich. Schaut mal, was ich zufällig gefunden habe, als ich den unteren Teil des Aktenschranks überprüft habe.«
Hansen ging um den Schreibtisch herum, um einen freien Blick auf das besagte Möbelstück zu werfen und staunte nicht schlecht. Vor dem Schrank lag ein geöffneter Aktenkoffer voller Geld.
»Habe ich hinter einer doppelten Wand gefunden. Ich hatte mich gewundert, warum die Fächer dort so viel schmaler als die anderen sind. Das sind fast zweihundertfünfzigtausend Euro.«
»Nicht schlecht, Herr Specht«, entfuhr es Marquardt.
»Ich habe doch gesagt, dass es sich lohnt«, erwiderte Kochs und grinste.
»Allmählich werden die Ermittlungen interessant. Was auch immer es mit dem Geld auf sich hat«, stellte Hansen zufrieden fest.

22. Kapitel

Sonntag, 27. Januar 2019

Bevor das Team vollständig war, hatte Hansen das Schaubild auf der Tafel bereits um Manfred Böhms Namen ergänzt. Den Anfang bei der Besprechung machte heute Morgen Laura Decker.

»Ich denke, dass ich mich kurzfassen kann. Die wesentlichen Details sind ohnehin schon allen Anwesenden bekannt. Bis auf eine Sache natürlich. Stefan habe ich es schon erzählt. Da ihr alle gestern nur Kurzarbeiter in der Monschauer Straße wart, habt ihr Bodes Auftritt verpasst. Mann, war der angefressen. Er wollte eigentlich gerade ins Stadttheater, als er den Anruf erhielt, und erschien im feinen Zwirn. Ihr habt ihn nur um wenige Minuten verpasst. Er geht davon aus, dass Böhm zwischen fünfzehn und siebzehn Uhr erschossen wurde. Genaueres erfahren wir wie immer nach der Obduktion. Ansonsten nichts Neues im Westen. Kein Handy, kein Computer. Ob persönliche Unterlagen fehlen, ist noch nicht klar. Ihr habt ja die ganzen Ordner gesehen. Wir sind noch dabei, sie zu sichten.

Kommen wir nun zu dem Bargeld, das Sven gefunden hat. Es waren exakt 247500 Euro. Das Seltsame ist, dass die Scheine mehr oder weniger nagelneu sind. Wir haben bei ersten Stichproben nur die Fingerabdrücke von Böhm und einer weiteren unbekannten Person gefunden. Wir prüfen gerade die Herkunft der Scheine. Andere verwertbare Spuren haben wir bisher nicht finden können. Die Analyse ist aber noch nicht vollständig abgeschlossen. Das Ergebnis der Ballistiker liegt auch noch nicht vor. Von daher können wir nicht abschließend sagen, mit welcher Waffe Böhm erschossen wurde.«

»Danke, Laura. Es gibt wohl kaum jemanden, der daran zweifelt, dass Böhm das dritte Opfer des Phantoms ist, oder? Aber stellt sich die Frage, inwiefern unsere bisherige

Hypothese noch haltbar ist. Wenn Berger tatsächlich mit Wolfs Hilfe irgendeinen Skandal bei Neuendorff aufdecken wollte, wie passt unser drittes Opfer da ins Bild? Irgendwelche Vorschläge?«

»Ich habe da tatsächlich eine Idee«, ergriff Riedmann das Wort. »Medikamentenexperimente!«

»Was meinst du konkret damit?«

»Wie wir mittlerweile durch unsere Recherchen erfahren haben, ist die Entwicklung von neuen, wirksamen Medikamenten sehr langwierig und teuer. Ich könnte mir vorstellen, dass Neuendorff versucht hat, diese Entwicklungszeit auf die eine oder andere Art zu verkürzen.«

»Und du glaubst, dass man die Bewohner als menschliche Versuchsratten missbraucht hat?«, unterbrach Decker ihren Freund und Kollegen.

»Es wäre jedenfalls eine Möglichkeit, die erklären würde, wie Böhm ins Bild passt. Die Berger erfährt irgendwie davon, was Neuendorff da mit Böhms Hilfe im St. Albertus abzieht, und wird kaltgestellt, indem man ihr die Sache mit dem angeblichen Versuch, geheime Forschungsergebnisse zu veräußern, in die Schuhe schiebt«, ergänzte Hansen.

»Genauso stelle ich mir das vor. Wir könnten annehmen, dass Heike Berger zu diesem Zeitpunkt keine handfesten Beweise für diese Geschichte hatte. Sonst wäre sie mit Sicherheit damit an die Öffentlichkeit gegangen. Durch die Entlassung bei Neuendorff hatte sie zudem keine Möglichkeit mehr, sich diese Beweise zu beschaffen. Ich vermute, dass sie folglich nach einer Möglichkeit gesucht hat, sich irgendwie diese Informationen zu beschaffen. Und da kommt Wolf dann ins Spiel!«

»Ich muss zugeben, dass mir deine Geschichte gefällt, Stefan«, meinte Marquardt. »Hat zwar ein bisschen James-Bond-Charakter. Aber wenn man noch das ganze Bargeld dazu nimmt, das die SpuSi in Böhms Schrankversteck gefunden hat, dann wird daraus tatsächlich eine logische Geschichte.«
»Ich möchte euch ja nur ungern euren Enthusiasmus für diese Theorie nehmen«, warf Decker ein, »aber habt ihr euch einmal ernsthaft überlegt, wie komplex der Vorgang einer Medikamentenentwicklung ist? Ein paar alte Menschen als Versuchskaninchen zu benutzen, hat für eine Studie gar keinen Wert. Ich habe mich einmal in das Thema eingelesen. Hättest du auch mal machen sollen, Stefan«, grinste sie in Riedmanns Richtung. »Ein Wirkstoff muss mehrere verschiedene Studienphasen durchlaufen, damit er überhaupt erst die Chance erhält, von der Zulassungsbehörde ein OK für die Markteinführung zu erhalten. Die jeweils folgende Stufe wird natürlich nur bei erfolgreichem Bestehen der vorangehenden Testphase erreicht. Es wird zunächst an wenigen gesunden Erwachsenen getestet. Dann wird die Darreichungsform entwickelt, um wiederum die Wirkungsweise an wenigen Kranken zu erproben. Danach erfolgt die Testphase mit vielen erkrankten Erwachsenen. Die Ergebnisse werden selbstverständlich in jeder Phase von der Zulassungsbehörde überprüft. Und wenn das Medikament auch für Kinder die Zulassung erhalten soll, erfolgen die nächste Testphase und die Festlegung eines Kinderstudienplans. Wie ihr seht, macht eine illegale Studie mit ein paar alten Leuten keinen Sinn.«
»Das sind leider sehr triftige Gründe, die gegen Stefans

Theorie sprechen, Laura«, seufzte Hansen. »Das bedeutet aber auch, dass wir immer noch nach einer Verbindung suchen, die zwischen unseren drei Opfer bestanden haben muss. Denn irgendwie muss das alles zusammenhängen, sonst hätte, spekuliere ich mal, der Auftraggeber der Morde das Phantom nicht auf sie angesetzt. Wir müssen also nach Anhaltspunkten suchen, die uns aufzeigen, was Böhm mit Wolf und Berger zu schaffen hatte. Ich würde vorschlagen, dass wir wie folgt vorgehen«, fuhr Hansen fort und verteilte die Aufgaben. Fünf Minuten später war die Besprechung beendet.

23. Kapitel

Im Ludwig-Forum waren, wie Hansen vermutet hatte, in allen Ausstellungsräumen Kameras installiert. Und sie hatten Glück, dass die Aufnahmen zum Zeitpunkt ihres Besuchs noch verfügbar waren, da sie nach achtundvierzig Stunden wieder gelöscht wurden.
Die Ermittler ließen sich im Überwachungsraum von einem Mitarbeiter der Sicherheitsfirma die Aufnahmen im Schnelldurchlauf zeigen. Böhm war während seines mehrstündigen Aufenthaltes in der Ausstellung immer wieder deutlich von den Kameras erfasst worden. Aber zu Hansens Enttäuschung hatte er nichts Auffälliges auf den Aufnahmen entdecken können. Abgesehen von den anderen zahlreichen Besuchern sahen sie nur einen Mann mit einem ausgeprägten Interesse für die Ausstellung Kunst und Computerspie-

le. Dem Timecode nach zu urteilen hatte Böhm mehr als drei Stunden in der Ausstellung verbracht, was Hansen nicht im Geringsten nachvollziehen konnte. Er hatte zwar ein ausgeprägtes Interesse an Geschichte, aber Kunst, in welcher Form auch immer, interessierte ihn wenig bis gar nicht. Sie ließen sich eine Kopie der Aufnahmen anfertigen, damit sie sie später noch einmal in Ruhe ansehen konnten, und verließen anschließend das Ludwig-Forum. Eine Befragung der Mitarbeiter hatten sie sich gespart, da sie nach Hansens Auffassung keine neuen Erkenntnisse gebracht hätte.
Als Nächstes stand der Besuch des Senioren- und Pflegeheims St. Albertus auf dem Plan. Das Heim befand sich in der Nähe von Krauthausen in der Bilstermühler Straße. Es handelte sich um einen modernen Bau mit vielen Glaselementen, wie die Ermittler bei der Anfahrt auf das Gebäude feststellten. Direkt hinter der Einrichtung lag ein kleines Waldstück. Hansen wollte gar nicht erst wissen, wie viele Heimbewohner sich hier schon verlaufen hatten und von Pflegekräften gesucht werden mussten. Immer wieder hörte man von solchen Geschichten.
St. Albertus war eines der neueren Heime, die in den letzten Jahren in Aachen und in der Städteregion gebaut worden waren. Der Bedarf an Pflegeeinrichtungen dieser Art wurde stetig größer, da die Bevölkerung immer älter und auch betreuungsbedürftiger wurde. Da bildete auch Aachen keine Ausnahme.
Als Hansen und Riedmann den Eingangsbereich des Heims betraten, begrüßten sie warme Farben an den Wänden, ein heller, freundlicher Bodenbelag und lichtdurchflutete Gänge. Sie waren überrascht, wie wenig das Gebäude mit dem

Mief altbackener Einrichtungen früherer Jahre zu tun hatte, die es auch noch zuhauf gab.
Am Informationsschalter saß ein junger Mann, der die Ermittler freundlich begrüßte und ihnen erklärte, dass weder die Heimleiterin noch ihre Stellvertreterin zu sprechen waren, weil sie unterwegs waren. Damit hatte Hansen schon gerechnet. Schließlich war heute Sonntag.
»Dürfen wir wenigstens einen Blick in das Büro von Herrn Böhm werfen?«, bat Hansen freundlich.
»Das kann ich nicht entscheiden. Ich bin nur eine studentische Aushilfe. Ich rufe einmal Frau Koch an. Sie kann Ihnen sicherlich helfen«, meinte der junge Mann und nahm den Telefonhörer in die Hand.
»Sie kommt sofort«, sagte er schließlich. »Ist es in Ordnung, wenn ich Sie für einen Moment alleine lasse? Ich müsste mal aufs stille Örtchen.«
Hansen nickte nur und der Rezeptionist stellte ein »Komme gleich wieder«-Schild auf die Theke der Anmeldung. Es dauerte keine zwei Minuten, bis eine leicht übergewichtige Frau auf die Ermittler zusteuerte. Sie machte einen gehetzten Eindruck.
»Sind Sie die Herren von der Polizei?«, rief sie schon von Weitem.
»Hansen, Mordkommission. Und mein Kollege, Herr Riedmann«, erwiderte der Hauptkommissar, als die Pflegerin sie fast erreicht hatte.
»Elfriede Koch. Angenehm. Was immer Sie von mir wollen, ich hoffe, es dauert nicht allzu lange. Ich habe wenig Zeit«, erwiderte die Frau, die unter hohem Blutdruck zu leiden schien. Sie hatte einen hochroten Kopf.

»Wir würden gerne einen Blick in das Büro von Herrn Böhm werfen, wenn das möglich ist?«
»Da müsste ich Herrn Böhm erst einmal um Erlaubnis bitten. Oder haben Sie schon mit ihm gesprochen? Ich kann auch gerne selbst nachfragen.«
»Das wird leider nicht möglich sein. Herr Böhm wurde gestern in seinem Haus ermordet. Aus diesem Grund sind wir auch hier. Wir müssen unbedingt die Unterlagen Ihres Chefs sichten.«
Elfriede Koch wechselte von einem auf den anderen Moment die Gesichtsfarbe. Musste man sich noch vor wenigen Augenblicken angesichts ihres hochroten Kopfs Sorgen um ihren Gesundheitszustand machen, galt nun dasselbe, nur war sie jetzt weiß wie die Wand.
»Jesses, das ist doch nicht möglich«, brachte sie nach einigen Sekunden des Schweigens hervor.
»Leider doch. Könnten wir jetzt bitte das Büro sehen?«
»Eigentlich brauche ich da die Genehmigung von Frau Hilbrich, jetzt wo der Chef tot ist. Das ist die Stellvertreterin vom Chef. Aber ich denke, dass ich bei der Polizei eine Ausnahme machen kann. Ich habe einen Schlüssel von dem Büro an meinem Schlüsselbund. Das Zimmer ist gleich da vorne hinter der Glastür. Ich kann es noch gar nicht glauben. Weiß man schon, wer es war?«
»Nein, leider nicht«, erwiderte Hansen wahrheitsgemäß. Schließlich war die Identität des Phantoms ungeklärt.
»Der arme Herr Böhm«, seufzte Elfriede Koch, die sich jetzt endlich in Bewegung setzte. Allmählich hatte sie auch wieder etwas Farbe im Gesicht.
»Was können Sie uns denn über Ihren Chef sagen?«, fragte

Hansen auf dem Weg zu Böhms Büro.
»Er war immer freundlich und hatte ein offenes Ohr für die Probleme, die sich hier so ergeben. Er war ein guter Chef. Ich habe ihn jedenfalls gemocht.«
Nachdem die Pflegekraft ihnen die Bürotür geöffnet hatte, blieb sie erst einmal im Türrahmen stehen und beobachtete die beiden Ermittler. Sie machte keine Anstalten, den Raum zu verlassen.
»Sie können sich dann jetzt wieder Ihren Aufgaben widmen. Wir geben Bescheid, wenn wir hier fertig sind. Vielen Dank fürs Erste«, sagte Hansen.
»Alles klar. Sagen Sie Torben einfach Bescheid, wenn Sie hier fertig sind, oder melden Sie sich auf Station eins.«
»Dann wollen wir mal loslegen«, meinte Riedmann, nachdem er ein Paar Latexhandschuhe übergezogen und Elfriede Koch sie verlassen hatte.
»Wir sollten vor allem nach Hinweisen suchen, die auf irgendwelche Unstimmigkeiten hier im Heim hinweisen könnten. Vielleicht finden wir ja sogar Anhaltspunkte für deine Theorie, wobei ich mir nicht wirklich vorstellen kann, dass das der Fall ist.«
Während Riedmann damit begann, die Aktenschränke durchzusehen, setzte sich Hansen an Böhms Schreibtisch und startete den Computer. Glücklicherweise stellte sich heraus, dass der PC nicht passwortgeschützt war. Hansen klickte nach und nach die Symbole der Dateiordner an und überprüfte deren Inhalt. Aber auf Anhieb konnte er nichts entdecken, was sein Interesse geweckt hätte. Trotzdem sollten die Computerforensiker den PC später auf Herz und Nieren prüfen. Man konnte ja nie wissen. Und so gut kannte

er sich letztlich auch nicht damit aus. Den nötigen Beschluss für eine Konfiszierung würde er ohne Probleme bekommen. Er fuhr den Computer wieder herunter und begann mit der Überprüfung der Schreibtischschubladen. Aber bis auf einen Terminkalender vom letzten Jahr, von dessen Inhalt Hansen einige Fotos mit dem Handy machte, konnte er nichts finden, was sein Interesse geweckt hätte. Er legte den Kalender wieder zurück und schloss die Schublade.
Auch Riedmanns Überprüfung des Aktenschranks war nicht von Erfolg gekrönt. Es waren einfach viel zu viele Dokumente, als dass sie das so schnell hätten allein bewältigen können. Die Akten mussten also noch warten, bis man sie einer vollständigen Überprüfung unterziehen konnte.
Sie brachen die Suche ergebnislos ab. Auch die anschließende Befragung der Pflegerinnen und Pfleger, die an diesem Sonntag Dienst hatten, brachte keine neuen Erkenntnisse. Ihre Aussagen deckten sich mit denen von Elfriede Koch. Böhm war demnach bei allen Mitarbeitern hoch angesehen. Und trotzdem war er jetzt tot!

24. Kapitel

Nach der Rückkehr ins Präsidium brachten Hansen und Riedmann die DVD mit den Videoaufnahmen aus dem Ludwig-Forum ins Labor der Computerforensik. Dort sollte das Material noch einmal in Ruhe gesichtet werden. Hansen wollte sichergehen, dass sie nichts übersehen hatten. Außerdem bat er den Kollegen, ihm eine Kopie der Aufnahme zu machen. Er wollte sie sich später auch noch einmal ansehen. Anschließend gingen sie auf direktem Weg zu Beck und Marquardt, um in Erfahrung zu bringen, was die Kollegen bisher über Böhm zusammengetragen hatten.

»Bis auf die Handyverbindungsdaten von seinem Provider sind wir im Grunde fertig«, erklärte Beck.

»Dann lass mal hören«, erwiderte Hansen ungeduldig.

»Manfred Böhm, geboren 1965 in Würselen, Abitur, Bundeswehr, anschließend Ausbildung zum Bankkaufmann bei der Sparkasse, wo er fast dreizehn Jahre gearbeitet hat. Anfang 2000 hat er ein Fernstudium begonnen. Gesundheitsökonomie. Nach erfolgreichem Abschluss war er fast acht Jahre stellvertretender Heimleiter in zwei unterschiedlichen Einrichtungen. 2014 hat er dann den leitenden Posten im St. Albertus angetreten. Seit drei Jahren geschieden, keine Kinder.«

»Was sagen die Finanzen? Mal abgesehen von dem Bargeld natürlich?«

»Das Haus in der Monschauer Straße gehörte Böhm. Das war aber längst nicht abbezahlt. Fast einhundertzwanzigtausend Euro beträgt der Kredit noch. War gar nicht so einfach, an einem Sonntag an diese Informationen zu gelangen.«

»Da liegt die Vermutung nahe, dass er das Geld aus dem Versteck nicht auf legalem Weg erhalten hat«, warf Marquardt ein. »Sonst hätte er den Kredit sicherlich schon abgelöst.«

»Das hätte ich dir auch ohne Hintergrundwissen sagen können. Oder hast du geglaubt, dass er seine Altersvorsorge zu Hause hortet«, erwiderte Riedmann.

»Wusste Wiebke Behrens von dem Geld?«
»Nein, sie wusste definitiv nichts davon. Ihre Überraschung, als wir ihr davon erzählt haben, schien nicht vorgetäuscht«, meinte Marquardt.
»Wie willst du das denn via Telefon beurteilen? Oder habt ihr geskypt?«, wunderte sich Hansen.
»Ich habe nicht angerufen. Ich bin zu ihr gefahren. Ich habe sie gerade noch erwischt, bevor sie zu ihrer Schwester nach Düsseldorf fahren wollte. Auf dem Rückweg habe ich dann übrigens noch Böhms Ex-Frau aufgesucht. Sie hatte auch keine Erklärung dafür, woher er so viel Geld gehabt haben könnte. Allerdings hatten sie seit der Scheidung auch keinen Kontakt mehr. Sie sind im Streit auseinandergegangen. Der Grund war wohl Wiebke Behrens.«
»Gut, das hilft uns alles nicht weiter. Wir müssen unbedingt herausfinden, woher dieses Geld stammt.«
»Vielleicht hat es aber auch gar nichts mit seiner Ermordung zu tun«, gab Beck zu bedenken. »Es wäre doch zum Beispiel möglich, dass er die Hand aufgehalten hat, damit gewisse Patienten bevorzugt behandelt wurden. Wir kennen doch alle die Geschichten, wie es in den Heimen zugeht, weil sich zu wenige Pfleger um zu viele Patienten kümmern müssen. Wir könnten zum Beispiel mal die Patientenliste durchgehen. Möglicherweise finden wir ja etwas.«
»Das ist eine gute Idee, Markus.«, erwiderte Hansen nach kurzer Überlegung »Und wenn wir schon einmal dabei sind, könnten wir auch gleich mal die Finanzen aller Angestellten von St. Albertus überprüfen. So abwegig ist der Gedanke mit der bevorzugten Behandlung nämlich gar nicht. Aber das hätte Böhm nicht alleine bewerkstelligen können. Dazu

hätte er Hilfe benötigt«, meinte Hansen.
»Das ist ja alles schön und gut. Aber was soll das bringen? Angenommen das Geld hat nicht mit Neuendorff zu tun, wo ist dann die Verbindung zu den ersten beiden Morden?«, fragte Riedmann.
»Das ist und bleibt neben der ungeklärten Herkunft des Geldes die Gretchenfrage, Stefan. Da wir bisher keinen Hinweis darauf haben, dass Böhm den Journalisten und die Wissenschaftlerin gekannt hat, bleibt uns aber gar nichts anderes übrig, als auch nach anderen Hintergründen für die Morde zu suchen. Unter Umständen sind wir in Bezug auf einen vertuschten Skandal bei Neuendorff, den Wolf und Berger aufklären wollten, ja auch auf dem Holzweg. Böhms Tod könnte die Ermittlungen in eine ganz andere Richtung lenken. Oder wir haben es mit zwei Motiven zu tun, die irgendwie zusammenhängen. Ich weiß es im Moment auch nicht. Aber wir müssen alle Eventualitäten in Betracht ziehen und dürfen uns nicht nur auf ein mögliches Motiv konzentrieren.«

Keine zehn Minuten später sollte Hansen seine Meinung bezüglich eines anderen Motivs schon wieder komplett über den Haufen werfen. Nach dem Besuch bei Beck und Marquardt war er in sein eigenes Büro gegangen und hatte sein Handy an den Computer angeschlossen, um die Fotos von Böhms Terminkalender in Ruhe studieren zu können. Als er das vierte Foto, das die fünfundvierzigste Kalenderwoche aus dem Jahr 2018 zeigte, vergrößerte, stockte ihm für einen Moment der Atem. Er konnte kaum glauben, was er da las. *Treffen mit Neuendorff.* Das konnte nun wirklich kein Zufall mehr sein, dachte Hansen. Hatte Böhm tatsächlich den Chef von Neuendorff, Gereon von Neuendorff, persönlich getroffen?

»Was denkst du?«, wollte Hansen von Riedmann wissen, als er ihm das Foto zeigte.

»Dass wir Herrn von Neuendorff einen Besuch abstatten sollten.«

»Das denke ich auch. Kannst du uns bitte die Adresse besorgen«, bat Hansen.

»Schon so gut wie erledigt.«

Zwanzig Minuten später befanden sich die beiden Ermittler auf der Zufahrt zum Neuendorffschen Anwesen in Stolberg.

25. Kapitel

»Das nenne ich mal feudal. Sieht aus wie ein ehemaliger Gutshof und das Herrschaftshaus mittendrin. Dann ist das Von in Neuendorffs Namen wohl doch nicht gekauft«, scherzte Riedmann.

»Wenn die Kohle stimmt, gibt es das Adelsprädikat beim Kauf eines solchen Anwesens bestimmt gratis dazu. Aber wir würden der Familie in diesem Fall Unrecht tun. Es handelt sich wohl tatsächlich um alten Landadel, der bis ins siebzehnte Jahrhundert zurückreicht. Habe ich in der Familienchronik online gelesen.«

Die Zufahrt zum Anwesen endete in einem großen Wendekreis, direkt vor einem zweiseitigen Treppenaufgang, der zur

Eingangstür führte. Riedmann stellte den Dienstwagen direkt vor dem Treppenportal ab. Nachdem sie die Treppen hochgestiegen waren, Hansen zählte neunzehn Stufen, standen sie vor einer großen, schweren hölzernen Flügeltür und klingelten. Nach einer Weile wurde die Tür geöffnet. Vor den Ermittlern stand eine schlanke Frau mit Modelmaßen, die Hansen nicht älter als auf Anfang bis Mitte dreißig schätzte. Er vermutete, dass es sich um Neuendorffs Haushälterin handelte. Sie hatte strenge, markante Gesichtszüge.
»Sie wünschen?«
Ihre Stimme hatte ein angenehmes Timbre.
»Hansen und Riedmann von der Mordkommission Aachen. Wir würden gerne mit Herrn von Neuendorff sprechen, wenn das möglich ist«, erwiderte Hansen.
»Moment bitte«, war die kurze Antwort, bevor die Tür wieder geschlossen wurde.
Es dauerte erneut eine kleine Ewigkeit, bis sie geöffnet wurde. Hansen beobachtete den eigenen Atem, wie er in der eisigen Luft nach oben stieg und verschwand.
»Wenn Sie mir bitte folgen wollen«, sagte die Frau, nachdem sich die Tür erneut geöffnet hatte. »Herr von Neuendorff wird Sie in der Bibliothek empfangen.«
Während sie durch die imposante Eingangshalle des Anwesens schritten, warf Hansen einen Blick auf die wertvoll aussehenden Gemälde, die hier an den Wänden hingen. Auch im Inneren des Gebäudes gab es ähnlich wie im Außenbereich einen zweigeteilten Treppenaufgang, der in die obere Etage führte. Das Haus hielt, was es von außen versprach. Hansen war beeindruckt.
Und auch die Bibliothek war erstaunlich, dachte Hansen, als

sie den Raum betraten. Sie war vielleicht fünfzig Quadratmeter groß. An jeder Wandseite befanden sich deckenhohe Regale, die mit Büchern vollgestopft waren. Vor einem bodentiefen Fenster, etwa auf Mitte des Raumes, stand eine einladende Sitzgruppe nebst Leselampe und Barwagen. Gut vorstellbar, wie hier der Hausherr saß, um ein Buch zu lesen und sich dabei einen guten Tropfen Alkohol zu gönnen.

»Herr von Neuendorff kommt sicherlich jeden Moment. Darf ich Ihnen etwas zu trinken bringen?«

»Sehr gerne. Einen Kaffee bitte, wenn es keine Umstände macht.«

»Für mich ebenfalls bitte«, ergänzte Riedmann.

»Bringe ich Ihnen gleich«, erwiderte die Frau freundlich.

»Einen Moment bitte, bevor Sie gehen«, fuhr Riedmann fort. »Ich habe da noch eine Frage, Frau ...?«

»Mingers. Ruth Mingers.«

»Also gut, Frau Mingers. Kennen Sie diese Personen hier auf den Fotos?« Riedmann zeigte der Hausangestellten die Fotos der drei Opfer auf seinem Handy.

Sie studierte die Aufnahmen genau, bevor sie antwortete.

»Die Frau heißt Heike Berger. Ich habe sie auf einem Empfang hier im Haus kennengelernt. Bei den beiden Männern bin ich mir nicht sicher. Ich glaube, einen von ihnen schon einmal hier gesehen zu haben. Aber da hatte er keinen Bart, deshalb bin ich mir nicht sicher«, entgegnete sie und zeigte auf das Foto von Manfred Böhm.

»Danke.«

Ohne ein weiteres Wort, verließ die Haushälterin die Bibliothek.

»Clever, Herr Riedmann«, meinte Hansen anerkennend.

»Auf die Idee bin ich nicht gekommen.«

Im gleichen Moment öffnete sich die Tür zur Bibliothek wieder und ein groß gewachsener Mann betrat den Raum. Gereon von Neuendorff gab sich die Ehre. Hansen kannte das Gesicht von der Firmeninternetseite. Der Hausherr und Firmenpatriarch war bereits vollständig ergraut. Er hatte kantige Gesichtszüge, die ihm eine gewisse Autorität verliehen.

»Von Neuendorff«, stellte er sich vor. »Dürfte ich bitte einmal Ihre Dienstausweise sehen?«

Allein durch die Art, wie er das sagte, war den Ermittlern klar, dass dieser Mann es gewohnt war, Anweisungen zu geben. Das konnte also ein interessantes Gespräch werden, dachte Hansen.

»Selbstverständlich«, erwiderte der Hauptkommissar und reichte dem Mann seinen Ausweis. Der machte sich gar nicht erst die Mühe, diesen in die Hand zu nehmen. Riedmann schenkte er keine Beachtung.

»Also gut, Herr Hansen. Was führt Sie zu mir? Noch dazu an einem Sonntag.«

»Wir haben einige Fragen, die sich im Zuge unserer Ermittlungen ergeben haben.«

»Erst Keller, jetzt also ich. Es geht vermutlich um den Tod unserer ehemaligen Mitarbeiterin Frau Berger.«

»Herr Keller hat mit Ihnen über unseren Besuch gesprochen?« Das überraschte Hansen nicht im Geringsten.

»Ich bin über alles informiert, was im Zusammenhang mit meiner Firma steht, Herr Kommissar. Selbstverständlich auch, wenn die Polizei meinen Mitarbeitern Fragen stellt. Aber das müssen wir ja nicht unbedingt im Stehen erörtern.

Bitte nehmen Sie doch Platz.«

Die Ermittler warteten, bis sich von Neuendorff hingesetzt hatte. Dann nahmen sie in den beiden Sesseln gegenüber Platz.

»Also, bringen wir das doch schnell hinter uns. Bitte stellen Sie Ihre Fragen«, forderte von Neuendorff seine beiden Besucher auf.

Bevor Hansen antworten konnte, betrat Ruth Mingers mit einem Tablett in der Hand die Bibliothek. Sie trat an den Tisch heran und stellte das Tablett mit drei Tassen wunderbar duftendem Kaffee ab. Sie verteilte die heißen Getränke, stellte Milch und Zucker auf den Tisch und verließ wortlos den Raum.

»Eigentlich sind wir gar nicht wegen Frau Berger hier«, meinte Hansen schließlich. »Ihr Name ist im Zuge einer anderen Mordermittlung aufgetaucht. In welchem Verhältnis standen Sie zu Manfred Böhm, dem Leiter des Pflegeheims St. Albertus?«

»Herr Böhm ist tot?«, fragte von Neuendorff entsetzt.

»Er wurde gestern Nachmittag in seinem Haus erschossen.«

»Das ist tragisch. Erst Frau Berger. Jetzt Herr Böhm. Wir leben in einer schrecklichen Welt«, erwiderte von Neuendorff und nippte an seinem Kaffee.

»Da kann ich Ihnen nicht widersprechen. Erklären Sie uns doch bitte, woher Sie Manfred Böhm kannten? Wir haben Ihren Namen in seinem Terminplaner gefunden.«

»Er ist, Entschuldigung, war, der Leiter des Pflegeheims, in dem meine Frau bis vor circa einem Dreivierteljahr gelebt hat.«

»Ihre Frau ist verstorben? Das tut mir leid.«

»Das ist ein Missverständnis, Herr Hansen. Meine Frau ist nicht gestorben. Ich habe mich nur entschieden, sie nach Hause zu holen, damit sie hier bei mir lebt. Sie wird rund um die Uhr von einer Privatpflegerin betreut. Ich musste mir eingestehen, dass es ein Fehler gewesen war zuzulassen, dass Caroline im Pflegeheim gelebt hat. Obwohl es ihre Entscheidung war. Sie wollte mir nicht zur Last fallen. Unvorstellbar im Nachhinein!«

Hansen ließ sich nicht anmerken, dass er angesichts der Nachricht enttäuscht war. Er hatte gehofft, dass von Neuendorff bei der Frage nach Böhm in Erklärungsnot geriet.

»Was genau hat Ihre Frau denn?«

»Alzheimer. Sie ist schon sehr früh daran erkrankt. Dementsprechend weit fortgeschritten ist die Krankheit mittlerweile. Im Grunde vegetiert sie nur noch dahin. Ein schrecklicher Zustand«, erklärte der Hausherr gefasst.

»Das ist natürlich ein schweres Los«, räumte Hansen ein. »Und weshalb haben Sie sich dann mit Böhm getroffen? Sie war doch gar keine Patientin mehr im Heim.«

»Es war ihm ein Bedürfnis, Caroline gelegentlich zu besuchen. Auch wenn Sie zuletzt nicht einmal mehr wusste, wer der Mann war, der sie da besuchte. Aber es war ihm trotzdem wichtig. Er hatte meine Frau ins Herz geschlossen, wie er mir einmal gesagt hat. Wobei ich nicht sicher bin, ob das stimmt. Er könnte diese Besuche auch nur als seine Pflicht angesehen haben, weil das Heim eine größere Summe Geld aus unserer Stiftung erhalten hat. Wobei ich ihm das natürlich nicht unterstellen möchte. Erst recht nicht, da der arme Mann jetzt tot ist.«

»Kannten Sie eigentlich den Journalisten Jürgen Wolf?«,

wechselte Hansen abrupt das Thema.
»Sie sprechen von dem Mann, der vor ein paar Tagen ebenfalls ermordet wurde? Ich habe davon in der Zeitung gelesen.«
Hansen nickte nur.
»Nein, ich kannte den Mann nicht. Jetzt wecken Sie allerdings meine Neugier. Besteht etwa ein Zusammenhang zwischen den drei Morden?«
»Wir gehen nicht davon aus«, gab Hansen vor. »Aber ausschließen wollen wir es zum jetzigen Zeitpunkt auch nicht. In so kurzen Abständen, wie sie aufeinandergefolgt sind …«
»Nun ja, Herr Kommissar. Wollen wir nicht einfach einmal Klartext reden?« Von Neuendorff nahm einen Schluck von seinem Kaffee. »Sie sitzen hier in meiner Bibliothek an einem Sonntag und stellen all diese Fragen. Da muss ich doch nur eins und eins zusammenzählen, um zu erkennen, dass sie sehr wohl einen Zusammenhang zwischen den Taten vermuten. Und da ich zwei der drei Opfer nachweislich persönlich gekannt habe, vermuten Sie, dass es da eine Verbindung geben könnte. Aber ich sage Ihnen, meine Herren, Sie sind auf dem Holzweg!«
Messerscharf analysiert. Das musste Hansen zugeben.
»Es gehört zu unseren Aufgaben, mögliche Zusammenhänge zwischen verschiedenen Fällen zu suchen und herzustellen, egal wie absurd das auch auf den ersten Blick erscheint. Kommen wir kurz auf Frau Berger zu sprechen. Herr Keller hat uns ja bereits erzählt, was damals vorgefallen ist. Wie ist Ihr Blick auf diese Geschichte?«
»Frau Berger war wahrscheinlich die beste Forscherin, die jemals für mich gearbeitet hat. Sie war Neurowissen-

schaftlerin mit dem Schwerpunkt zelluläre und molekulare Mechanismen, die zur Alterung des Gehirns und zum Ausbruch von Morbus Alzheimer führen. Ich war froh, Sie damals für uns gewinnen zu können. Sie hätte überall auf der Welt eine Anstellung gefunden. Aber sie hat sich für Neuendorff entschieden. Ihr Forschungsprojekt befasste sich mit dem Ziel, ein Medikament zur effektiven Bekämpfung der Erkrankung zu entwickeln, beziehungsweise einen Weg zu finden, dass sie gar nicht erst ausbricht. Ich hatte eine Menge Geld für die Forschung bereitgestellt. Den Grund dafür können Sie sich ja sicherlich denken.«

»Ihre Frau, nehme ich an.«

»Richtig. Wir sind natürlich bei Weitem nicht das einzige Pharmaunternehmen, das nach einem solchen Medikament sucht. Aber Frau Berger hatte wichtige Erkenntnisse über das sehr komplexe Krankheitsbild gewonnen und bei der Entwicklung erster Wirkstoffe gab es anfangs große Fortschritte. Die wissenschaftlichen Details erspare ich Ihnen an dieser Stelle«, wofür Hansen nach Johnens Vortrag zwei Tage zuvor sehr dankbar war. »Leider haben sich während der zweiten Testphase größere, unerwartete Probleme eingestellt, die uns vor Augen geführt haben, dass wir noch nicht so weit mit unserer Forschung waren, wie wir angenommen hatten. Damit befinden wir uns in guter Gesellschaft. Erst letztes Jahr ist einer unserer Konkurrenten mit dem monoklonalen Antikörper Solanezumab, der Proteinablagerungen im Gehirn verhindern sollte, kurz vor Abschluss der dritten Testphase gescheitert. Damit muss man als Wissenschaftler oder wir als Pharmaunternehmer aber immer rechnen. So bitter das zu einem solch fortgeschrittenen Zeitpunkt auch ist.«

»Doktor Johnen erzählte uns, dass die Ergebnisse der Grundlagenforschung von Frau Berger nach wie vor sehr wichtig für Ihr Unternehmen sind. Sie dienen ihm und seiner Forschungsgruppe immer noch als Ausgangspunkt für einen neuen Ansatz, um einen Wirkstoff zu entwickeln.«

»So ist es. Und das muss eigentlich auch Frau Berger klar gewesen sein. Es war uns allen ein Rätsel, was sie dazu getrieben hat, ihre Ideale zu verraten. Ihre Grundlagenforschung stellt einen immensen Wissensvorsprung dar, den wir glauben, gegenüber unseren Mitbewerbern zu haben. Forschung ist kostspielig. Deshalb sind manche Unternehmen bereit, viel Geld für dieses Wissen zu bezahlen. Offensichtlich war Frau Berger das schnelle Geld wichtiger, als einen wichtigen Beitrag für das Wohl der Gesellschaft zu leisten.« Bei seinem letzten Satz verzog von Neuendorff das Gesicht.

»Professor Keller war da anderer Meinung. Er glaubt nicht, dass es ihr um Geld ging. Er glaubte eher, dass es um das angekratzte Ehrgefühl ging, weil Sie Doktor Johnen eingestellt haben und einen neuen Forschungsansatz forcieren wollten.«

»So ein Blödsinn. Dann hätte ich erst recht von ihr erwartet, dass sie die Herausforderung annimmt. Scheitern gehört nun einmal zum Leben eines Wissenschaftlers. Glauben Sie, es hätte solche Pioniere wie Robert Koch oder Emil von Behring gegeben, wenn sie beim ersten ernsthaften Rückschlag gleich aufgegeben hätten? Nein, dahinter steckte entweder der Wunsch, das schnelle Geld zu machen oder die simple Absicht, uns zu schaden, weil sie ohnehin geplant hatte, uns zu verlassen. Aus welchem Grund auch immer. Es hat aus meiner Sicht keinen Anlass für dieses niederträchtige Verhalten gegeben. Sie können sich vorstellen, dass ich als Frau Bergers langjähriger Förderer ganz besonders enttäuscht war.«

»Wer das Rennen um die Entwicklung dieses Heilmittels macht, kann sicherlich Milliarden damit verdienen, vermute ich?«, ging Hansen gar nicht erst auf von Neuendorff ein.

»Geld interessiert mich dabei nicht«, erwiderte von Neuendorff, der die Aussage mit einer wegwerfenden Handbewegung unterstrich. »Davon habe ich mehr als genug. Aber wissen Sie, wie das ist, den geistigen und körperlichen Verfall eines geliebten Menschen hautnah zu beobachten?«

»Nein, das weiß ich nicht«, gab Hansen zu.

»Aber ich. Und deshalb habe ich es mir zur Lebensaufgabe gemacht, dieses Heilmittel entwickeln zu lassen. Wenn es für Caroline auch mittlerweile zu spät ist, ihre Hirnschädigungen sind irreversibel, dann kann ich vielleicht anderen Menschen diese leidvolle Erfahrung ersparen.«

»Eine ehrenwerte Haltung. Dabei kann man Ihren Forschern nur viel Erfolg wünschen. Wir wären dann auch erst einmal hier fertig. Vielen Dank, dass Sie sich die Zeit für uns genommen haben«, schloss Hansen das Gespräch ab. Er hatte seinen Kaffee nicht einmal angerührt, weshalb er ihn jetzt mit hastigen Schlucken noch austrank.

»Das ist doch selbstverständlich. Wenn ich Ihnen sonst noch behilflich sein kann, lassen Sie mich das wissen. Ruth wird Sie dann hinausbegleiten«, sagte von Neuendorff, gerade im Begriff, nach der Haushälterin zu klingeln.

»Das ist nicht nötig, wir finden schon alleine hinaus. Einen schönen Tag noch«, entgegnete Hansen, der daraufhin mit Riedmann, der sich wie meistens im Hintergrund gehalten hatte, auf dem Weg durch die Bibliothek das Haus verließ.
»Aalglatter Typ«, fasste Riedmann seinen Eindruck auf dem Weg nach draußen zusammen.
»Da gebe ich dir recht. Aber was er uns über Berger erzählt hat, stimmt weitgehend mit Kellers Geschichte überein.«
»Was nicht unbedingt etwas bedeuten muss. Das kann man auch absprechen. Ich finde die ganze Geschichte mit Bergers Entlassung immer seltsamer.«
»Was das angeht, sind wir völlig einer Meinung«, erwiderte Hansen, der noch nicht ganz wusste, wie er das Gespräch mit von Neuendorff einordnen sollte.

26. Kapitel

Sie befanden sich gerade auf dem Rückweg, als Beck bei Hansen anrief.
»Ich glaube, wir haben da etwas Interessantes herausgefunden«, begann er. »Wir haben bei der Auswertung von Böhms Verbindungsdaten festgestellt, dass er in den letzten Monaten mehrmals Kontakt zu Gereon von Neuendorff hatte. Das ist der Besitzer von Neuendorff-Chemie.«
»Das wissen wir bereits. Wir haben den Mann gerade aufgesucht und befinden uns jetzt auf dem Rückweg zum Präsidium.«
»Na toll. Und wir haben schon gedacht, dass wir eine Ver-

bindung zu den beiden anderen Fällen gefunden haben.« Beck klang enttäuscht.

»Das hatten wir auch gehofft, als ich Neuendorffs Namen in Böhms Terminkalender gefunden habe. Aber es gibt eine plausible Erklärung dafür, dass sich beide Männer kannten. Neuendorffs Frau leidet an Alzheimer und hat einige Zeit im St. Albertus gelebt. Mittlerweile wird sie aber zu Hause betreut. Böhm hat die Frau offenbar hin und wieder besucht.«

»Schade. Der Bericht der Ballistiker liegt übrigens mittlerweile auch vor. Böhm wurde eindeutig mit derselben Waffe erschossen wie Heike Berger.«

»Gut, dann haben wir jetzt wenigstens Gewissheit, dass alle drei Opfer durch das Phantom gestorben sind. Wir sollten meiner Meinung nach die Patientenliste aus dem Pflegeheim nicht auf aktuell dort lebende Personen beschränken. Ich möchte eine Aufstellung aller Patienten haben, die in den fünf Jahren seit der Eröffnung dort gelebt haben.«

»Ist nicht dein Ernst, oder?«

»Natürlich ist das mein Ernst. Mich würde schon interessieren, ob da bekannte Namen dabei sind. Wolfs Mutter lebt immerhin auch da, wenn ich dich daran erinnern darf.«

»In Ordnung. Wir kümmern uns darum.«

27. Kapitel

Montag, 28. Januar 2019

Die Frühbesprechung an diesem Morgen war eine kurze Angelegenheit. Es gab keine neuen Erkenntnisse und die Aufgabenstellung für den Vormittag war auch klar, die Patientenliste. Um die Recherchen zu beschleunigen, unterstützten Hansen und Riedmann ihre Kollegen dabei. Gegen Mittag lagen die ersten Ergebnisse vor. Sowohl Riedmann als auch Beck hatten auffällige Bareinzahlungen bei zwei Mitarbeitern von St. Albertus entdeckt. Deshalb kam das Team noch einmal kurz im Besprechungsraum zusammen.

»Dank Stefans guten Kontakten zu den hiesigen Banken konnten wir die finanziellen Verhältnisse der meisten Mitarbeiter von St. Albertus recht schnell klären«, begann Beck. »Dabei ist mir einer der Pfleger ins Auge gefallen. Jörg Steinbusch, siebenunddreißig Jahre alt und seit Eröffnung des Heims dort beschäftigt. Er hat in der Zeit von Mai 2015 bis April 2018 knapp fünfundzwanzigtausend Euro in bar auf sein Sparbuch eingezahlt. Und zwar in schöner Regelmäßigkeit. Jeden zweiten Monat knapp eintausendfünfhundert Euro.«

»Wenn man bedenkt, dass man als Altenpfleger, gemessen daran, was sie leisten, eigentlich völlig unterbezahlt ist, eine sehr beachtliche Summe«, stellte Hansen fest.

»Das finde ich auch. Und passend dazu habe ich eine ähnliche Entdeckung gemacht«, sagte Riedmann. »Jasmin Schneider, achtundzwanzig. Ebenfalls seit der Eröffnung im Albertus angestellt. Bei ihr waren es knapp elftausend Euro in einem vergleichbaren Zeitraum. Und wenn man noch den Mini Modell One berücksichtigt, den sie Ende 2015 gekauft und bar bezahlt hat, kommen wir annähernd auf die gleiche Summe.«

»Wie hast du das denn mit dem Auto herausgefunden, und wieso weißt du, dass es bar bezahlt wurde?«

»Mit ein bisschen Glück und der nötigen Kombinationsgabe«, grinste Riedmann. »Wir haben die Social Networks wie Instagram, Facebook und so weiter durchforstet. Wie du weißt, vergisst das Internet nie und manche Nutzer haben das Bedürfnis, wirklich jeden Mist mit ihren Freunden zu teilen. Jasmin Schneider empfand anscheinend das Bedürfnis, ein Bild ihres Autos zu posten. Darunter stand der Kommentar: *Traum erfüllt* mit einem Smiley. Es folgte eine Konversation mit Freunden, aus der hervorging, dass sie das Auto als Jahreswagen erstanden hatte. Das hat mich neugierig gemacht. Ich habe überprüft, ob sie einen Bankkredit dafür aufgenommen hat. Das war nicht der Fall. Jetzt bestand noch die Möglichkeit, dass das Auto direkt über den Händler finanziert wurde. Ist ja oft günstiger als bei der eigenen Hausbank. Also habe ich sämtliche Händler in der Gegend angerufen. Et voilà, ich wurde fündig. Der Händler hat mir bestätigt, dass der Wagen bar bezahlt wurde. Zusammen mit Markus´ Erkenntnissen würde ich sagen, dass da etwas faul ist!«

»Dann trifft es sich ja gut, dass ich eben unseren Besuch bei Margot Hilbrich, Böhms Stellvertreterin, angekündigt habe. Ich habe sie gebeten, die Mitarbeiter der Frühschicht im Speisesaal zu versammeln, damit wir eine Befragung durchführen können. Die Spätschicht ist ja ohnehin noch da. Sie hat mir das für vierzehn Uhr fünfzehn zugesagt. Wir fahren alle vier dort hin. Dann werden wir speziell diesen beiden Herrschaften einmal auf den Zahn fühlen.«

28. Kapitel

Um schneller voranzukommen, hatten sich die vier Ermittler so in dem großen Speisesaal verteilt, dass jeder von ihnen in der Lage war, jeweils einigermaßen ungestört eine Befragung mit einem Mitarbeiter von St. Albertus durchzuführen. Aufgrund der jüngsten Erkenntnisse sollten insbesondere Jasmin Schneider und Jörg Steinbusch intensiv befragt werden. Doch wie Hansen von Margot Hilbrich erfahren hatte, befand sich Steinbusch aktuell auf einer Südseekreuzfahrt. Das Pech blieb ihnen einmal mehr treu. Nach knapp einer halben Stunde war die Befragung von zwanzig der dreißig anwesenden Mitarbeiter abgeschlossen. Drei Mitarbeiterinnen hatten angegeben, Jürgen Wolf gekannt zu haben, weil er seine Mutter in unregelmäßigen Abständen besucht hatte. Bei Heike Berger fiel das Fazit noch ernüchternder aus. Alle Befragten hatten nach Ansicht des Fotos ausgesagt, die Wissenschaftlerin noch nie gesehen zu haben. Was den Tod von Manfred Böhm betraf, zeigten sich alle Angestellten sehr betroffen. Es war offensichtlich, dass er als Chef und als Mensch sehr beliebt gewesen war. Niemand konnte sich erklären, warum er sterben musste.

Als Riedmann gerade auf seinen nächsten Zeugen wartete, betrat eine zierliche, auf den ersten Blick unscheinbar wirkende junge Frau den Speisesaal. Er erkannte sie sofort. Erst kürzlich hatte er mehrere Fotos von der Pflegerin auf ihrer Facebook-Seite gesehen. Da war sie allerdings geschminkt und ein wahrer Hingucker. Offensichtlich gestaltete sie auf der Arbeit ihr Äußeres zurückhaltender. Jasmin Schneider steuerte geradewegs auf den freien Platz vor Riedmann zu.

»Guten Tag, Frau ...«, mimte er den Ahnungslosen.

»Schneider. Jasmin Schneider«, antwortete sie.

»Also gut, Frau Schneider. Setzen Sie sich bitte. Mein Name ist Stefan Riedmann. Der Grund dieser Befragung ist Ihnen ja sicherlich bekannt.« Es war mehr eine Feststellung als eine Frage.

»Hat sich schon rumgesprochen. Sie sind hier, weil unser Chef ermordet wurde«, erwiderte die Frau. Sie klang irgendwie gelangweilt, glaubte Riedmann.

Nachdem der Ermittler den allgemeinen Fragenkatalog abgearbeitet hatte, kam nun der individuelle Teil der Befragung.

»Frau Schneider, im Zuge unserer Ermittlungen werden routinemäßig alle Personen aus dem Umfeld des Mordopfers überprüft. Dazu gehören auch die Mitarbeiter vom St. Albertus Pflegeheim. Dabei ist uns aufgefallen, dass Sie im Zeitraum von Mai 2015 bis April 2018 größere Summen Bargeld auf Ihr Konto eingezahlt haben.« Hier machte Riedmann eine Pause, um abzuwarten, ob die Befragte irgendeine Reaktion zeigte. Doch Riedmann wurde enttäuscht. Er hatte in mehreren Fortbildungen gelernt, auf körperliche Zeichen zu achten, die ein Hinweis auf Verunsicherung oder Stress darstellten. Bei Schneider waren keine

typischen Veränderungen festzustellen. Keine sich verändernde Sitzposition. Keine Schweißperlen, die sich auf der Stirn oder oberhalb der Oberlippe bildeten. Auch kein nervöses Umherblicken, wie es eine gestresste Person gerne zeigte. Stattdessen starrte sie Riedmann nur neugierig an und wartete darauf, dass der Ermittler weitersprach. »Außerdem haben wir in Erfahrung gebracht, dass Sie Ihren Mini vor vier Jahren bar bezahlt haben. Immerhin fast fünfzehntausend Euro.«
Jetzt legte sie wenigstens die Stirn ein klein wenig in Falten, wie Riedmann zufrieden registrierte. Das war aber auch die einzige körperliche Reaktion, die er feststellen konnte.
»Und jetzt würden Sie sicherlich gerne wissen, woher das Geld stammt, nehme ich einmal an?«
»So ist es. Denn ohne Ihnen jetzt allzu nahetreten zu wollen, von dem Gehalt als Krankenpflegerin dürften Sie kaum diese Rücklagen gebildet haben.«
»Mir ist nicht klar, was meine Finanzen mit dem Tod von Herrn Böhm zu tun haben. Aber ist Ihnen vielleicht schon einmal in den Sinn gekommen, dass ich einen reichen Gönner haben könnte?«, erwiderte sie mit einem süffisanten Lächeln.
»Um ehrlich zu sein, nein. Die Idee ist uns noch nicht gekommen«, gab Riedmann trocken zu.
»Leider ist das auch nicht der Fall. Ich wünschte, es wäre so, aber ich warte immer noch auf meinen Märchenprinzen.«
»Okay, ein Sugar Daddy war es also nicht. Würden Sie mir dann bitte freundlicherweise verraten, woher das Geld stammt? Dann könnten wir das hier ganz schnell beenden. Sofern mich die Antwort überzeugt.«

»Ich bin ein Versuchskaninchen für neue Medikamente.«
»Könnten Sie das bitte präzisieren.«
»Es ist, wie ich gerade sagte. Ich habe mir fast zwei Jahre Geld als Probandin für Medikamente, die sich in der Testphase befinden, verdient.«
»Und damit kann man so viel Geld verdienen?«, wunderte sich Riedmann.
»Bei Phase-Eins-Studien, das bedeutet, die erstmalige Anwendung von Medikamenten bis zu ein paar Tausend Euro pro Testreihe. Ich habe vorwiegend an ambulanten Studien teilgenommen, damit ich meiner Arbeit hier weiter nachgehen konnte. Aber einmal war es auch eine stationäre Studie, da gibt's die meiste Kohle.«
»Und so etwas geht mehrfach im Jahr?«
»Wenn man Glück hat, zwei- bis dreimal im Jahr. Nach jeder Testphase und der erfolgten Abschlussuntersuchung gibt es eine Sperrfrist von zwei bis drei Monaten. Dann kann man sofort wieder loslegen.«
»Dass Sie an diesen Studien teilgenommen haben, können Sie natürlich belegen?«
»Selbstverständlich. Ich kann Ihnen sämtliche Unterlagen der Klinik zeigen, wenn Sie wollen.«
»Das wäre nett. Entweder Sie schicken mir die Unterlagen als Mail oder Sie bringen die Dokumente morgen aufs Präsidium«, meinte Riedmann und reichte Jasmin Schneider seine Visitenkarte.
»Kein Problem. Haben Sie noch weitere Fragen oder kann ich jetzt gehen?«
»Wir wären dann fertig. Das heißt, eine Frage habe ich doch noch.« Sie schaute ihn mit fragendem Blick an. »Gibt es

noch andere Kollegen hier im St. Albertus, die an solchen Studien teilgenommen haben?«

»Na klar. Jörg Steinbusch zum Beispiel«, erwiderte sie mit breitem Grinsen, so als ob sie bereits mit dieser Frage gerechnet hätte. »Er hat mir ja schließlich erst davon erzählt.«

»Danke, dann habe ich erst einmal keinen weiteren Fragen mehr.«

Mit einem Kopfschütteln signalisierte er Hansen, der während der Befragung von Jasmin Schneider immer wieder Blickkontakt zu Riedmann gesucht hatte, dass es nicht so gelaufen war, wie sie sich das erhofft hatten. Nach gut einer Stunde beendeten die Ermittler die Befragung der Mitarbeiter von St. Albertus. Leider ohne nennenswerte Ergebnisse, wie Hansen feststellen musste.

»Ich gebe dir recht, Stefan. Die Erklärung von Jasmin Schneider ist ebenso ungewöhnlich wie plausibel. Mich würde es allerdings nicht überraschen, wenn Neuendorff irgendetwas mit diesen Studien zu tun hätte.« Hansen sah zu Riedmann hinüber, der hinter dem Steuer saß. Alle zusammen waren sie wieder auf dem Weg ins Präsidium. Als er in seine Manteltasche griff, um sein Handy herauszuholen, bemerkte er einen Zettel, der vorher noch nicht da gewesen war. Er holte das Stück Papier heraus und las die Worte, die darauf geschrieben standen:

Wenn Sie mehr über Jasmin & Jörg erfahren wollen, kommen Sie heute Abend um neunzehn Uhr zu Toms Eckkneipe.

»Was zum Teufel soll das denn schon wieder bedeuten?«, fragte Hansen in die Runde, nachdem er seinen Kollegen die Nachricht vorgelesen hatte.

»Klingt ganz so, als ob du heute Abend ein Rendezvous hast«, scherzte Beck.
»Und welcher Romantiker von euch möchte seinen Chef dorthin begleiten?«
»Wenn du eine Anstandsdame brauchst, erkläre ich mich gerne dazu bereit«, erwiderte Riedmann.
»Danke, dann warne ich Christine schon einmal vor. Ich wollte sie ohnehin gerade anrufen.«

29. Kapitel

Toms Eckkneipe befand sich in der Aureliusstraße. Sie entsprach mit der Ausstattung im Charme der achtziger Jahre dem Klischee der typischen Eckkneipe. Selbst deutsche Schlagermusik fehlte nicht. Grüne Banane war hier vermutlich noch ein topaktuelles Mixgetränk, dachte Hansen. Einige der wenigen anwesenden Gäste sahen auch so aus, als ob die Zeit stehen geblieben war.
»Wo haben sie uns hier bloß hinbestellt?«, meinte Riedmann, als hätte er Hansens Gedanken erraten.
»Hoffentlich entpuppt sich dieses Treffen am Ende nicht als Rohrkrepierer. Sonst weiß ich nicht, wie ich Christine diese Zeitreise erklären soll«, grinste Hansen. »Zwei Pils bitte«, rief er und deutete auf einen Tisch, an den sie sich setzen wollten.
»Du trinkst Alkohol?«, wunderte sich Riedmann, da Hansen seit seinem Zusammenbruch vor einigen Monaten eigentlich das strikte Alkoholverbot, das man ihm erteilt hatte, einhielt.

»Ein Bierchen gönne ich mir ausnahmsweise heute einmal. Das ist ja im Grunde eine homöopathische Dosis und Christine muss ja nicht unbedingt davon erfahren«, erwiderte er mit einem Augenzwinkern. Riedmann hatte den Wink mit dem Zaunpfahl verstanden.

Wenn der Verfasser der geheimnisvollen Botschaft pünktlich war, mussten sie sich noch knapp zehn Minuten gedulden. Marianne Rosenberg versüßte ihnen gerade die Wartezeit, bis der Wirt, vermutlich Tom, das Bier brachte.

»Zwei Pils, die Herren. Bitteschön. Sie sind aber auch das erste Mal hier, oder täusche ich mich? Kann mich jedenfalls nicht daran erinnern, Sie schon mal gesehen zu haben. Sind Sie von außerhalb?«

»Danke. Zu Frage eins: Ja. Und was Ihre zweite Frage angeht. Nein. Wir sind hier mit jemandem verabredet. Dann mal Prost«, erwiderte Hansen und stieß mit Riedmann an. Wenn Christine wüsste, dass er Alkohol trank, hinge der Haussegen schief, dachte Hansen. Er hatte ihr nach seinem Zusammenbruch im letzten Sommer hoch und heilig versprochen, besser auf sich achtzugeben. Aber ein klein wenig Lebensqualität musste nun mal sein. Hansen trank einen kräftigen Schluck und hoffte, dass der Wirt keinen weiteren Versuch unternahm, sie in ein Gespräch zu verwickeln. Der tat ihm den Gefallen und entfernte sich wieder vom Tisch der beiden neuen Gäste.

Zwei Minuten vor neunzehn Uhr öffnete sich die Tür der Gaststätte und eine Frau betrat den Raum. Dank einer tief in die Stirn gezogenen schwarzen Mütze und einem rot-blau gestreiften Schal war ihr Gesicht nicht zu erkennen. Sie blickte sich kurz um und steuerte dann zielstrebig auf den

Tisch zu, an dem die beiden Ermittler saßen. Dabei nahm sie die Mütze vom Kopf und legte den Schal ab. Jetzt erkannte Hansen die Frau. Er hatte Doris Münzenberg erst vor wenigen Stunden im Speisesaal des St. Albertus Pflegeheims gegenübergesessen.

Noch ehe sie Platz genommen hatte, stand der Wirt schon wieder am Tisch. »Was darf ich Ihnen bringen?«

»Wenn möglich einen Grog bitte. Es ist ganz schön kalt draußen.«

»Einen Grog. Kommt sofort, ist nicht der erste, der heute bestellt wurde«, erwiderte der Wirt und ging wieder.

»Guten Abend, Herr Kommissar. Sie haben also meine Nachricht erhalten.« Doris Münzenberg setzte sich.

»Guten Abend, Frau Münzenberg«, erwiderte Hansen und stellte Riedmann kurz vor. »Ich muss schon sagen, es ist ganz schön ungewöhnlich, sich so zu treffen. Und ich muss gestehen, dass mich diese Geheimnistuerei genau wie der Ort unseres Treffens ein wenig irritiert.«

»Das kann ich mir vorstellen. Aber mir blieb keine andere Wahl.«

»Und warum das Ganze? Wieso haben Sie nicht einfach heute Mittag mit mir geredet?«

»Weil ich nicht lebensmüde bin, Herr Hansen!«

Da in diesem Moment der Kneipier mit dem Grog auf einem Tablett auf den Tisch zusteuerte, antwortete er nicht sofort.

»So, bitteschön«, sagte der Mann freundlich und entfernte sich sofort wieder.

Doris Münzenberg pustete einmal kräftig und trank sofort einen großen Schluck ihres heißen Getränks.

»Sie reden ein wenig in Rätseln. Was wollen Sie damit andeuten?« Hansen bereute jetzt schon, zu diesem Treffen gekommen zu sein.
»Es gibt mehrere Gründe dafür, warum ich bei der Befragung geschwiegen habe. Und ein Grund war Jasmin. Mir war es zu riskant, Ihnen von meinem Verdacht zu erzählen, während Jasmin am Nebentisch von Ihrem charmanten Kollegen hier befragt wurde. Nicht auszudenken, wenn sie etwas davon mitbekommen hätte. Ich möchte schließlich nicht so enden wie unser Chef.«
Hansen spielte gelangweilt mit einem Bierdeckel. Offensichtlich hatten sie es mit einer Spinnerin zu tun, dachte er angesichts der theatralischen Worte der Frau.
»Von welchem Verdacht reden Sie?«
»Um eines vorwegzunehmen. Ich bin keine Freundin von irgendwelchen Verschwörungstheorien und ich schaue auch ganz bestimmt nicht zu viele Krimis. Aber ich bin davon überzeugt, dass bei uns im Heim nicht immer alles mit rechten Dingen zugeht. Und möglicherweise hat der Tod von unserem Chef damit zu tun.«
Jetzt hatte Doris Münzenberg doch Hansens Interesse geweckt. Er legte den Bierdeckel zur Seite und hörte gespannt zu.
»Ich weiß nicht, ob Sie davon gehört haben, dass im Jahr 2015 so eine Art Wohnprojekt für Demenzkranke bei uns gestartet wurde. Das war eine eingezäunte Wohneinrichtung, in der die dementen Bewohner sich frei bewegen können. Ohne Aufsicht. Die Wohneinheiten, die dafür genutzt wurden, waren ursprünglich für betreutes Wohnen gebaut worden. Also für Senioren, die noch in der Lage sind, ihren

Alltag alleine zu bewältigen, aber trotzdem auf Versorgungs- oder Pflegeleistungen des angeschlossenen Pflegeheims zurückgreifen möchten. Das Ziel dieser Demenz-Wohneinheit war es, die kognitiven Fähigkeiten durch eine intensive Betreuung besser zu fördern oder länger zu erhalten. Böhm hatte uns erklärt, dass er von ähnlichen Konzepten in anderen Einrichtungen gehört hatte. Er wollte so etwas auch bei uns etablieren. Es gab drei Wohnhäuser, in denen bis zu vierundzwanzig Patienten leben sollten. Jeweils acht Bewohner pro Haus. Die sollten auch, wie im normalen Pflegebetrieb, rund um die Uhr von Pflegern betreut werden. Jasmin Schneider und Jörg Steinbusch wurden dort als ständige Betreuungskräfte für Wohnhaus 1 eingeteilt. Keine Ahnung, warum sich Böhm gerade für die beiden entschieden hatte. Es gibt sicherlich zuverlässigere Pfleger bei uns. Unterstützt wurden sie von Lena Arnold. Sie arbeitet aber nicht mehr bei uns. Dazu kamen noch zwei Kolleginnen, die dort als Springer gearbeitet haben. Krankheits- und Urlaubsvertretung. Wenn Sie wollen, war das so eine Art VIP-Betreuung, und die war auch nicht ganz billig für die Patienten.«

»Ich möchte nicht unhöflich erscheinen, Frau Münzenberg«, unterbrach Hansen den Redeschwall der Frau. »Aber ich verstehe nicht, worauf das hier hinauslaufen soll, geschweige denn, was das mit dem Tod von Herrn Böhm zu tun haben soll?«

»Dazu komme ich noch. Der Abend ist ja noch jung«, erwiderte Münzenberg mit einem Augenzwinkern und Hansen fragte sich, warum ausgerechnet er Abendbetreuung für vereinsamte Pflegekräfte spielen sollte.

»Die drei Wohngruppen wurden innerhalb von wenigen Wochen zusammengestellt. Nach etwa drei oder vier Monaten hatte Jasmin dann plötzlich dieses neue Auto. Sie hatte auch ständig neue, teure Klamotten. Ich kannte sie ja schon eine Weile. Früher hatte sie nie viel Geld für Kleidung ausgegeben. Es gab bei uns Kollegen schnell das Gerücht, dass sie es irgendwie geschafft haben musste, den wohlhabenden Bewohnern Geld abzuknöpfen.«

»Haben Sie Frau Schneider denn darauf angesprochen?«

»Wo denken Sie hin? Es waren ja auch nur Gerüchte. Und abgesehen davon habe ich diese Gerüchte damals auch nicht ernst genommen. Neider gibt`s schließlich überall. Vielleicht hatte sie ja auch nur einen reichen Typen kennengelernt? Wer wusste das schon? Aber die Geschichte geht ja weiter! Jörg schien ebenfalls plötzlich zu Geld gekommen zu sein.«

»Wieso glauben Sie das?«

»Er unternahm plötzlich teure Reisen, hat mit einer Luxusuhr geprotzt und so ein Zeugs. Wenn Sie mich fragen, war da etwas faul und an dem Gerede mehr dran, als ich anfangs gedacht hatte. Wenn meine Vermutung zutrifft, dass sich Jasmin und Jörg auf Kosten der alten Leutchen bereichert haben, würde es mich nicht wundern, wenn Böhm da mitgemacht hat.«

»Eine schwerwiegende Anschuldigung, Frau Münzenberg«, stellte Hansen lakonisch fest.

»Deswegen wollte ich ja auch heute Mittag nicht darüber sprechen. Oder finden Sie es nicht merkwürdig, dass sowohl Jasmin als auch Jörg für ihre Verhältnisse plötzlich mit Geld um sich geworfen haben? Ich kann Ihnen aus eigener Erfahrung sagen, dass man als Pflegekraft nicht gerade reich wird.

Und alles hat erst angefangen, nachdem die beiden im Wohnhaus 1 angefangen haben zu arbeiten.«

»Herr Steinbusch könnte geerbt haben«, erwiderte Hansen, obwohl er wusste, dass das nicht der Wahrheit entsprach.

»Dann hätte er das doch erzählt. Nee, wenn Sie mich fragen, haben die beiden Dreck am Stecken.«

»Und was ist mit dieser Lena Arnold? Hat sie sich auch auffällig verhalten?«

»Eigentlich nicht. Jedenfalls nicht, dass ich etwas bemerkt hätte«, erwiderte die Pflegerin und trank einen großen Schluck von ihrem Grog. »Trotzdem würde ich die beiden überprüfen. Würde mich nicht wundern, wenn Sie etwas finden würden. Aber das ist längst nicht alles, was ich Ihnen erzählen wollte. Es gibt nämlich einen konkreten Grund dafür, warum Sie wissen sollen, dass meiner Meinung nach in Wohnhaus 1 nicht alles mit rechten Dingen zugegangen sein kann, und ich glaube, dass der Tod von unserem Chef damit zu tun haben könnte. Ich habe nämlich zufällig letzten Freitag auf unserem Parkplatz mitbekommen, dass Herr Böhm einen Streit mit diesem Mann, von dem mir der Journalist, Herr Wolf, einmal ein Foto gezeigt hat, gehabt hat.«

»Moment. Alles der Reihe nach. Was für einen Streit meinen Sie?«

»Ich hatte gerade Schichtende und war auf dem Weg zu meinem Auto. Da habe ich mitbekommen, wie der Unbekannte unseren Chef angeschrien hat. Er hat etwas davon gefaselt, dass Böhm jetzt nicht die Nerven verlieren sollte. Und vor allem sollte er kein Wort darüber verlieren, was in den Wohnungen damals vorgegangen ist. In diesem Moment wusste ich, dass wirklich irgendetwas an diesem

Wohnprojekt faul war. Deshalb habe ich Ihnen diesen Zettel in die Manteltasche gesteckt.«

»Sonst haben die Männer nichts gesagt?«

»Nein. Als der Fremde das mit den Wohnungen erwähnt hatte, muss er mich wohl gesehen haben. Sie haben erst weitergesprochen, als ich abgefahren bin.«

»Und was hat es mit Wolf und diesem Foto auf sich?«

»Die Mutter von dem ermordeten Journalisten lebt in unserem Heim. Sie liegt auf meiner Station. Demenz im fortgeschrittenen Stadium. Jedenfalls hat Herr Wolf mir vor einigen Monaten einmal ein Foto von einem Mann gezeigt. Er wollte wissen, ob ich ihn kenne oder ob ich ihn schon einmal im St. Albertus gesehen habe. Hatte ich aber nicht.«

»Hat Herr Wolf zufällig erwähnt, warum er das wissen wollte?«

»Nein, das hat er mir nicht gesagt. Er war etwas enttäuscht, dass ich den Mann nicht erkannt habe. Aber ich habe ein sehr gutes Gedächtnis, wenn es um Gesichter geht. Deshalb habe ich diesen Mann letzten Freitag auch sofort erkannt!«

»Können Sie den Mann kurz beschreiben?«, bat Hansen.

»Selbstverständlich. Ziemlich groß, mindestens eins neunzig. Schlank. Dunkelbraunes Haar. Auf eine gewisse Weise attraktiv.«

Hansen wusste sofort, auf wen die Beschreibung zutraf. Seine Gedanken rotierten. Die Frau lag wahrscheinlich goldrichtig mir ihrer Vermutung, dass an der Geschichte mit dem Wohnprojekt etwas faul war. Allerdings glaubte er nicht, dass das mit Betrug an den Insassen oder Erbschleicherei zu tun hatte. Diese Angelegenheit hatte vermutlich eine viel größere Dimension. Jasmin Schneider hatte

Riedmann erzählt, dass sie das Geld als Probandin für Medikamente in der Testphase verdient hatte, wobei die Überprüfung dieser Aussage noch ausstand. Aber auch wenn Jasmin Schneider vermutlich Beweise für diese Aussage vorlegen könnte, glaubte Hansen trotzdem, dass die Geschichte erfunden war. Doris Münzenberg hatte durch ihre gewagte und wahrscheinlich auch falsche Vermutung möglicherweise einen wichtigen Hinweis geliefert, wo sie mit den weiteren Ermittlungen ansetzen mussten. Und Hansen war davon überzeugt, dass der Name von Neuendorff dabei eine nicht unwesentliche Rolle spielen würde.
»Täusche ich mich gerade oder passt die Beschreibung ziemlich genau auf Georg Keller?«, riss Riedmann Hansen aus seinen Gedanken.
»Nein, du täuschst dich nicht. Das war auch mein erster Gedanke«, erwiderte Hansen, der sein Smartphone aus der Manteltasche hervorholte. Er suchte in seiner Bildergalerie nach einem Foto des Professors. Als er es fand, zeigte er es der Pflegerin.
»Das ist der Mann. Eindeutig. Das ist er«, sagte sie ganz aufgeregt. »Ist das Böhms Mörder?«
»Nein, das können wir definitiv ausschließen. Trotzdem war Ihre Aussage sehr hilfreich für uns.«
»Schade. Man hat ja doch ein mulmiges Gefühl, wenn jemand umgebracht wird, den man persönlich kannte«, seufzte Doris Münzenberg. »Allerdings ist das noch nicht alles, was ich Ihnen erzählen wollte. Da ist noch so eine merkwürdige Geschichte. Die Bewohner, die in Wohnhaus 1 eingezogen sind, hatten keine allzu hohe Lebenserwartung.«
»Wie meinen Sie das?«

»Na, so wie ich es meine. Die sind da gestorben wie die Fliegen. Das war auch einer der Gründe, warum die Gerüchte um Jasmin, Lena und Jörg entstanden sind.«
»Wollen Sie da gerade andeuten, dass Ihre Kollegen beim Tod der Bewohner nachgeholfen haben?«, fragte Riedmann dazwischen.
»Ich will gar nichts andeuten. Ich möchte Sie lediglich auf eine Tatsache aufmerksam machen. Ich will ja hier niemanden in Misskredit bringen.«
»Nein, natürlich wollen Sie das nicht, Frau Münzenberg. Aber hat es schon Gerüchte gegeben, dass zwischen dem Tod der Heimbewohner und dem Verhalten Ihrer Kollegen ein Zusammenhang bestehen könnte?«, hakte Hansen nach.
»Hinter vorgehaltener Hand wurde jedenfalls darüber getuschelt. Deshalb sitzen wir ja auch jetzt hier. Ich wollte einfach, dass Sie davon erfahren. Ob es da wirklich einen direkten Zusammenhang gibt, weiß ich nicht. Aber es war schon auffällig. Ich an Ihrer Stelle würde mich auf jeden Fall einmal mit Frau Hilbrich darüber unterhalten.«
»Das werden wir ganz bestimmt auch tun.«
»Aber Sie erwähnen doch hoffentlich nicht meinen Namen, Herr Kommissar? Ich will nämlich nicht als olle Klatschtante abgestempelt werden.«
»Wo denken Sie hin, Frau Münzenberg. Solche Informationen werden stets diskret behandelt. Was ist eigentlich aus diesem Projekt geworden?«
»Es wurde letztes Jahr im Sommer eingestellt. Aus Kostengründen, wie es hieß. Mittlerweile sind die einzelnen Wohneinheiten vermietet. Betreutes Wohnen, so wie das ursprünglich vorgesehen war.«

Der Fall wurde immer undurchsichtiger, ging es Hansen durch den Kopf. Er wusste zwar nicht, was das alles zu bedeuten hatte. Aber diese Geschichte hatte auf jeden Fall einen faden Beigeschmack. Sie mussten dieses Wohnprojekt einmal genauer unter die Lupe nehmen. Insbesondere alle Vorgänge, die mit Wohnhaus 1 in Zusammenhang standen. In den nächsten Tagen würde eine Menge zusätzliche Arbeit auf sie zukommen. Und anders, als er zunächst befürchtet hatte, war das Treffen mit Doris Münzenberg offenbar doch keine verschwendete Zeit gewesen.

30. Kapitel

Dienstag, 29. Januar 2019

Diesmal war es Hansen, der den Besprechungsraum als Letzter betrat.
»Guten Morgen zusammen«, sagte er und ging schnurstracks auf die Dokumentationstafel zu. Er nahm den rotfarbenen Filzschreiber in die Hand und schrieb den Namen Georg Keller neben das Wort Phantom. In Klammern schrieb er das Wort Auftraggeber, das er mit einem Fragezeichen versah. Dann setzte er sich hin und schaute in die Runde.
»Da lehnt sich aber jemand weit aus dem Fenster«, stellte Hellhausen fest.
»Nicht unbedingt, lieber Richard. Es gibt sogar einen guten Grund für diese Annahme. Und der heißt Doris Münzen-

berg.«
»Du glaubst also die Geschichte, die sie uns gestern Abend aufgetischt hat?«, äußerte Riedmann skeptisch.
»Ich habe die halbe Nacht wach gelegen und darüber nachgedacht. Und ich komme zu dem Schluss, dass ich ihr glaube. Ich werde euch gleich erzählen, warum das so ist. Aber zunächst erkläre ich den Unwissenden erst einmal, was die Pflegerin uns gestern Abend erzählt hat«, meinte Hansen und legte los.

»Sei mir nicht böse Karl, aber das klingt ja noch mehr nach einer Verschwörungstheorie als deine Theorie von dem Skandal, den Wolf und Berger aufdecken wollten«, merkte Hellhausen an, nachdem Hansen fertig erzählt hatte. »Bist du dir sicher, dass diese Frau Münzenberg sich da nicht was zusammenreimt, um sich wichtig zu machen oder um sich für etwas zu rächen? Alleine schon die Geschichte mit dem Zettel in deiner Manteltasche und dem Treffen in dieser seltsamen Kneipe?«
»Ich muss zugeben, dass ich das zunächst auch angenommen habe. Aber dann habe ich meine Vorbehalte einmal beiseitegeschoben und es von einer anderen Seite betrachtet.«
»Und von welcher?«
»Ich greife hier noch einmal Stefans Gedanken auf, dass dort unter Umständen heimlich Medikamententests an den unwissenden Heimbewohnern durchgeführt wurden. Laura hat uns zwar durchaus gute Gründe genannt, die gegen diese Theorie sprechen. Aber nach dem, was die Münzenberg uns gestern erzählt hat, halte ich diese Theorie im

Moment für die plausibelste. So würden wir jedenfalls alle Opfer und sonstige mögliche Beteiligte unter einen Hut bringen. Ich stelle mir das in etwa so vor: Der Ausgangspunkt ist Keller. Er schlägt Böhm vor, zum Beispiel nicht zugelassene Medikamente an den Bewohnern des Heims zu testen. Die sind in der Regel alt und wenn sie wegen möglicher unkalkulierbarer Risiken und Nebenwirkungen frühzeitig sterben, stellt auch niemand unnötige Fragen. Böhm geht auf diesen Vorschlag ein. Da dies aber nicht so ohne Weiteres im geregelten Stationsbetrieb des Heims durchführbar ist, ohne dabei unnötige Aufmerksamkeit zu erregen, startet Böhm dieses Wohnprojekt. Dafür hat er die drei Wohnkomplexe in der Wohnanlage für betreutes Wohnen zur Verfügung gestellt, wobei ich vermute, dass diese Experimente vornehmlich in Wohnhaus 1 stattgefunden haben. Hier kommen dann Jasmin Schneider, Jörg Steinbusch und eventuell Lena Arnold ins Spiel. Offenbar hält Böhm diese drei Pfleger für so vertrauenswürdig, dass sie gegen eine entsprechende Entlohnung bereit sind, das Experiment zu begleiten und vor allem darüber zu schweigen! So stellte er sicher, dass der Kreis der Mitwisser klein blieb. Außerdem hat er durch diese Maßnahme die Patienten vom Heimbetrieb abgeschottet, sodass die anderen Mitarbeiter keine unnötigen Fragen stellen konnten. Da Böhm das sicherlich nicht aus reiner Freundschaft zu Keller gemacht haben dürfte, hätten wir eine Erklärung für das Bargeld, das wir in seinem Haus gefunden haben. Die drei Pfleger haben ebenso ihren Anteil erhalten. Wobei wir im Fall von Lena Arnold überprüfen müssen, ob wir für den entsprechenden Zeitraum einen Hinweis auf auffällige Bargeldeinzahlungen

finden.«
»Du vergisst dabei, dass Jasmin Schneider uns heute Morgen Unterlagen vorbeigebacht hat, die belegen, dass sie an klinischen Studien teilgenommen hat«, gab Riedmann zu bedenken.
»Richtig. Und ich muss zugeben, dass ich dafür noch keine plausible Erklärung habe. Allerdings habe ich den vagen Verdacht, dass es sich dabei um Studien handeln könnte, die mit Neuendorff zusammenhängen und somit gefälscht wurden, um die wahre Herkunft des Geldes für die Pfleger zu verschleiern. Und mit Neuendorff schließt sich der Kreis auch wieder. Die Berger ist hinter Kellers Machenschaften gekommen und nachdem sie geschasst wurde, hat sie mit Wolfs Hilfe versucht, die ganze Geschichte aufzudecken.«
»Ganz schön viele Spekulationen mit einem leichten Hang zur Verschwörungstheorie. Du hast dich ganz schön auf Neuendorff eingeschossen«, meinte Hellhausen.
»Weil ich spüre, dass bei denen irgendetwas vertuscht werden soll, wenn ich alleine an diese dubiose Geschichte im Zusammenhang mit Heike Bergers Entlassung denke.«
»So ganz unlogisch klingt Karls Theorie bei genauerer Betrachtung nicht!«, schlug sich Riedmann auf die Seite seines Chefs. »Jedenfalls wenn wir mal den Aspekt mit den Medikamentenstudien, an denen die Schneider teilgenommen hat, außen vor lassen. Warum hätte Wolf den Angestellten im St. Albertus Kellers Foto zeigen sollen? Und jetzt spinnen wir das Ganze einmal weiter. Keller hat irgendwie davon erfahren, zum Beispiel durch Böhm, und musste fürchten, dass die ganze Sache auffliegt. Der Professor war zum Handeln gezwungen. Er sieht keinen anderen Ausweg und

engagiert einen Auftragskiller und lässt den Journalisten und die Berger beseitigen. Das Geld dafür hat er jedenfalls. Und weil Böh plötzlich droht, die Nerven zu verlieren und so zur Gefahr für Keller zu werden, musste dann auch noch der Leiter des Pflegeheims sterben.«

»Wow. Besser könnte man ein neues James-Bond-Drehbuch auch nicht schreiben«, meinte Marquardt und grinste. »Fragt sich nur, wie wir das alles beweisen können?«

»Genau das wird unsere Herkulesaufgabe sein. Wir müssen zum Klinikum fahren und überprüfen, ob Jasmin Schneider und Jörg Steinbusch wirklich an diesen Studien teilgenommen haben. Anschließend unterhalten wir uns einmal mit Margot Hilbrich über dieses Wohnprojekt. Markus und Jens, ihr kümmert euch um den Backgroundcheck von Lena Arnold. Und wenn ihr das erledigt habt, erstellt ihr bitte noch ein Dossier über Georg Keller. Ich will alles über den Mann wissen.«

31. Kapitel

Nach der Frühbesprechung brach hektische Betriebsamkeit bei den Ermittlern aus. Es galt, Beweise für die neue Theorie zusammenzutragen. Bis zum Abend wollten sie, wenn möglich, die Schlinge um Kellers Hals enger ziehen. Dafür mussten sie aber dringend Beweise finden. Nur aufgrund von Vermutungen würde der Staatsanwalt keinen Haftbefehl ausstellen, hatte Hellhausen zum Ende der Besprechung noch einmal betont.

Hansen und Riedmann hatten sich auf den Weg ins Klinikum gemacht, wo die ambulanten Studien, an denen Jasmin Schneider und Jörg Steinbusch angeblich teilgenommen hatten, durchgeführt worden waren. Der Pförtner hatte sie auf die sechste Etage geschickt. Sie waren durch das Wirrwarr von Gängen gegangen und hatten schließlich Station 6c Flur 31 erreicht. Der hauptverantwortliche Arzt für die Studien, Doktor Arne Becker, war nicht zu sprechen gewesen. Dafür hatte sich Melanie Fronhoven, die Sekretärin des Arztes, als sehr auskunftsfreudig erwiesen. Doch leider nicht mit dem Ergebnis, das sich die Ermittler erhofft hatten. Sie hatte Jasmin Schneider auf dem Foto sofort wiedererkannt. Ebenso hatte sie bestätigt, Jörg Steinbusch zu kennen. Und als ob das noch nicht genug gewesen wäre, hatte sich auch noch herausgestellt, dass Lena Arnold ebenfalls an solchen Studien teilgenommen hatte. Riedmann hatte die Idee, sämtliche Mitarbeiter aus dem Pflegeheim diesbezüglich überprüfen zu lassen. Zu guter Letzt hatte Fronhoven noch die Originalunterlagen, die alle Probanden für die jeweiligen Testreihen ausfüllen und unterschreiben mussten, herausgesucht und ihnen präsentiert. Dadurch war faktisch belegt, dass die Pflegerin aus dem St. Albertus bei ihrer Befragung die Wahrheit gesagt hatte.

»Verdammt und zugenäht«, fluchte Hansen, als sie gerade mit dem Fahrstuhl auf dem Weg nach unten waren. »Das ist doch alles kein Zufall, dass ausgerechnet die drei Pfleger, die in diesem ominösen Wohnhaus 1 gearbeitet haben, an diesen Medikamententests teilgenommen haben.«

»Nein, da gebe ich dir recht. Vor allem, weil das ansonsten niemand aus dem St. Albertus gemacht hat, wie wir festge-

stellt haben.«
»Es mag ja sein, dass man mit diesen Medikamententests viel Geld verdienen kann. Aber sowohl Schneider als auch Steinbusch haben das Geld bar auf ihre Konten eingezahlt. Ich kann mir nicht vorstellen, dass die Klinik größere Beträge einfach bar auszahlt. Das mit den Bareinzahlungen hat mich in diesem Zusammenhang schon die ganze Zeit über stutzig gemacht. Ich wusste nur nicht, warum. Die Klinik überweist das Geld doch sicherlich.«
»Da hast du wahrscheinlich recht. Darüber habe ich mir noch gar keine Gedanken gemacht.«
»Deshalb bin ich ja dein Chef und du nicht meiner«, grinste Hansen.
Kaum dass die Ermittler unten angekommen waren, fuhren sie sofort wieder hinauf in die sechste Etage. Ihr Weg führte sie zurück auf Station 6c in das Vorzimmer von Doktor Becker. Melanie Fronhoven zog gerade ihre Lippen mit Lipgloss nach, als die beiden Ermittler, ohne anzuklopfen, eintraten.
»Nanu, Sie schon wieder?«, wunderte sich die Sekretärin, die allerdings keine Anstalten machte, die Verschönerungsarbeiten an ihren Lippen zu unterbrechen.
»Eine Frage haben wir noch. Wie erhalten die Probanden der ambulanten Studien eigentlich ihr Geld?«
»Na, wie schon? Bar natürlich. Jedenfalls bei uns. Die Versuchsteilnehmer erhalten ihr Geld an jedem Tag, an dem sie hier erscheinen in bar ausgezahlt.«
»Und wie hoch sind solche Honorare?«
»Das hängt von der Studie und den Risiken ab. Wir unterscheiden hier im Klinikum acht verschiedene Studienarten.

Angefangen von Beobachtungs- über Lebensqualitäts- bis hin zu Dosisfindungsstudien. Das können wenige Hundert bis zu ein paar Tausend Euro sein. Letzteres dann aber nur bei stationären Testphasen, die ja auch wesentlich länger dauern und deshalb besser bezahlt werden. Das Geld wird in diesem Fall entweder überwiesen oder wir stellen einen Scheck aus.«

»Danke«, erwiderte Hansen zerknirscht und verabschiedete sich zum zweiten Mal.

»Gut, für den Moment müssen wir akzeptieren, dass sich die drei Pfleger durch diese Testreihen eine schöne Nebeneinnahme verschafft haben. Damit hat unsere Theorie einen gewaltigen Haken. Dennoch, woher hat Böhm die zweihundertfünfzigtausend Euro und vor allem von wem?«

»Wir werden diesbezüglich Margot Hilbrich einmal auf den Zahn fühlen. Hauptsächlich interessiert mich aber, was sie uns über dieses Demenz-Wohngruppenprojekt erzählen kann.«

32. Kapitel

Hansen und Riedmann trafen Margot Hilbrich in ihrem Büro an. »Guten Morgen, die Herren«, sagte sie freundlich, als die beiden Ermittler den Raum betraten. »Ich hoffe doch nicht, dass schon wieder etwas passiert ist und Sie den Arbeitsbetrieb stören müssen?«

»Guten Morgen, Frau Hilbrich«, erwiderte Hansen. »Nein, passiert ist glücklicherweise nichts. Allerdings liegen uns

neue Informationen vor, denen wir nachgehen müssen.«
»Informationen welcher Art?«
»Was können Sie uns über dieses Wohnprojekt für Demenzkranke erzählen, das hier von 2015 bis 2018 durchgeführt wurde?«
»Im Grunde alles, was damit zu tun hat. Sie müssten mir allerdings schon sagen, was genau Sie wissen möchten. Aber bitte nehmen Sie doch Platz«, erwiderte sie und deutete auf die beiden grauen Besucherstühle, die vor ihrem Schreibtisch standen.
»Dann erklären Sie uns doch bitte, was sich genau hinter dem Konzept verbirgt«, bat Hansen die stellvertretende Heimleiterin.
»Um das zu erläutern, muss ich etwas weiter ausholen. Haben Sie schon einmal von den sogenannten Demenzdörfern gehört?«
»Davon gehört haben wir schon, aber mehr auch nicht.«
»Also gut, dann versuche ich Ihnen das kurz zu erläutern. Dabei handelt es sich um eine offene Wohngemeinschaft mit intensiver Betreuung durch Fachpersonal. In dieser Wohngemeinschaft leben ausschließlich Demenzkranke. Die Bewohner können sich innerhalb einer begrenzten Anlage frei bewegen. Der wichtigste Aspekt dabei ist, dass die betreuenden Pflegekräfte mehr Zeit haben, sich um die Erkrankten zu kümmern. Deutlich mehr als im normalen Pflegebetrieb. Sie kochen und essen zusammen. Sie singen, spielen Gesellschaftsspiele oder sehen auch nur gemeinsam fern. Aber selbst einfache Aufgaben wie Wäsche waschen und aufhängen gehören zu den Dingen, die die Pfleger mit den Patienten machen. Immer alles im Rahmen der Fähig-

keiten der jeweiligen Erkrankten. Man spricht in diesem Zusammenhang auch von der sogenannten aktivierenden Pflege, wobei einerseits je nach Gesundheitszustand die vorhandenen Fähigkeiten gezielt gefördert werden. Und andererseits vermittelt man den Bewohnern das Gefühl, gebraucht zu werden.«

»Und das ist im Regelbetrieb eines Pflegeheims nicht möglich?«, unterbrach Beck die Ausführungen der Leiterin.

»Wo denken Sie hin? Das ist viel zu zeit- und kostenintensiv.«

»Aber Herr Böhm wollte dieses Konzept trotzdem hier umsetzen? Wer hat denn die Kosten dafür übernommen?«

»Um die erste Frage zu beantworten. Ja, Herr Böhm wollte erst einmal testen, ob solch ein Konzept neben dem normalen Heimbetrieb umzusetzen war. Immerhin haben wir ja direkt nebenan die Wohnanlage mit dem Angebot des betreuten Wohnens. Dabei bieten wir im Rahmen von Kooperations- oder Pflegeleistungsverträgen unsere Leistungen an. Wenn auch in deutlich reduzierter Form. Manfred wollte eben einen Schritt weitergehen. Drei Wohnhäuser, in denen acht Demenzkranke leben und vier Pflegekräfte, die im Dreischichtsystem die Betreuung übernahmen. Die Mehrkosten übernehmen im Übrigen die Erkrankten beziehungsweise deren Angehörige selbst. Es ist ähnlich wie bei der Krankenversicherung. Wer privat zahlt, wird bevorzugt behandelt und erhält mehr Leistung für sein Geld.«

»Und Jasmin Schneider, Lena Arnold und Jörg Steinbusch haben die Betreuung in einer dieser drei Wohnungen übernommen?«

»Richtig. Sie waren für Wohnhaus 1 zuständig. Plus eine

weitere Pflegekraft, die im Krankheits- oder Urlaubsfall als Springer fungierte. Acht weitere Pflegekräfte haben sich dann um die Bewohner der anderen beiden Wohnhäuser gekümmert. Es gab dort übrigens sogar einen kleinen Supermarkt, in dem die Bewohner der Häuser einkaufen konnten.«

»Wer hat denn als Springer für Wohnhaus 1 gearbeitet?«

»Da müsste ich in den Unterlagen nachschauen, auf Anhieb kann ich Ihnen das leider nicht beantworten.«

»Das wäre sehr nett von Ihnen«, Hansen machte sich eine Notiz. »Würden Sie sagen, dass sich diese Form des betreuten Wohnens bewährt hat?«

»Ich muss zugeben, dass ich überrascht war zu sehen, wie gut es den meisten Patienten während der gemeinsamen Zeit in den Wohngruppen ging. Das galt insbesondere für die Bewohner von Wohnhaus 1. Ich hatte dort phasenweise sogar den Eindruck, dass die intensive Förderung die geistigen Fähigkeiten der Bewohner verbessert hat. Was natürlich bei einer Krankheit wie Demenz völlig ausgeschlossen ist. Aber es ging den Bewohnern bis zu ihrem Tod dort wirklich sehr gut.«

»Und trotzdem wurde das nicht weiter forciert. Da frage ich mich doch, warum?«

»Wie ich bereits erwähnte, ist die Rund-um-die-Uhr Betreuung sehr kostenintensiv. Nur wenige Patienten können sich das leisten. Wir hatten zunehmend Probleme, die Wohnungen voll zu belegen. Die Trägerschaft von St. Albertus hat dann im letzten Jahr darauf bestanden, die Wohnungen ihrem eigentlichen Zweck zuzuführen, um dem zunehmenden Leerstand entgegenzuwirken.«

»Gab es von den Angehörigen der Patienten aus Wohnhaus 1 oder sogar von den Bewohnern selbst irgendwelche Beschwerden über das Pflegepersonal?«

»Nein, die gab es nicht. Aber warum reden Sie um den heißen Brei herum? Sie wollen doch sicherlich von mir wissen, was ich über das Gerücht weiß, dass sich die Pfleger an den Patienten bereichert haben?«

»Wenn Sie es schon selber ansprechen, was wissen Sie darüber?«

»Dass die Anschuldigungen unberechtigt sind. Wir können natürlich nicht mit hundertprozentiger Sicherheit sagen, dass von dem Bargeld, das den Bewohnern zur Verfügung steht, der eine oder andere Euro abgezwackt wurde. Aber von einem Betrug in der Größenordnung, dass man sich zum Beispiel ein Auto davon leisten konnte, kann wohl kaum die Rede sein.«

»Uns ist zu Ohren gekommen, dass es außergewöhnlich viele Todesfälle in Wohnhaus 1 gegeben hat. Können Sie uns darüber etwas sagen?«

»Das stimmt leider«, seufzte Hilbrich. »Die Verweildauer der Bewohner dort war etwa um die Hälfte der Zeit kürzer als in den anderen beiden Wohngruppen.«

»Und weshalb war das so?«

»Das ist eine gute Frage, die ich Ihnen leider nur unzureichend beantworten kann. In erster Linie dürfte es aber daran gelegen haben, dass wir in Wohnhaus 1 die Patienten untergebracht haben, deren Krankheit am weitesten fortgeschritten war. Da ist es fast schon logisch, dass die Sterblichkeitsrate höher sein muss als bei den leichteren Fällen. Die Menschen, die sich im Spätstadium der Erkrankung befinden, sterben allerdings nicht an den Folgen der Krankheit selbst, sondern an den auftretenden Begleiterscheinungen wie zum Beispiel einer Lungenentzündung.«

»Also war es nicht ungewöhnlich, dass es in Wohnhaus 1 deutlich mehr Todesfälle gegeben hat als in den beiden anderen Gruppen?«, hakte Hansen noch einmal nach.

»Wie gesagt, es gab schon nachvollziehbare Gründe dafür. Wobei Herr Böhm und ich mitunter auch überrascht waren, dass die Quote so hoch war.«

»Wäre es möglich, dass Schneider, Arnold und Steinbusch in dem einen oder anderen Fall nachgeholfen haben?«

»Was für eine absurde Unterstellung. Sterbehilfe? Was wollen sie den Dreien denn noch alles unterstellen, Herr Kommissar?«

»Es wäre doch eine Möglichkeit. Gegen die entsprechende Bezahlung zum Beispiel.«

»Ich verstehe, worauf das hinausläuft. Und schon hätten sie eine Erklärung dafür, woher das Geld bei Jasmin und Jörg stammte. Aber Sie sind auf dem Holzweg. Die Bewohner des Wohnhauses 1 wussten am Ende nicht einmal mehr, wie sie hießen. Geschweige denn, dass Sie in der Lage gewesen wären, ihre Pfleger darum zu bitten, aus dem Leben zu scheiden und sie dafür auch noch zu bezahlen!«, echauffierte sich Hilbrich.

»Können Sie uns bitte eine Liste mit den Namen der Bewohner aus den Wohngruppen zusammenstellen? Dann sind Sie uns auch schon wieder los.«

»Dürfte ich fragen, warum Sie die haben möchten?«

»Weil wir im Rahmen unserer Ermittlungen allen möglichen Hinweisen nachgehen müssen. Und die Überprüfung der

Personen aus den Wohngruppen gehört im Mordfall von Manfred Böhm auch dazu.«

»Also gut, ich werde Ihnen die Namen geben«, erwiderte Margot Hilbrich, die ihre Finger über die Tastatur ihres Computers fliegen ließ, um den Ermittlern die Liste auszudrucken. »Obwohl ich mir kaum vorstellen kann, dass Manfreds Mörder unter den Patienten oder den Angehörigen der mittlerweile verstorbenen Bewohner zu finden ist.«

33. Kapitel

Nach einem schnellen Mittagessen in der Kantine wollte Hansen Kontakt zu Alfons Pracht aufnehmen. Es interessierte ihn zunehmend zu erfahren, wie die Sache mit Heike Berger damals abgelaufen war. Es dauerte fast fünf Minuten, bis Riedmann den Mann endlich in der Leitung hatte. Nachdem die Sekretärin des Doktors den Anruf entgegengenommen hatte, hing er einige Minuten in der Warteschleife und durfte nervtötende Musik hören.

Nachdem Hansen sein Anliegen dargelegt hatte, erklärte Pracht mit sonorer Stimme, die Hansen sich gut in einem Hörbuch vorstellen konnte: »Das geht schon in Ordnung. Allerdings bin ich ein wenig überrascht, warum mich ein Hauptkommissar der Mordkommission anruft. Noch dazu aus Aachen.«

»Ihr Name ist im Zuge der Ermittlungen in einer Mordserie aufgetaucht. Deshalb wurde diese Befragung unumgänglich.«

»Werde ich etwa eines Verbrechens beschuldigt?« Die Stimme des Mannes klang deutlich irritiert.
»Dann würde dieses Gespräch sicherlich nicht am Telefon stattfinden, sondern bei uns auf dem Präsidium. Nein, es geht um etwas anderes und wir hoffen, dass Sie uns weiterhelfen können. Ihnen sagt doch sicherlich der Name Heike Berger etwas?«
»Selbstverständlich sagt mir der Name etwas. Aber sagten Sie nicht, Sie sind von der Mordkommission?«
»Richtig. Frau Berger wurde ermordet.«
»Frau Berger ist tot? Das ist ja schrecklich!« Pracht klang aufrichtig.
»Ich weiß, dass Sie mit Professor Keller übereingekommen sind, nicht über den Vorfall von damals zu sprechen. Allerdings können wir angesichts der Ereignisse hier in Aachen darauf keine Rücksicht nehmen. Können Sie uns bitte genau schildern, was damals vorgefallen ist?«
»Da gibt es eigentlich nicht viel zu erzählen. Die Kontaktaufnahme war damals anonym erfolgt. Per Handy. Der Anrufer hatte einen Stimmverzerrer benutzt. Ich wusste also zunächst nicht, mit wem ich es zu tun hatte. Aber was die Person mir am Telefon anbot, klang hoch interessant.«
»Also haben Sie ernsthaft in Erwägung gezogen, die Forschungsergebnisse anzunehmen oder sogar zu kaufen?«
»Wo denken Sie hin? Ich hätte niemals meine Karriere für einen solchen Deal aufs Spiel gesetzt!«
»Aber warum haben Sie dann überhaupt Verhandlungen aufgenommen?«
»Aus zwei Gründen. Einerseits war meine Neugier als Wissenschaftler geweckt, wie ich zu meiner eigenen Schande

zugeben muss. Und zum anderen hatte ich gleich das ungute Gefühl, dass dieser Anruf etwas mit Heike Bergers Forschungsarbeit bei Neuendorff zu tun hatte.«

»Das müssen Sie uns erklären.«

»Ich hatte Frau Berger vor etwa zwei Jahren bei einem Vortrag über die Wirkmechanismen von Neurotransmittern kennengelernt. Wir waren uns auf Anhieb sympathisch. Bei einem intensiven Gedankenaustausch am Rande der Tagung haben wir festgestellt, dass wir einen ähnlichen Forschungsansatz verfolgen. Und nach dem, was der Anrufer mir erzählt hatte, war ich mir relativ sicher, dass es kein Zufall war, dass ausgerechnet ich kontaktiert wurde. Ich hatte den vagen Verdacht, dass da jemand versuchte, Neuendorffs Erkenntnisse gewinnbringend zu veräußern. Allerdings habe ich zu diesem Zeitpunkt nicht einmal ansatzweise in Erwägung gezogen, dass Frau Doktor Berger selbst hinter der Sache steckte.«

»Und wie ist das dann weitergegangen?«

»Ich habe Georg Keller angerufen und ihm von meinem Verdacht erzählt. Er war völlig sprachlos und er hat mir bestätigt, dass die Informationen, die mir der Anrufer gegeben hatte, tatsächlich mit Neuendorffs Forschungen im Zusammenhang stehen könnten. Er hat mich daraufhin gebeten, zum Schein Verhandlungen aufzunehmen, während er gleichzeitig nach Beweisen suchen wollte.«

»Und dabei hat sich dann herausgestellt, dass Frau Berger selbst die Quelle des Verrats war, wenn ich das einmal so formulieren darf.«

»Ja.«

»Ist es nicht reichlich ungewöhnlich, dass eine ambitionierte

Wissenschaftlerin wie Frau Berger so vorgegangen ist?«
»Mehr als ungewöhnlich. Ich muss zugeben, dass ich es bis heute auch nicht verstanden habe. Ich kenne ihre Beweggründe nicht. Allerdings gibt es natürlich auch unter uns Forschern immer mal ein faules Ei. Selbst wenn es sich dabei um einen solch brillanten Kopf wie den von Doktor Berger handelte.«
»Und Frau Berger wusste nicht, dass Sie Professor Keller persönlich kannten?«
»Offensichtlich nicht. Wir hatten bei der Tagung nicht darüber gesprochen, obwohl ich gewusst hatte, dass sie bei Neuendorff arbeitete. Oder sie hat es gewusst und darauf spekuliert, dass meine Skrupel, sich fremde Forschungsergebnisse zu sichern, geringer ausgeprägt sind als meine Loyalität zu einem alten Weggefährten.«
»Und das Material war wirklich so bahnbrechend, dass sich der Verkauf gelohnt hätte?«
»Mir lag zwar nur ein kurzer Auszug der Forschungsarbeit vor. Aber das sah schon sehr vielversprechend aus.«
»Dass Doktor Bergers Medikament in der Testphase gescheitert war, wussten sie demnach nicht?«
»Zum Zeitpunkt der Kontaktaufnahme natürlich nicht. Das hat mir Georg erst später erzählt. Dennoch war der Ansatz sehr aussichtsreich. Forschung besteht leider Gottes aus vielen Misserfolgen. Man muss nur geduldig sein und den richtigen Weg finden.«
»Ich denke, dass wir dann auch erst einmal keine weiteren Fragen haben. Vielen Dank, dass Sie sich die Zeit genommen haben.«
»Das habe ich gerne getan. Sollte ich Ihnen anderweitig

weiterhelfen können, haben Sie ja meine Nummer. Auf Wiederhören.«

»Und schon wieder eine Sackgasse«, stellte Hansen konsterniert fest, als er auflegte.
»Entweder haben wir es wirklich mit einer Verschwörung galaktischen Ausmaßes zu tun oder wir befinden uns tatsächlich komplett auf dem Holzweg, was unsere Theorie angeht. Hältst du es für möglich, dass so viele Menschen involviert sind und uns etwas vormachen können?«
»Ganz ehrlich? Ich weiß auch nicht mehr, was ich noch glauben soll. Egal was wir bislang ausgraben, es wird uns immer wieder um die Ohren gehauen. Aber du hast schon recht. Wenn man einmal nüchtern betrachtet, welche Strippen da alle hätten gezogen werden müssen, damit sämtliche Vorfälle jedweder Überprüfung standhalten, dann kommt man doch langsam aber sicher ins Grübeln. Angefangen bei Pracht, den man hätte bestechen müssen, damit er bei der Sache mit der angeblichen Werksspionage mitmacht. Man hätte im Klinikum Papiere fälschen müssen, damit Schneider, Arnold und Steinbusch später einen Beweis für ihre Teilnahme an Medikamententests in der Hand haben. Das wiederum bedeutet, dass wenigstens Doktor Becker und seine Sekretärin involviert sein müssen. Nicht zu vergessen Manfred Böhm, Kellers Sekretärin. Und wer weiß, wer sonst noch alles. Je mehr Leute involviert sind, desto größer ist das Risiko, erwischt zu werden. Und Keller kann ja kaum alle beseitigen lassen.«
»Vorausgesetzt er steckt dahinter.«
»Daran habe ich nach wie vor nicht den geringsten Zweifel.

Was die Motive dahinter angeht, allmählich schon.«

34. Kapitel

Kurz vor Feierabend betraten Beck und Marquardt Hansens Büro. Sie hatten zunächst wenig erbauliche Nachrichten. Die Überprüfung von Lena Arnold, die mittlerweile in Hessen lebte, hatte keine auffälligen Geldeinzahlungen auf ihrem Konto in den drei Jahren, als sie im Wohnhaus 1 gearbeitet hatte, ergeben. Gleiches galt auch für Margot Hilbrich, deren finanzielle Situation sie gleich mit überprüft hatten.

»Und dann haben wir noch die Personalie Keller«, meinte Beck. »Geboren 1965, der Vater war Angestellter einer großen Aachener Versicherung, die Mutter Hausfrau. Typischer Mittelstand also. Nach dem Abitur und dem anschließenden Wehrdienst folgte ein Chemiestudium in Köln. In dieser Zeit hat er auch seine Frau Vivienne Marot, Tochter eines Kölner Schokoladenfabrikanten, kennengelernt. Dank eines sehr findigen Reporters, der anlässlich der Hochzeit einen Bericht in einem dieser Klatschblätter veröffentlicht hatte, wissen wir, dass es einen Ehevertrag mit Gütertrennung zwischen dem Ehepaar Keller gibt.«

»Wusste ich es doch«, meinte Hansen. »Das Geld hat seine Frau. Aber erzähle ruhig weiter.«

»Nach dem Studium hat Keller eine Bilderbuchkarriere hingelegt. Er ist nicht nur Leiter der Forschungsabteilung bei Neuendorff, sondern er sitzt außerdem im Vorstand der

Neuendorff-Stiftung, die sich für soziale Einrichtungen aller Art engagiert. Aber jetzt wird es interessant. Keller hat ein kleines Problem, er ist spielsüchtig. Er hat ein ausgewiesenes Faible für Sportwetten. Wir haben herausgefunden, dass er bei zwei Buchmachern aktuell in der Kreide steht. Und zwar mit insgesamt fast fünfzigtausend Euro. Es ist wohl auch nicht das erste Mal. Allerdings hat Keller seine Schulden bisher immer zurückgezahlt.«

»Das ist in der Tat sehr interessant. Auch wenn es uns im Moment nicht weiterbringt. Habt ihr die Konten überprüfen können? Gab es irgendwelche Auffälligkeiten?«

»Fehlanzeige. Da wurden in den letzten Wochen definitiv keine größeren Summen bewegt.«

»Verdammt«, fluchte Hansen. »Kann es nicht zur Abwechslung mal einfach sein?«

»Was hast du denn erwartet? Eine Überweisung über Summe X mit dem Verwendungszweck Phantom?«

»Das muss aber nicht bedeuten, dass Georg Keller nicht derjenige ist, der einen Auftragskiller engagiert und bezahlt hat«, meinte Marquardt. »Wir haben nämlich noch etwas herausgefunden. Böhm und Keller kannten sich bereits seit über dreißig Jahren. Das sind alte Bundeswehrkumpels. Sie haben zusammen in einer Sanitätseinheit gedient.«

»Ach, schau mal einer an. Das wird ja wirklich immer interessanter!«, fand Riedmann.

»Wollt ihr meine Meinung zu der ganzen Sache hören?«

»Nur zu, Markus. Ich bin für jede Eingebung dankbar«, erwiderte Hansen.

»Vielleicht haben wir uns zu sehr auf diese Spur mit Neuendorff konzentriert. Nach dem, was wir heute über Keller erfahren haben, könnte ich mir durchaus vorstellen, dass das Motiv gar nichts mit dem Pharmaunternehmen zu tun hat. Wohl aber mit Keller.«

»Kannst du das näher ausführen?«

»Möglicherweise wollte der Auftraggeber der Morde, nämlich Keller, nur vom eigentlichen Motiv ablenken. Es war doch naheliegend, dass wir durch den Tod von Wolf davon ausgehen würden, dass sein Tod mit einer Enthüllungsstory, an der er gearbeitet hatte, zusammenhängt. Durch die Ermordung von Heike Berger, den merkwürdigen Umständen ihrer Entlassung sowie der nachgewiesenen Verbindung, die sie zu Wolf hatte, mussten wir zwangsläufig denken, dass die Morde mit Neuendorff zusammenhängen. Oder mit einem ihrer Forschungsprojekte dort. Es passte ja bis dato auch alles zusammen. Sogar die Ermordung von Böhm hätte wunderbar in dieses Bild passen können – Stichwort illegale Medikamententests an den Heimbewohnern. Erst recht, nachdem wir das Bargeld in seinem Haus gefunden haben, dessen Herkunft unklar ist. Und nicht zu vergessen Jasmin Schneiders und Jörg Steinbuschs wundersamer Reichtum.«

»Worauf möchtest du hinaus?«, unterbrach Hansen seinen Kollegen ungeduldig. Er war kein guter Zuhörer und das, obwohl er wusste, dass er selbst zu langen Monologen neigte und so die Nerven seiner Teammitglieder des Öfteren strapazierte.

»Ich glaube, dass die ganzen Ereignisse mit St. Albertus zu tun haben. Aber nicht mit irgendwelchen Medikamententests an den Heiminsassen.«

»Sondern?«, fragte Riedmann dazwischen.

»Zum Beispiel mit Abrechnungsbetrug im großen Stil. Pflegeleistungen, die nicht erbracht, aber abgerechnet wurden. Pflegekräfte, die als Selbstständige eingestellt werden, um Sozialabgaben einzusparen. Da gibt es zahlreiche Möglichkeiten. Das Internet ist voll mit solchen Fällen und entsprechenden Gerichtsprozessen. Ich habe das einmal recherchiert.«

»Hm, ich sehe da noch keinen Zusammenhang.«

»Vielleicht ist die Theorie von Markus gar nicht so abwegig. Wir haben doch eben erst erfahren, dass Keller ein kleines Suchtproblem hat. Er verdient zwar nicht schlecht bei Neuendorff, aber das wird wohl kaum ausreichen, um die Schulden, die er offensichtlich immer wieder anhäuft, zu begleichen. Also braucht er regelmäßig viel Geld. Ob er das immer von seiner Frau bekommen hat, ist bei dem zurückhaltend angelegten Ehevertrag zu bezweifeln. Oder habt ihr Geldabhebungen im größeren Stil bei den Kellers gefunden, die länger zurückliegen?«

»Nein«, erwiderte Beck.

»Da kommt Böhm ins Spiel. Der ist zufällig Leiter einer Pflegeeinrichtung. Was wäre denn, wenn Keller seinen alten Buddy davon überzeugt hat, sich die Schwächen des Pflegesystems zu eigen zu machen und Geld daraus zu schlagen?«

»Und die Berger hat das irgendwie herausgefunden«, ergänzte Beck. »Möglicherweise hat sie Keller gedroht, ihn auffliegen zu lassen. Alles öffentlich zu machen, ihn anzuzeigen und so weiter. So ist die ganze Sache dann ins Rollen gekommen.«

»Aber sie hatte keine Beweise für die Anschuldigungen, sonst hätte sie nicht damit gewartet, Keller anzuzeigen«,

mutmaßte Hansen.
»Das wäre jedenfalls eine plausible Erklärung. Aber Keller war jetzt gewarnt. Deshalb war er zum Handeln gezwungen. Er entwickelt diesen perfiden wie ebenso genialen Plan mit dem angeblichen Versuch, ihre Forschungsergebnisse zu verkaufen. Er hat es ja offensichtlich geschafft, genug Beweise zu fingieren, dass sie sich sogar gezwungen sah, diesen Aufhebungsvertrag zu unterschreiben. Der war gleichzeitig ein wunderbares Druckmittel, das er gegen sie in der Hand hatte. Das wäre dann eine weitere Erklärung, warum sie zunächst geschwiegen hat.«
»Bis sie dann auf die Idee kommt, einen stadtbekannten Investigativjournalisten einzuschalten. Zugegeben, Markus` Theorie hört sich sehr schlüssig an. Allerdings gilt auch hier, dass wir nicht den geringsten Beweis dafür haben.«
»Dann sollten wir das eben schleunigst ändern«, erwiderte Marquardt und gähnte ausgiebig.
»Richtig, aber nicht mehr heute. Für heute machen wir erst einmal Schluss und gehen morgen mit frischen Kräften ans Werk«, erwidert Hansen mit einem Blick auf seine Armbanduhr. Es war neunzehn Uhr.

35. Kapitel

Aber Hansen fuhr nicht nach Hause. Im Auto hatte er noch einmal intensiv über Becks Theorie nachgedacht und schließlich kurzerhand den Entschluss gefasst, Georg Keller aufzusuchen. Er wollte den Professor auf das angebliche

Streitgespräch, das er laut Aussage von Doris Münzenberg auf dem Parkplatz von St. Albertus mit Manfred Böhm geführt hatte, ansprechen. Außerdem wollte er mehr über die Verbindung der beiden Männer erfahren. Ein kurzer Anruf bei Neuendorff-Chemie hatte ergeben, dass Keller noch arbeitete. Also fuhr er auf direktem Weg in den Drosselweg.

Hansen hatte gerade seinen BMW abgestellt und war auf dem Weg zum Pförtnerhäuschen, als ein anthrazitfarbener Q5 vor der Schranke des Werksgeländes hielt. Als die Sperre hochging und sich das Auto in Bewegung setzte, erkannte Hansen gerade noch, dass es sich bei dem Fahrer des Wagens um Keller handelte. Er rannte auf den SUV zu und signalisierte ihm anzuhalten. Was der Professor auch tat.

»Sie schon wieder!«, stellte Keller mit einem leicht säuerlichen Gesichtsausdruck fest.

»Sie werden es kaum glauben, aber es haben sich tatsächlich noch einmal ein paar Fragen ergeben«, erwiderte Hansen süffisant.

»Und ich dachte, Sie hätten alle Antworten, nachdem Sie mit meinem alten Studienfreund gesprochen haben.«

Pracht hatte Keller also schon von dem Anruf erzählt, registrierte Hansen.

»Aber vielleicht ist es besser, wenn Sie erst einmal einsteigen. Es wird allmählich kalt im Wagen«, fuhr Keller fort.

»Das Angebot nehme ich gerne an. Ich verspreche Ihnen auch, dass es nicht lange dauern wird«, erwiderte Hansen, der um die Motorhaube herumging, um auf der Beifahrerseite einzusteigen.

Keller fuhr das Seitenfenster wieder hoch und startete den

Wagen. Um die Zufahrt zum Werksgelände nicht unnötig zu blockieren, fuhr er ein paar Meter und hielt auf dem Besucherparkplatz. Direkt neben dem BMW des Ermittlers.

»Also, was wollen Sie schon wieder von mir?«

»Ich würde zum Beispiel gerne von Ihnen wissen, was Ihnen der Name Manfred Böhm sagt?«

»Der ermordete Leiter vom St. Albertus Pflegeheim? Wir kannten uns flüchtig.«

»Nur flüchtig?«, wunderte sich Hansen. »Und woher kannten Sie sich?«

»Ich bin Vorstandsmitglied der Neuendorff-Stiftung. Wir haben das Pflegeheim mit Stiftungsgeld unterstützt. Wir unterstützen Kindergärten, Schulen, Pflegeeinrichtungen oder auch Krankenhäuser. Wir versuchen dort zu helfen, wo die Hilfe gebraucht wird. Die Stiftung wurde auf Wunsch von Wilhelm von Neuendorff, dem Vater des jetzigen Firmeneigentümers, gegründet. Er hatte das in seinem Testament verfügt.«

»Sie kannten Herrn Böhm also nicht näher?«

»Ich sagte doch bereits, dass wir uns nur flüchtig gekannt haben. Wir haben vielleicht drei- oder viermal persönlichen Kontakt gehabt.«

»Sie haben aber ein schlechtes Erinnerungsvermögen«, stichelte Hansen.

»Was soll das nun wieder bedeuten?«

»Sie haben in derselben Sanitätseinheit bei der Bundeswehr gedient.«

»Ach, das ist doch schon Ewigkeiten her. Natürlich haben wir zusammen unseren Dienst abgeleistet. Aber darüber hinaus haben wir in der Folgezeit keinen Kontakt mehr gehabt. Bis vor ein paar Jahren, als wir beschlossen haben, das St. Albertus zu unterstützen.«

»Und eine dieser Begegnungen fand letzten Freitag auf dem Parkplatz von St. Albertus statt?«

Als Hansen diese Frage stellte, erkannte er zum ersten Mal einen leichten Anflug von Verunsicherung in Kellers Gesicht. Mit dieser Frage hatte Keller offensichtlich nicht gerechnet. Er musste sich kurz räuspern, schien aber seine Fassung genauso schnell wiederzuerlangen, wie er sie zuvor für einen Sekundenbruchteil verloren hatte.

»Letzten Freitag sagen Sie? Ja, das ist korrekt. Herr Böhm hatte mich angerufen, weil er mit mir sprechen wollte.«

»Und das Gespräch fand dann auf dem Parkplatz statt?«, unterbrach Hansen den Professor. »Ein reichlich ungewöhnlicher Platz für eine Besprechung, finden Sie nicht?«

»Nein, die Unterhaltung fand selbstverständlich in Herrn Böhms Büro statt«, entgegnete Keller leicht genervt.

»Ein Zeuge hat Sie aber zusammen auf dem Parkplatz gesehen. Demnach gab es nachhaltigen Redebedarf mit Böhm. Es soll einen Streit zwischen Ihnen gegeben haben.«

»Herr Böhm hat mich nach unserer Unterredung zum Parkplatz begleitet. Das ist richtig. Nach unserem Termin wollte er gleich ins Wochenende. Wir haben noch ein paar Worte gewechselt. Mehr nicht. Keine Ahnung, was der Zeuge beobachtet oder gehört haben will!«

»Was wollte Böhm von Ihnen?«

»Neue Spendengelder für das Heim akquirieren.«

»Und da wendet er sich ausgerechnet an Sie persönlich, wo Sie sich doch kaum kannten?«

»Das hat mich auch gewundert. Aber warum sollte ich als

Vorstandsmitglied der Stiftung kein offenes Ohr für das Anliegen dieses Mannes haben?«

Keller war jetzt merklich verärgert. Vielleicht ließ er sich ja zu einer unüberlegten Äußerung hinreißen, wenn Hansen den Druck noch etwas erhöhte.

»Wofür wollte Böhm zusätzliches Geld von der Stiftung?«

»Böhm plante, die Wohnanlage zu erweitern. Er hoffte auf unsere Unterstützung. Ich habe ihm allerdings klarmachen müssen, dass ich dem Stiftungsrat keine Empfehlung dafür aussprechen kann. Wenn ich jetzt so darüber nachdenke, kann es durchaus sein, dass er auf dem Parkplatz noch einmal davon angefangen hat. Vielleicht hat sich der Zeuge darauf bezogen?«

»Und warum wollten Sie Böhms Vorschlag nicht weiterleiten?«

»Weil das Budget für die Verteilung der Gelder für die nächsten beiden Jahre bereits festgelegt wurde. Eine Unterstützung seines Projektes hätte den Rahmen gesprengt. Und jetzt hoffe ich, dass dieses unsägliche Frage-Antwort-Spiel endlich beendet ist. Ich würde gerne nach Hause fahren.«

»Ich glaube, diesem Wunsch kann ich nachkommen. Für heute habe ich zunächst keine weiteren Fragen. Schönen Abend noch«, erwiderte Hansen und stieg aus. Keller startete den Wagen und brauste mit seinem Q5 davon.

Als Hansen in den BMW einstieg, dachte er über Kellers Worte nach. Einerseits hatte der Mann ihm eine durchaus schlüssige Geschichte präsentiert. Andererseits war er davon überzeugt, dass jedes Wort gelogen war. Er würde die Geschichte auf jeden Fall überprüfen und Margot Hilbrich fragen, ob es wirklich Pläne gab, die Wohnanlage zu erweitern. Der Mann hatte wirklich bisher auf jede Frage die passende Antwort gehabt. Und genau das machte Hansen stutzig.

36. Kapitel

Als Hansen nach Hause kam, hatte Christine das Abendessen bereits vorbereitet und den Tisch gedeckt. Während sie den Braten auf die Teller verteilte, nahm er sich ein alkoholfreies Bier aus dem Kühlschrank und setzte sich an den Tisch im Esszimmer.

»Willst du mir nicht langsam einmal erzählen, was mit dir los ist?«, fragte sie nach einer Weile, da sie die Stille am Tisch nicht mehr ertrug. Aber Hansen antworte nicht. Erst als Christine den Nachtisch an den Tisch brachte und sich setzte, tat Hansen etwas, was er zuvor noch nie getan hatte. Er sprach mit ihr über die laufenden Ermittlungen und die Zweifel, die sich in ihm nährten, den Fall lösen zu können.

»Ich verstehe euer Dilemma. Ihr ermittelt in drei Mordfällen und habt außer ein paar netten Theorien bisher keine Spur, die ihr direkt mit allen Taten in Verbindung bringen könnt. Sieht man einmal davon ab, dass ihr nach einem international gesuchten Auftragsmörder sucht, den man das Phantom nennt«, fasste sie zusammen, was er grob als aktuellen Stand der Ermittlungen wiedergegeben hatte.

»Präzise auf den Punkt gebracht«, erwiderte Hansen.

»Wenn ihr euch so sicher seid, dass dieser Keller hinter den Morden steckt, warum hört ihr nicht einfach sein Telefon ab

oder hackt seinen Computer?«
»Das ist eine brillante Idee, Christine. Das Problem ist nur, dass es hier in Deutschland Gesetze gibt, die wir beachten müssen. Im Fernsehen geht das immer ganz einfach. Aber in der Realität sieht das nun einmal anders aus. Der zuständige Staatsanwalt würde das aufgrund der vorliegenden Beweislage nicht genehmigen.«
»Ach so«, erwiderte sie etwas sauertöpfisch. »Ich möchte ja nicht anmaßend klingen«, begann sie vorsichtig, »aber nach allem, was du mir erzählt hast, habt ihr euren Fokus bisher darauf gelegt, das Motiv für die Morde und Beweise für eure Theorien zu finden. Aber vielleicht habt ihr dabei eine wichtige Verbindung zwischen den Opfern vernachlässigt?«
»Was meinst du damit?«
»Habt ihr bisher eigentlich nach dem Mörder gesucht? Für mich sieht es eher so aus, als ob ihr euch in erster Linie darauf konzentriert habt, den Auftraggeber für die Morde zu finden.«
Hansen musste Christines Worte erst einmal sacken lassen. Sie hatte nicht unrecht, wie er sich eingestehen musste. Alle Konzentration bei den Ermittlungen galt bisher der Suche nach dem Motiv und dem Auftraggeber der Morde. Sie hatten sich damit zufriedengegeben, dass hinter den Taten ein international gesuchter Auftragsmörder steckte. Ein Mann mit südländischer Herkunft, für den es laut Interpoldatenbank nicht einmal eine konkrete Beschreibung seines Aussehens gab, obwohl er schon seit vielen Jahren sein Unwesen trieb. Außer der DNA, die man in Bergers Haus gefunden hatte, gab es keine direkte Spur zu ihm. Und damit hatten sie sich im Grunde schon zufriedengegeben.

Eigene Nachforschungen hatten sie bisher nicht angestellt.
»Christine, du bist genial!«, sagte er schließlich und küsste sie. »Ich wusste gar nicht, dass ich seit Jahren mit einer kleinen Miss Marple verheiratet bin!« Dann ging er in die Küche, um in Ruhe zu telefonieren. Es dauerte eine Weile, bis er Riedmann an der Strippe hatte.
»Stefan, entschuldige bitte die Störung. Aber Christine hat mich auf eine Idee gebracht. Wir sollten herausfinden, ob wir auf den Passagierlisten der Flughäfen von Köln, Düsseldorf und Aachen/Maastricht für den Zeitraum der letzten zwei Wochen einen Passagier finden, der mehrmals ein- und ausgereist ist. Wir sollten uns dabei auf Flugverbindungen nach Spanien, Italien, Portugal und so weiter konzentrieren.«
»Hast du eine Ahnung, wie viele Passagierlisten wir da überprüfen müssen? Und was soll das überhaupt bringen?«
»Ganz einfach. Wir sollten wenigstens versuchen, das Phantom zu schnappen. Mir ist auch klar, dass das die berühmte Nadel im Heuhaufen ist. Aber was haben wir schon zu verlieren? Laut Interpol handelt es sich bei dem Phantom um einen Mann aus dem südeuropäischen Raum. Ich habe die leise Hoffnung, dass er nicht die ganze Zeit über in Aachen weilt, um die Morde auszuführen, sondern hin und her reist. So würde ich es auf jeden Fall machen. Es wäre viel zu gefährlich, so lange an einem Ort zu bleiben. Wie sonst hat er es über so lange Zeit geschafft, unentdeckt zu bleiben?«
»Das habe ich mich allerdings auch schon gefragt. Normalerweise hätte ich erwartet, dass er seine Opfer innerhalb weniger Stunden umbringt und nicht Tage zwischen den einzelnen Morden vergehen lässt.«

»Eben. Deshalb auch die Überprüfung der Passagierlisten. Sollten wir da nicht fündig werden, kontrollieren wir noch die Listen der internationalen Zugverbindungen nach Aachen für den gleichen Zeitraum. Viele Leute kaufen und bezahlen ihre Tickets heute online.«
»Das bedeutet zwar eine Menge Arbeit, aber du hast recht. Einen Versuch ist es wert«, gab Riedmann zu.
»Sage ich doch. Schönen Abend noch«, erwiderte Hansen, und bevor sein Kollege etwas erwidern konnte, hatte er schon aufgelegt. Auch wenn Hansen sich über den neuen Ermittlungsansatz freute, ärgerte er sich darüber, dass ihm das nicht selbst eingefallen war. Er war so verbohrt gewesen, dass er den Blick auf das Wesentliche verloren hatte.

37. Kapitel

Mittwoch, 30. Januar 2019

Der Ermittlungstag versprach arbeitsreich zu werden. Deshalb fasste sich Hansen bei der Frühbesprechung kurz. Punkt eins der Tagesordnung war, Hinweise auf Becks Theorie zu finden, dass es sich bei dem Mordmotiv um Pflegebetrug im großen Stil gehandelt haben könnte. Punkt zwei betraf die Überprüfung der Passagierlisten aller Flüge der letzten vierzehn Tage, die von und in südeuropäische Länder gingen. Den Fokus legten sie dabei, wie von Hansen am Vorabend festgelegt, auf die Flughäfen Köln, Düsseldorf und Aachen/Maastricht. Die Überprüfung der kleineren

Flughäfen in Nordrhein-Westfalen hätte die ohnehin schon knappen Kapazitäten zu sehr belastet. Wenngleich natürlich die Möglichkeit bestand, dass das Phantom einen kleineren Flughafen wie beispielsweise den in Weeze bevorzugt hatte. Glücklicherweise hatten sich alle infrage kommenden Fluggesellschaften sehr kooperativ gezeigt, sodass die Ermittler nicht erst gezwungen waren, mit einer richterlichen Anordnung zu drohen. Nachdem Hansen seine Liste mit Fluggesellschaften abgearbeitet hatte, überprüfte er noch einmal die Aufnahmen der Überwachungskameras aus dem Ludwig-Forum. Aber wie schon bei der ersten Durchsicht ergaben sich auch jetzt keine hilfreichen Erkenntnisse. Kein Hinweis auf ein konspiratives Treffen mit einer bekannten oder unbekannten Person. Auch sonst niemand, der ein gesteigertes Interesse an Manfred Böhm zeigte. Erst recht kein Mörder mit südländischen Wurzeln, der sein späteres Opfer ausspähte. Frustriert holte Hansen die DVD aus dem Laufwerk seines Computers, packte sie in eine Plastikhülle und legte sie in seinen Ablagekorb.

Gegen elf Uhr dreißig kehrten Beck und Marquardt mit diversen Kartons voller Aktenordner aus dem St. Albertus-Pflegeheim zurück. Margot Hilbrich hatte sich ebenso entsetzt wie hilfsbereit gezeigt, als die beiden Ermittler ihr von den Verdächtigungen gegen Manfred Böhm berichtet hatten und ihnen die Ordner ausgehändigt. Die Überprüfung der Akten war ohnehin schon längst überfällig gewesen, wie Hansen zugeben musste. Die Pläne zur Erweiterung der Wohnanlage, die Keller Hansen gegenüber erwähnt hatte, gab es tatsächlich, was einen kleinen Rückschlag bedeutete.

Ebenso hatte die stellvertretende Leiterin glaubhaft versichern können, dass keine einzige Pflegekraft, die im St. Albertus arbeitete, als selbstständig angestellt worden war. Die entsprechenden Arbeitsverträge hatte sie den Ermittlern vorgelegt. Insofern konnte auch dieser Verdacht vorerst entkräftet werden, wie Hansen enttäuscht zur Kenntnis nehmen musste. Es sei denn, die Arbeitspapiere waren gefälscht. Dennoch gab es weiterhin zahlreiche Argumente, die für Becks Theorie sprachen. Deshalb hofften die Ermittler in den Akten aus dem Pflegeheim, entsprechende Hinweise zu finden.

Bevor sich Hansen ebenfalls mit den Unterlagen aus dem Pflegeheim beschäftigen wollte, versuchte er zunächst sein Glück bei den Kranken- beziehungsweise Pflegekassen, mit denen das Heim Leistungen abrechnete. In verschiedenen Telefonaten, die er bevorzugt mit den Geschäftsstellenleitern der verschiedenen Kassenniederlassungen führte, trug er sein Anliegen vor, die Unterlagen aus den letzten Jahren nach Hinweisen auf die Abrechnung von Scheinleistungen hin zu untersuchen. Ausnahmslos alle Befragten hatten Hansen gegenüber beteuert, der Sache nachzugehen. Gleichzeitig hatten sie aber darauf verwiesen, dass eine derartige Überprüfung Zeit benötigte. Außerdem äußerten sie Zweifel daran, dass an diesen Vorwürfen auch nur ein Fünkchen Wahrheit war, da ein Betrug in einem solchen Ausmaß hätte auffallen müssen. Hansen hatte in allen Fällen drauf hingewiesen, dass sich Polizeiermittlungen nicht auf den Konjunktiv berufen könnten und um eine kurzfristige Rückmeldung gebeten.

Nach einer kurzen Mittagspause in der Polizeikantine, Han-

sen hatte seine Kollegen zu Reibekuchen mit Apfelmus eingeladen, begannen die vier Ermittler mit der Auswertung der Passagierlisten, die nach und nach eingetroffen waren. Das Gute am Winter war, dass jetzt weitaus weniger Flüge in den entsprechenden Zeitraum fielen, als das zur Hauptferienzeit im Sommer der Fall gewesen wäre. Außerdem waren durch die widrigen Wetterumstände der letzten Wochen auch einige Flüge ausgefallen. Aber es waren immer noch mehr als genug Passagierlisten, die auf namentliche Übereinstimmungen an verschiedenen Flugtagen überprüft werden mussten. Bis zum frühen Abend hatten sie acht Namen männlicher Passagiere zusammengetragen, die im fraglichen Zeitraum mehrfach ein- und ausgereist waren. Drei Italiener, zwei Spanier, ein Portugiese, ein Mazedonier sowie ein Mann aus Zypern.
Immerhin war das ein Anfang. Jetzt galt es, etwas über diese Männer herauszufinden. Neben den allgemeinen Informationen wie Alter, Beruf und dergleichen wollte Hansen vor allem wissen, ob einer der Männer in einem Hotel in Aachen abgestiegen war. Damit war schon einmal klar, womit sie den morgigen Tag verbringen würden. Gegen neunzehn Uhr machte das Team Feierabend.

38. Kapitel

Etwa zur gleichen Zeit saß das Phantom in seinem Hotelzimmer und traf die letzten Vorbereitungen für den heutigen Abend. Nur noch wenige Stunden und der Job war erledigt. Und das Phantom um hunderttausend Euro reicher. Dann konnte es endlich wieder nach Hause fahren. Aber es hatte sich fest vorgenommen wiederzukommen. Die westlichste Großstadt Deutschlands, einst von Karl dem Großen im 8. Jahrhundert nach Christus als Hauptresidenz auserkoren, hatte es ihm angetan. Doch das ging bei mindestens zwanzig Grad wesentlich entspannter als bei der sibirischen Kälte, die die Stadt im Moment fest in ihrer Hand zu haben schien, dachte das Phantom und überprüfte seine Glock.

39. Kapitel

Jens Marquardt, der Herzensbrecher der Abteilung, arbeitete intensiv an einem Imagewechsel. Deswegen hatte er noch niemandem erzählt, dass er sich verliebt hatte. Nicht einmal Beck, seinem langjährigen Partner. Seit vier Monaten traf er sich mit ein und derselben Frau. Das war rekordverdächtig für ihn. Die Frau, die es geschafft hatte, sein Herz zu erobern, hieß Sarah Reinhardt. Und sie entsprach eigentlich so gar nicht seinem klassischen Beuteschema. Sie war weder blutjung noch blond oder schlank. Und erst recht nicht an unverbindlichem Sex interessiert. Sie war Mitte dreißig, hatte kurzes schwarzes Haar und eine eher weibliche Figur mit Rundungen an den richtigen Stellen. Und sie hatte ein bezauberndes Lächeln.

Bezeichnenderweise hatte Marquardt sie ausgerechnet bei seinem Zahnarzt kennengelernt. Schuld war eine ausgebissene Plombe. Sarah hatte dem Arzt bei der Behandlung assistiert. Zwei Tage nach der Behandlung hatten sie schon bei ihrem Lieblingsitaliener gesessen und zu seiner Überraschung hatte der Abend nicht wie gewohnt im Bett geendet. Am darauffolgenden Wochenende hatten sie sich wiedergetroffen. Zwei Wochen nach ihrer ersten Begegnung waren sie ein Paar geworden.

Heute war Sarahs fünfunddreißigster Geburtstag und deshalb hatte er etwas ganz Besonderes geplant. Er führte sie in das Nobelrestaurant des Kirchhofes in der Monheimsallee aus.

»Du meinst es wirklich ernst, Jens«, sagte Sarah mit ihrem bezaubernden Lächeln, als sie Platz nahmen.

»Für dich nur das Beste.« Er konnte es selbst kaum glauben. Was hatte diese Frau nur mit ihm angestellt?

Knapp zwei Stunden lang genossen sie die einzelnen Speisen ihres Vier-Gänge-Menüs. Sie hatten gerade das Dessert, den dreifachen Traum aus Schokolade, beendet, als Marquardt auf die Toilette musste.

Etwa zeitgleich befand sich auch Professor Georg Keller auf dem Weg ins Untergeschoss des Kirchhofes, wo sich die Toilettenräume befanden. Keller hatte kurzfristig an einem Geschäftsessen teilnehmen müssen, weil Doktor Johnen krankheitsbedingt passen musste.

Genau auf diesen Moment hatte das Phantom gewartet. Der Auftraggeber hatte unmissverständlich klargemacht, dass Keller noch heute sterben musste. Das hatte den ursprünglichen Zeitplan erheblich durcheinandergebracht und das Phantom war gezwungen gewesen zu improvisieren. Da sich der Profikiller in Kellers Handy gehackt hatte, wusste er wenigstens, wo sich die Zielperson am Abend aufhielt. Er war verschiedene Optionen durchgegangen. Von einem herbeigeführten Autounfall bis hin zum klassischen Überfall zu Hause, wie bei Heike Berger. Letztlich war die Wahl auf das Restaurant gefallen. Das barg zwar gewisse Risiken. Aber zum einen war das Phantom ein Improvisationstalent und zum anderen konnte es so angenehmes mit Nützlichem kombinieren. Schließlich war der Kirchhof für seine exzellente Küche bekannt.

Jetzt, da Keller offensichtlich auf die Toilette ging, war der Moment gekommen. In aller Ruhe erhob sich das Phantom von seinem Platz, um die Verfolgung aufzunehmen. Keller verließ den Restaurantbereich und steuerte geradewegs auf die Treppe zu, die ins Untergeschoss führte. Dummerweise hatte dieser verliebte Idiot, der mit seiner Freundin in seiner unmittelbaren Nähe gesessen hatte, in diesem Moment offenbar ebenfalls das Bedürfnis verspürt, seine Blase entleeren zu müssen. Das Phantom folgte beiden Männern in gebührendem Abstand.

»Porca miseria«, fluchte Kellers Verfolger leise vor sich hin. Das Phantom konnte in solchen Momenten die italienischen Wurzeln einfach nicht verleugnen.

Während Keller und der Verliebte die Herrentoilette betraten, steuerte das Phantom geradewegs auf das Damenklo, das direkt gegenüber vom Herren-WC lag, zu. Improvisation war alles, dachte es in diesem Moment. Der Profikiller schlüpfte durch die Tür in die Damentoilette und kontrollierte mit geübtem Blick die Kabinen. Niemand sonst war hier. Er ging zurück zur Eingangstür, öffnete sie einen Spalt und beobachtete das gegenüberliegende Herrenklo. Noch

war Kellers Schicksal nicht besiegelt. Alles hing davon ab, wer zuerst aus der Herrentoilette herauskam. Vielleicht war es doch besser, Plan B umzusetzen, dachte er in diesem Moment. Der sah vor, den Professor in seinem Auto zu überraschen und dort zu erschießen.
Als sich die Tür des Herren-WCs wieder öffnete und zunächst der Romantiker heraustrat, traf das Phantom in Sekundenschnelle eine Entscheidung. Er holte die Glock 17 mit dem Schalldämpfer aus der Sakkotasche, folgte dem Mann einige Schritte und schlug ihm dann mit voller Kraft den Griff der Pistole auf den Hinterkopf. Der Romantiker sackte wie ein nasser Sack zusammen und blieb reglos liegen. Genau in dem Moment öffnete sich erneut die Tür der Herrentoilette und die Zielperson trat auf den Gang.

40. Kapitel

Jens war jetzt schon fast zehn Minuten weg. Allmählich machte sich Sarah Sorgen und fragte sich, wo ihr Freund blieb. Anfangs hatte sie noch gedacht, dass der Gang auf die Toilette nur vorgeschoben war. Jens hatte im Verlauf des Abends von einer Überraschung gesprochen, die noch auf sie wartete. Wahrscheinlich ein Geburtstagsgeschenk. Aber was konnte so lange dauern?
Also fasste sie den Entschluss, einmal nachzusehen. Sie legte die Serviette, die während des Essens auf ihrem Schoß gelegen hatte, auf den Tisch und ging Richtung Ausgang, wo sich die Treppe hinunter zu den Toiletten befand. Außer ihr

war hier niemand zu sehen. Als sie den letzten Treppenabsatz erreichte, um dann links in den Gang abzubiegen, konnte sie schon aus einigen Metern Entfernung erkennen, dass hier etwas nicht stimmte. Dort lag ein Mensch am Boden. Und schon aus der Entfernung erkannte sie, dass es sich dabei um Jens handelte. Sie stieß einen schrillen Schrei aus und stürzte die letzten Meter auf ihn zu. Als sie sich vor ihn hinkniete, entdeckte sie das viele Blut am Hinterkopf und auf dem Boden.

»Jens! Oh mein Gott, Jens«, schrie sie, als sie sich auf die Knie schmiss. Aber ihr Freund reagierte nicht. Sie fühlte seinen Puls. Der war schwach, aber regelmäßig. Doch das beruhigte sie kaum. Sie musste einen Arzt benachrichtigen. Und zwar dringend. Aber ihr Handy hatte sie in der Handtasche. Und die hing natürlich über ihrem Stuhl im Restaurant.

»Hillffeee. Ich brauche Hilfe hier unten«, schrie sie aus Leibeskräften. Sie hoffte, dass sie irgendjemand hörte. Und während sie panikerfüllt um sich blickte, sah sie plötzlich, dass aus der Tür der Herrentoilette, die nur ein paar Meter entfernt war, zwei Füße lugten. So schwer es ihr fiel, Jens in diesem Moment alleine zu lassen, stand sie auf und ging ganz langsam auf die Tür zu. Nach sieben bis acht Schritten hatte sie die Stelle erreicht und konnte einen Blick in das Innere des Raums werfen, da die Tür, blockiert durch die Beine eines Mannes, weit offen stand. Aufgrund der großen Menge Blutes auf dem Hemd des Mannes und auf den weißen Fliesen, war es selbst für einen Laien wie sie offensichtlich, dass der Mann tot war. Sarah Reinhardt stieß einen markerschütternden Schrei aus. Und diesmal dauerte es kaum eine Minute, bis sie von mehreren Restaurantgästen und Angestellten des Hotels umringt war.

41. Kapitel

Dreißig Minuten später traf Hansen in der Monheimsallee ein. Er verschaffte sich einen kurzen Überblick über die Lage und lernte in diesem Zusammenhang auch Sarah Reinhardt kennen. Er wollte später noch einmal ausführlicher mit ihr sprechen. Jetzt galt seine ganze Aufmerksamkeit erst einmal Marquardt. Deshalb wartete Hansen vor dem Krankenwagen, in dem der Kollege auf den Abtransport wartete.

»Sie können jetzt kurz mit Ihrem Kollegen sprechen«, meinte der Notarzt, als er die hinteren Türen des Krankenwagens öffnete und ausstieg. »Aber bitte fassen Sie sich kurz. Herr Marquardt hat vermutlich eine schwere Gehirnerschütterung.«

»Danke, Herr Doktor«, erwiderte Hansen, der daraufhin in das Fahrzeug stieg.

Marquardt hatte die Augen geschlossen und einen dicken Verband um seinen Kopf.

»Ein Glück, dass du so einen Dickschädel hast«, versuchte es Hansen mit einem Scherz.

Es dauerte einen Moment, bis Marquardt die Augen öffnete.

»Karl. Schön, dich zu sehen.« Hansens Kollege sprach sehr leise. Ihm fiel das Sprechen offensichtlich schwer. »Wo ist Sarah?«

»Sie wartet im Restaurant. Ich muss noch mit ihr sprechen. Du weißt ja, wie das ist«, sagte er fast schon entschuldigend. »Ich sorge dafür, dass sie so schnell wie möglich zu dir kann. Übrigens kein netter Zug von dir, dass du uns bisher nichts von ihr erzählt hast.«
Marquardt versuchte zu lächeln, aber das fiel ihm sichtlich schwer.
»Hör zu, Jens. Ich will dich gar nicht unnötig lange quälen. Der Arzt meinte, dass du wahrscheinlich eine schwere Gehirnerschütterung hast. Kannst du mir erzählen, was genau geschehen ist oder woran du dich noch erinnern kannst?«
Marquardt brauchte einen Moment, bis er in der Lage war, zu antworten.
»Das geht schnell. Ich war mit Sarah hier essen. Sie hat heute Geburtstag. Jedenfalls musste ich auf die Toilette. Und als ich wieder zurück ins Restaurant gehen wollte, hat mich dieses Schwein von hinten niedergeschlagen. Es ging so schnell.« Marquardt musste eine kurze Pause einlegen. »Ich habe nicht einmal bemerkt, dass da jemand hinter mir war. Und dann wurde schon alles schwarz um mich herum. Das war's. Das Nächste, woran ich mich erinnern kann, ist, dass ich von diesem Notarzt und seinem Team umringt war. Ich bin nicht gerade ein brauchbarer Zeuge, fürchte ich.«
»Das ist kein Problem. Werde du jetzt erst mal wieder gesund!«, lächelte Hansen und drückte Marquardts Hand. Dann verließ er den Krankenwagen wieder. »Sie können dann jetzt los«, meinte er an den Arzt gewandt. »In welches Krankenhaus bringen Sie meinen Kollegen?«
»Ins Luisenhospital.«
»Alles klar, danke. Wir sorgen dafür, dass seine Freundin

später zu ihm kann.«
»In Ordnung«, erwiderte der Arzt und schloss die Wagentür. Dann fuhr der Krankenwagen los.

42. Kapitel

Als Hansen zurück zum Hotel ging, traf er auf Beck und Riedmann, die in der Zwischenzeit eingetroffen waren. Beide machten besorgte Gesichter.
»Wie geht es Jens?«, wollte Beck wissen.
»Er wird wieder. Aber für die nächsten Tage ist er erst einmal aus dem Verkehr gezogen. Schwere Gehirnerschütterung, vermutet der Arzt.«
»War er ansprechbar? Konnte er dir sagen, was passiert ist?«
»Er war wach und ich habe kurz mit ihm sprechen können. Er konnte sich nur daran erinnern, dass er von hinten niedergeschlagen wurde, als er von der Toilette kam. Er hat den Täter also nicht gesehen. Habt ihr eigentlich gewusst, dass er eine feste Freundin hat?«
»Hat er?«, wunderte sich Riedmann.
Und auch Beck machte einen überraschten Eindruck.
»Gut, ich dachte schon, ich bin der Einzige, der das nicht mitbekommen hat. Die Freundin heißt Sarah Reinhardt. Eigentlich wollte sie Jens ins Krankenhaus begleiten, aber ich habe sie gebeten zu warten, damit wir ihr einige Fragen stellen können. Sie wartet zusammen mit den anderen Gästen, die bei Auffinden der Leiche anwesend waren, im Restaurant. Die Leute werden langsam ungeduldig und wollen

nach Hause. Deshalb sollten wir jetzt sofort mit der Befragung beginnen«, meinte Hansen.
»Da Keller jetzt tot ist, können wir wohl davon ausgehen, dass er nicht der Drahtzieher von was auch immer war und unsere schönen Theorien ad acta legen«, merkte Beck auf dem Weg ins Restaurant an.
»Nicht unbedingt. Keller als Auftraggeber für die Morde scheidet nun aus. Da hast du recht. Aber es bestärkt mich eher in der Annahme, dass das Ausmaß der Verschwörung weitaus größer ist, als wir dachten und dass sowohl Neuendorff als auch das St. Albertus irgendetwas damit zu tun haben. Irgendjemand versucht das mit aller Macht zu vertuschen, indem er alle Mitwisser ausschalten lässt. Und diesen Jemand müssen wir schnellstens finden.«
Hansen setzte sich an den Tisch, wo Marquardt noch vor gut einer Stunde gesessen hatte, um den Geburtstag seiner Freundin zu feiern. Jetzt hatte er die undankbare Aufgabe, Sarah Reinhardt einige hässliche Fragen stellen zu müssen. Sie saß wie ein Häufchen Elend auf ihrem Platz. Kein Wunder, wenn man bedachte, dass sie bei ihrem exklusiven Geburtstags-Dinner erst ihren Freund schwer verletzt aufgefunden hatte und als Bonus dazu auch noch die Leiche von Georg Keller, dachte Hansen.
»Wie geht es Jens? Wann kann ich endlich zu ihm?«
»Jens hat vermutlich eine schwere Gehirnerschütterung und befindet sich bereits auf dem Weg ins Krankenhaus. Ich lasse Sie zu ihm bringen, sobald wir hier fertig sind.«
»Danke.«
»Sehr bedauerlich, dass wir uns ausgerechnet unter diesen Umständen kennenlernen.«

»Das können Sie wohl laut sagen. Ich kann immer noch nicht begreifen, was ich da unten gesehen habe.«
»Verständlich. Und um den Mann zu finden, der Jens niedergeschlagen und den anderen Mann erschossen hat, muss ich Ihnen leider noch einige Fragen stellen. Ist Ihnen auf dem Weg zu den Toiletten irgendetwas aufgefallen? Ist Ihnen jemand entgegengekommen?«
»Nein, ich habe niemanden gesehen.«
»Ist Ihnen unter den Gästen des Restaurants etwas Ungewöhnliches aufgefallen? Etwa eine Person, die alleine gespeist und dabei die anderen Gäste beobachtet hat?«
»Es waren mehrere Gäste, die alleine gespeist haben. Ob sie sich auffällig verhalten haben, kann ich nicht beantworten. Darauf habe ich nicht geachtet.«
Was auch nicht verwunderlich war, dachte Hansen, wenn nicht einmal Jens etwas aufgefallen war …
»Ein südländisch aussehender Herr ist Ihnen unter den Gästen auch nicht aufgefallen?«, versuchte es Hansen ein letztes Mal.
»Nein, leider nicht.«
»In Ordnung. Dann lasse ich Sie jetzt von einem Kollegen ins Luisenhospital fahren. Sollte Ihnen später doch noch etwas einfallen, zögern Sie nicht, mich anzurufen«, erwiderte Hansen und drückte Sarah Reinhardt seine Visitenkarte in die Hand. Anschließend brachte er sie ins Foyer und beauftragte einen Kollegen der Schutzpolizei, der sich zuvor um die Absperrung des Tatortes gekümmert hatte, die Freundin seines Kollegen ins Luisenhospital zu fahren.
Mit dem gleichen Ergebnis hatten die Befragungen der anderen Restaurantgäste geendet. Die Aussagen des Personals

waren ebenso wenig hilfreich gewesen. Niemand hatte vor oder nach der Tatzeit einen Mann mit südländischem Aussehen beobachtet. Das legte die Vermutung nahe, dass Kellers Mörder nicht zu den Gästen des Restaurants gezählt hatte, wie Hansen vermutet hatte. Stattdessen hatte er offensichtlich im Untergeschoss auf sein Opfer gewartet. Das wäre zwar eine ungewöhnliche Vorgehensweise gewesen, da das Phantom ja unmöglich hatte wissen können, dass Keller dort früher oder später tatsächlich auftauchen würde. Aber eine andere logische Erklärung hatte es aus Hansens Sicht nicht geben können. Unglücklicherweise gab es weder im Restaurant noch im Foyer und auf dem Weg zu den Toilettenräumen Überwachungskameras, sodass der Täter unerkannt entkommen war.
Unmittelbar nach der Befragung hatte Hansen noch die Gelegenheit genutzt, um mit dem Gerichtsmediziner Nils Bode zu sprechen. Der war gerade im Begriff gewesen aufzubrechen, als Hansen bei den Toiletten aufgetaucht war. Viel hatte es ohnehin nicht zu besprechen gegeben. Der Tatzeitpunkt war genauso bekannt wie das Opfer, Keller, und Täter, das Phantom.
Das Team der Spurensicherung war zu diesem Zeitpunkt noch mitten bei der Arbeit gewesen und wäre laut Aussage von Laura Decker auch noch eine ganze Weile damit beschäftigt. Sie hoffte, erste Ergebnisse bis zum nächsten Morgen präsentieren zu können.
Da es für Hansen und seine beiden Kollegen nichts mehr zu tun gab, schickte er Beck und Riedmann nach Hause. Er selbst fuhr auf direktem Weg in die Maria-Theresia-Allee, um Vivienne Keller die Nachricht vom Tod ihres Mannes

zu überbringen. Auf dem Weg dorthin grübelte Hansen darüber nach, was die aktuellen Geschehnisse für ihre Ermittlungen bedeuteten. Nichts Gutes jedenfalls, da es immer noch keine Beweise für ihre Theorien gab. Außerdem gruselte es ihm jetzt schon vor der Konfrontation mit Hellhausen. Nicht nur, dass der Auftragsmörder ein weiteres Mal zugeschlagen hatte. Diesmal war noch ein Mitglied aus den eigenen Reihen zwischen die Fronten geraten. Auch wenn es sich dabei nur um einen unglücklichen Zufall gehandelt hat. Aber er musste sich eingestehen, dass die Sache für Jens auch durchaus anders hätte enden können. Was sie jetzt dringender denn je brauchten, waren Resultate!

43. Kapitel

Als er auf die Villa zufuhr, konnte Hansen schon aus der Entfernung erkennen, dass im gesamten Haus Licht brannte. Vivienne Keller war also noch zu dieser vorgerückten Stunde wach. Die Nachricht vom Tod eines geliebten Menschen zu überbringen, war der unangenehmste Teil seines Jobs. Abgesehen von der Begutachtung von Wasserleichen natürlich.

Er stellte seinen Wagen vor der Villa ab und stieg die Treppe zur Haustür hinauf. Wie schon bei seinem ersten Besuch aktivierte er dabei einen Bewegungsmelder, wodurch die beiden LED-Strahler ansprangen, die den Eingangsbereich in helles Licht tauchten. Er klingelte. Vivienne Keller öffnete schon nach wenigen Sekunden mit einem Handy in der

Hand die Tür. Als sie Hansen erkannte, packte sie das Entsetzen.

»Nein, nein, nein«, sagte sie und ließ das Telefon fallen. »Das kann nicht sein. Das darf nicht sein!«, rief sie aus und wich langsam zurück, um Hansen einzulassen.

Ihre Reaktion auf seinen Anblick war selbst für Hansen eine neue Erfahrung. Offensichtlich ahnte die Frau des Professors, was der Grund seines spätabendlichen Besuchs war.

»So leid es mir tut, Frau Keller, aber ich habe leider schlechte Nachrichten für Sie. Ihr Mann wurde heute Abend tot im Hotelrestaurant Kirchhof aufgefunden.«

»Ich habe es geahnt. Ich habe seit über einer Stunde versucht, ihn auf dem Handy zu erreichen. Kurz bevor Sie hier aufgetaucht sind, habe ich im Restaurant angerufen und mich nach Georg erkundigt. Aber man konnte mir nicht weiterhelfen. Es habe einen bedauerlichen Todesfall gegeben und es wären keine Gäste mehr anwesend. Natürlich, der einzige Gast, der nicht nach Hause zurückgekehrt ist, ist Georg.«

Vivienne Keller war sehr darum bemüht, ihre Fassung zu wahren. Dennoch rannen ihr Tränen über die Wangen. Hansen hob ihr Handy vom Boden auf. Dann schloss er die Haustür und führte die Frau in den Raum, in den er sie beim letzten Besuch hatte hineingehen sehen. Es handelte sich um das Wohnzimmer, wie er beim Betreten feststellte. Der Einrichtung sah man an, dass die Besitzer Geld besaßen. Vivienne Keller setzte sich von Hansen begleitet auf die cremeweißfarbene Ledercouch und dann brachen bei ihr alle Dämme. Hansen holte ihr, als er die Küche gefunden hatte, ein Glas Wasser. Dann setzte er sich auf die Couch

direkt gegenüber von Vivienne Keller und wartete, bis sie sich einigermaßen beruhigt hatte.
»Ich bin bereit für Ihre Fragen«, sagte sie schließlich und nippte an dem Wasser.
»Frau Keller, der Tod Ihres Mannes steht in äußerem Zusammenhang mit drei weiteren Todesfällen. Sagen Ihnen die Namen Jürgen Wolf, Heike Berger und Manfred Böhm etwas?«
»Heike Berger«, wiederholte sie mit abfälligem Tonfall. »Ermordet, wie Georg? Das nenne ich mal Ironie des Schicksals.«
»Sie kannten also Frau Berger?«, wunderte sich Hansen.
»Ich wusste von dem Verhältnis, wenn Sie das fragen wollten?«
»Dass Heike Berger ermordet wurde, hat Ihr Mann nicht erwähnt?«
»Nein, warum sollte er auch? Diese Person hat fast meine Ehe zerstört. Ihr Name war in diesem Haus tabu.«
»Ich verstehe. Die anderen beiden Namen sagen Ihnen also nichts?«
»Nein.«
»Würden Sie bitte trotzdem einen Blick auf die Fotos der Männer werfen«, meinte Hansen, der sein Smartphone aus der Tasche seines Mantels, den er neben sich auf die Couch gelegt hatte, nahm.
»Diesen Mann habe ich schon einmal hier gesehen«, erinnerte sich Vivienne Keller, als sie Wolfs Foto betrachtete.
»Sind Sie sich da absolut sicher?«
»Ja. Das ist der Mann. Er war vor ein paar Wochen einmal hier und wollte meinen Mann sprechen. Georg war aber

nicht zu Hause. Wer ist der Mann?«
»Jürgen Wolf, ein Journalist. Wissen Sie, ob es ein Treffen zwischen den beiden gegeben hat?«
»Falls ja, dann nicht hier bei uns zu Hause. Mehr kann ich Ihnen nicht darüber sagen.«
»Hatte Ihr Mann Feinde?«
»Außer meinem Vater, nachdem er von Georgs Affäre erfahren hatte? Um ehrlich zu sein, weiß ich es nicht. Aber offensichtlich schon, sonst wäre er jetzt nicht tot.«
»Wie ich ja bereits erwähnte, steht der Tod Ihres Mannes in Verbindung mit drei weiteren Todesfällen. Wir vermuten, dass alle Morde im Zusammenhang mit Neuendorff stehen. Hat er Ihnen gegenüber in der letzten Zeit vielleicht einmal eine Andeutung gemacht, dass es Probleme auf der Arbeit gab?«
»Nein. Georg sprach nie über seine Arbeit.«
»Und er hat sich in den letzten Tagen auch nicht irgendwie anders verhalten? War er nervös oder gereizt?«
»Wenn Sie meinen Mann gekannt hätten, wüssten Sie, dass er immer irgendwie nervös oder gereizt war. Er war praktisch die Personifizierung dieser Adjektive. Ich habe damit gelernt zu leben. Also nein, mir ist nicht aufgefallen, dass er sich irgendwie anders verhalten hat.«
Hansen musste allmählich einsehen, dass ihm Vivienne Keller auch nicht weiterhelfen konnte.
»Eine letzte Frage noch. Oder vielmehr ist es eine Bitte. Ich habe bei unserem letzten Besuch im Arbeitszimmer Ihres Mannes einen Laptop gesehen. Sind Sie damit einverstanden, dass ich den Computer mitnehme? Ansonsten wäre ich gezwungen, mit einer richterlichen Anordnung wiederzu-

kommen.«
»Nur zu. Wenn es dazu beiträgt, den Mörder meines Mannes zu schnappen.«
»Das ist sehr freundlich von Ihnen. Ich kenne ja den Weg.«
»Noch einmal mein aufrichtiges Beileid«, sagte Hansen, nahm seinen Mantel und verabschiedete sich. Als er sich auf der Treppe hinauf zu Georg Kellers Arbeitszimmer befand, vernahm er aus dem Wohnzimmer ein klagendes Schluchzen der Witwe.

44. Kapitel

Donnerstag, 31. Januar 2019

Die Stimmung bei der Frühbesprechung war angesichts der jüngsten Ereignisse sehr bedrückt. Das Schaubild an der Tafel hatte Hansen bereits korrigiert. Kellers Namen als möglichen Auftraggeber hatte er weggewischt. Stattdessen hatte er ihn an anderer Stelle als Opfer aufgeführt und alle denkbaren Verbindungslinien eingezeichnet.
»Fangen wir mit den guten Nachrichten an!« Hansen verzichtete ausnahmsweise auf die obligatorische Begrüßung der Anwesenden. »Das Krankenhaus hat bestätigt, dass Jens nur eine Platzwunde und eine schwere Gehirnerschütterung erlitten hat. Kein Schädelbruch oder Ähnliches. Eine Woche Ruhe und er ist wieder auf dem Damm. Das bedeutet natürlich auch, dass wir jetzt seine Aufgaben übernehmen müssen. Aber dazu komme ich später. Irgendwelche neuen Er-

kenntnisse, Laura?«

»Im Grunde nicht. Außer einer Theorie zum möglichen Tathergang. Ausgehend von Jens´ Aussage und den Spuren am Tatort können wir davon ausgehen, dass der Mörder auf der Damentoilette auf Keller gewartet hat.«

»Wieso glaubst du das?«, fragte Riedmann nach.

»Ganz einfach. Beide Toiletten befinden sich am Ende des Gangs. Sie liegen direkt gegenüber. Wenn der Angreifer bereits draußen auf Keller gewartet hätte, wäre Jens, der ja offensichtlich als Erster angegriffen wurde, ihm direkt in die Arme gelaufen. Auf dem Herren-WC war der Angreifer offenbar aber auch nicht. Sonst wäre er Jens wohl kaum hinterhergelaufen. Er hätte Keller ganz einfach auf dem Klo abknallen können. Sie wären ja schließlich ungestört gewesen. Zudem können wir davon ausgehen, dass der Mörder kein Gast des Restaurants war. Keiner der Gäste passt nach Aussage der Restaurantangestellten in das uns bekannte Profil des Phantoms. Das lässt für mich nur den einzig logischen Schluss zu, dass der Mörder im Foyer auf sein Opfer gewartet hat. Dort hat er dann die Verfolgung aufgenommen. Ich vermute, dass Jens zu diesem Zeitpunkt ebenfalls auf dem Weg ins Untergeschoss war. Vermutlich hat das Phantom unseren Kollegen auf dem lang gezogenen Flur gesehen, als er das WC betrat. Der Killer folgt Keller bis zur Herrentoilette, entschließt sich aber, auf der Damentoilette gegenüber zu warten, bis die Zielperson wieder auf den Gang tritt. Dummerweise kommt Jens wieder dazwischen. Und als der ein paar Meter entfernt war, haut er ihm eins über den Schädel. Vermutlich war es dem Mörder zu riskant, Keller zu erschießen, wenn Jens sich noch in der Nähe befand. Als Keller dann die Tür öffnet, wird er vom Phantom erschossen. Die Schüsse wurden auf jeden Fall aus ein paar Metern Entfernung abgegeben. Das hat Bode mir bestätigt. Keller war wahrscheinlich sofort tot. Seine Füße blockieren die sich schließende Tür und die arme Sarah findet ihn dann später. Den Rest kennt ihr ja bereits.«

»Klingt schlüssig«, gab Hansen zu.

»Ich bin zwar froh, dass er es nicht getan hat. Aber wieso hat der Mörder Jens nicht einfach erschossen? Er ist doch ein sehr hohes Risiko eingegangen, wenn es so abgelaufen ist, wie Laura schlussfolgert. Wenn ich das Phantom wäre, hätte ich Keller und alle möglichen Zeugen erschossen«, meinte Beck.

»Vielleicht hat das Phantom gewisse Prinzipien? Ich weiß, das klingt weit hergeholt, weil wir über einen Auftragsmörder sprechen. Aber es ist doch denkbar, dass er versucht zu vermeiden, Menschen zu töten, die nichts mit dem Auftrag zu tun haben. Jedenfalls so lange es sich vermeiden lässt«, mutmaßte Riedmann.

»Es spricht einiges dafür, sonst läge Jens jetzt nicht im Kranken-, sondern Leichenschauhaus«, stellte Hansen fest.

»Hattet ihr eigentlich schon Gelegenheit, den Laptop aus Kellers Arbeitszimmer zu überprüfen?«

»Um ehrlich zu sein, nein. Das Ding ist mehrfach passwortgeschützt. Ich habe unser Superhirn darauf angesetzt.«

»Ich nehme an, du sprichst von Schulz?«, hakte Hansen nach.

»Richtig. Er ist guter Dinge, dass er bis zum Mittag erste Ergebnisse vorweisen kann.«

»Gut. Die Aufgaben sind euch klar. Ihr kümmert euch weiter um die acht Kandidaten von den Passagierlisten und versucht, etwas über die Männer herauszufinden. Ich komme dem Wunsch unseres Kriminalrats nach und nehme an der außerplanmäßig einberufenen Pressekonferenz teil.«

45. Kapitel

Die Pressekonferenz war alles andere als ein Zuckerschlecken für Hansen, das war ihm sofort klar gewesen. Insbesondere seinem mittlerweile zum Intimfeind avancierten Abendblatt-Reporter Dirk Bremser hatte er das zu verdanken. Bremser schaffte es immer wieder, den Finger in offene Wunden zu legen. Außerdem war der Mann wie immer bestens informiert, wie Hansen zugeben musste. Er war es auch, der konkret nachgefragt hatte, ob die Morde auf einen international gesuchten Auftragsmörder, den die Polizeibehörden »Das Phantom« nannten, zurückzuführen waren. Schließlich waren es Hellhausen und der anwesende Staatsanwalt, die diesen Verdacht bestätigten, aber an die anwesenden Journalisten appellierten, diese Information nicht sensationslüstern auszuschlachten. Nach fast einer Stunde war der Spuk dann endlich vorbei.
Direkt im Anschluss war Hansen ins Luisenhospital gefahren, um Marquardt einen Besuch abzustatten. Glücklicherweise ging es dem Kollegen schon wieder recht gut, wie Hansen erleichtert feststellte.
Kurz nach dreizehn Uhr kehrte er ins Präsidium zurück. Hansen hatte sich gerade an seinen Schreibtisch gesetzt, um

in Ruhe die nächsten Schritte zu überdenken, als Riedmann eintrat.

»Wir haben Fortschritte in den letzten Stunden gemacht. Wir haben eine heiße Spur.«

»Was heißt das konkret?«

»Hast du zufällig hier irgendwo eine Kopie der Liste der acht Namen von den Passagierlisten liegen? Dann können wir die zusammen durchgehen.«

»Moment«, erwiderte Hansen, der in seinen Papieren kramte. »Da ist sie ja«, meinte er schließlich und legte den Computerausdruck vor sich auf den Schreibtisch.

»Die beiden Italiener Nicola Regini und Emiliano Bonazolli können wir von der Liste streichen. Das sind Geschäftsleute eines italienischen Nudelherstellers, der eine Niederlassung in Köln hat. Sie haben im Fall Berger und Keller wasserdichte Alibis. Streichen können wir ebenfalls die beiden Spanier Paco Alba und David Escudero sowie den Griechen Georgios Kontromanos und diesen Mazedonier Stefan Mojsar. Drei der vier Männer haben für mindestens jeweils einen Mord belegbare Alibis. Und Paco Alba ist einundsiebzig. Den können wir mit Sicherheit streichen.«

»Bleiben also nach Adam Riese noch zwei Namen übrig. Gianluca Caprese aus Italien und Danilo Oliveira aus Portugal«, resümierte Hansen.

»Richtig. Über Oliveira haben wir nicht allzu viel herausgefunden. Markus ist da noch dran. Aber mit Caprese haben wir, wie ich glaube, einen ganz heißen Kandidaten auf den Titel Phantom des Monats.«

»Sehr witzig. Was lässt dich glauben, dass Caprese der Gesuchte sein könnte?«

»Bei drei Morden ist er jeweils am Vortag der Taten mit Alitalia in Köln angekommen und am folgenden Tag wieder abgereist. Das alleine reicht natürlich nicht aus zu glauben, dass er das Phantom ist. Aber da er an den besagten Tagen nachweislich jeweils hier in Aachen übernachtet hat, war dann schon auffällig. Und ob du es jetzt glaubst oder nicht, aktuell befindet er sich auch hier in Aachen. Genauer gesagt im Hotel Kirchhof.«
»Und das sagst du erst jetzt? Worauf warten wir dann noch? Ab in die Monheimsallee!«

46. Kapitel

Hansen und Riedmann betraten die Lobby des Luxushotels und steuerten geradewegs auf den Empfangstresen zu. Die junge Rezeptionistin, laut Namensschild hieß die Frau Yvonne Winter, strahlte die beiden Ermittler mit ihrem perfekten Zahnpastalächeln an, als wären sie jahrelange Stammgäste des Hotels.
»Guten Tag, meine Herren. Wie kann ich Ihnen helfen?«
»Guten Tag, Frau Winter. Hansen, Mordkommission Aachen. In welchem Zimmer wohnt Gianluca Caprese?«
»Oh, Moment. Ich schaue eben nach«, erwiderte die junge Frau leicht verunsichert. Die perfekt manikürten Finger flogen geradezu über die Tastatur des Rezeptionscomputers.
»Zimmer einhundertsiebenundzwanzig«, sagte sie schließlich. »Soll ich Ihren Besuch ankündigen?«
»Auf gar keinen Fall«, meinte Hansen im Weggehen. Er

steuerte mit Riedmann auf das Treppenhaus zu. Er wollte keine unnötige Zeit mit dem Warten auf einen Aufzug verplempern. Und da der Gesuchte im ersten Stock wohnte, konnten sie dorthin auch zu Fuß gehen. Riedmann hatte herausgefunden, dass auf Capreses Namen um neunzehn Uhr ein Flug nach Portugal gebucht war. Jetzt war es bereits fünfzehn Uhr und sie mussten damit rechnen, dass der Italiener schon bald auschecken würde, um zum Flughafen zu fahren. Die beiden Ermittler eilten die Stufen in die erste Etage hinauf und betraten den Hotelflur. Ein Schild wies ihnen den richtigen Weg. Die Zimmer einhunderteins bis einhundertfünfzig befanden sich im linken Teil des Flurs. Etwa auf Mitte des Gangs lag Zimmer einhundertsiebenundzwanzig. Hansen klopfte. Und zu seiner Überraschung wurde auch sofort geöffnet. Vor ihm stand ein circa ein Meter achtzig großer attraktiver Mann. Unter dem Hemd konnte man den durchtrainierten Oberkörper erahnen.

»Chi é lei?«, fragte er auf Italienisch.

»German Police. My Name is Hansen. I´m sorry, but I don´t understand you.« Aber weiter kam er erst gar nicht, da Caprese ihn sofort unterbrach.

»Wir können deutsch sprechen«, erwiderte Caprese nahezu akzentfrei, so als wäre es das Selbstverständlichste der Welt.

»Wunderbar. Das macht die Sache natürlich einfacher«, erwiderte Hansen erleichtert.

»Also, was wollen Sie von mir?«

»Müssen wir das unbedingt auf dem Flur besprechen? Können wir bitte kurz auf Ihr Zimmer gehen«, bat Hansen.

»Wenn es unbedingt sein muss, bitte«, entgegnete Caprese mit einer einladenden Geste. »Ich habe allerdings nicht viel

Zeit. Mein Flug geht bald.« Und mit einem Blick auf seine Armbanduhr versuchte er, seiner Aussage mehr Kraft zu verleihen. Eine Rolex, wie Hansen feststellte.
»Sie sprechen übrigens ausgezeichnet deutsch.«
»Ich spreche mehrere Sprachen. Das bringt mein Beruf mit sich. Aber Sie sind wohl kaum hier, um mit mir über meine Fremdsprachenkenntnisse zu sprechen.«
Während sich Caprese auf das Bett seines Hotelzimmers setzte, blieben die beiden Ermittler stehen.
»Nein, natürlich nicht. Sie haben sicherlich von dem Mord gestern Abend hier im Hotel gehört?«
»Natürlich. Eine furchtbare Sache.«
»Wo waren Sie gestern in der Zeit von zwanzig bis zweiundzwanzig Uhr?«
»Auf meinem Zimmer. Warum fragen Sie?«
»Gibt es dafür Zeugen?«
»Nein, ich fürchte, die gibt es nicht.«
»Und Sie haben das Zimmer in dieser Zeit nicht verlassen?«, hakte Hansen nach.
»Nein, das habe ich nicht. Behauptet das irgendjemand?«
»Was ist der Grund Ihres Aufenthaltes hier in Aachen?«
»Geschäfte.«
»Geht das bitte etwas präziser.«
»Antiquitäten. Hören Sie, dauert das hier noch lange? Ich habe wirklich nicht mehr viel Zeit. Bevor ich zum Flughafen fahre, habe ich noch etwas zu erledigen«, meinte Caprese mit einem Blick auf seine Uhr.
Der Geschäftsmann machte auf Hansen nicht den Eindruck, dass er etwas zu verbergen hatte. Er wirkte ruhig und abgeklärt. Etwas einsilbig zwar, aber er zeigte keine Anzei-

chen, dass er durch die Befragung gestresst wäre. Trotzdem wollte Hansen am Ball bleiben.
»Einen Moment müssen Sie sich wohl noch gedulden. Die Geschäfte laufen gut, nehme ich an? Immerhin waren Sie in den letzten Wochen mehrfach Gast hier im Kirchhof.«
»Ich kann mich nicht beklagen. Allerdings verstehe ich immer noch nicht, was Sie eigentlich von mir wollen?«
»Sagt Ihnen der Name Gereon von Neuendorff etwas?«
Diese Frage schien Caprese ein klein wenig aus dem Konzept zu bringen. Bisher hatte er locker auf dem Bett gesessen und auf jede Frage die passende Antwort gehabt. Dies schien jetzt nicht der Fall zu sein. Er rutschte unruhig auf der Bettkante hin und her. Außerdem strich er innerhalb von Sekundenbruchteilen seine Handflächen mehrfach über die Oberschenkel, so als wolle er Schweiß abwischen. Er brauchte etwas länger, um auf Hansens simple Frage zu antworten. Aber das gab Hansen die Zeit, den Mann genauestens zu beobachten. Der Mann war nervös.
»Von Neuendorff sagten Sie? Bedaure, der Name sagt mir nichts!«
Aber Hansen glaubte dem Mann nicht. Und wenn er Riedmanns Blick richtig deutete, war sein Kollege derselben Meinung.
»Sind Sie sich absolut sicher? Ich kann Ihnen gerne ein Foto des Mannes zeigen.«
»Ich bin mir sicher«, erwiderte der Mann wieder deutlich entspannter. Hansen steckte in einem Dilemma. Einerseits war er davon überzeugt, dass Gianluca Caprese etwas zu verbergen hatte. Andererseits fehlte jegliche Grundlage, den Mann festzuhalten. Was wiederum bedeutete, dass er schon

bald aus Deutschland abreisen würde und sich somit dem Zugriff deutscher Behörden entzog.

»So gerne ich die Plauderstunde noch fortsetzen würde, aber ich muss jetzt allmählich los, wenn ich meinen Flug nicht verpassen möchte«, fuhr Caprese fort.

Doch in dem Moment, als der Geschäftsmann aufstand und seinen Mantel, der die ganze Zeit neben ihm auf dem Bett gelegen hatte, anzog, schrie Riedmann, »Hände hoch!«. Seine Dienstwaffe im Anschlag war auf Caprese gerichtet. Hansen schaute seinen Kollegen mit fragendem Blick an.

»Und jetzt fasst mein Kollege in die linke Innentasche Ihres Mantels und holt die Waffe heraus. Und kommen Sie gar nicht erst auf dumme Gedanken. Glauben Sie mir, ich schieße im Zweifel schneller«, forderte Riedmann den angeblichen Antiquitätenhändler auf.

»Ich kann das erklären«, begann Caprese.

Hansen kam der Aufforderung Riedmanns nach. Zum Vorschein kam eine Glock 17.

»Ich bin mir sicher, dass Sie das können. Aber das werden wir ganz in Ruhe auf dem Präsidium klären«, schnitt ihm Hansen das Wort ab. »Der Flug nach Portugal wird auf jeden Fall ohne Sie stattfinden«, fuhr er fort und legte dem Mann Handschellen an. »Gutes Auge, Stefan. Sehr gutes Auge.«

Dann las Hansen dem Italiener seine Rechte vor.

47. Kapitel

Hansen und Riedmann mussten fast zwei Stunden mit der Befragung von Gianluca Caprese warten. Erst nachdem der Anwalt des Geschäftsmannes, Doktor Frings, eingetroffen und von Hansen über das Ausmaß der im Raum stehenden Anschuldigungen in Kenntnis gesetzt worden war, konnte das Verhör beginnen. Riedmann drückte den Aufnahmeknopf des Audiorekorders. Zunächst nannte er Datum und Uhrzeit sowie sämtliche Personalien der beim Verhör anwesenden Personen für das Protokoll. Dann begann die Befragung.

»Herr Caprese. Wir würden gerne von Ihnen wissen, warum ein international tätiger Antiquitätenhändler im Besitz einer nicht registrierten Waffe ist?«, begann Hansen. Capreses Anwalt deutete mit einem Nicken an, dass sein Mandant auf diese Frage antworten könne.

»Aus Selbstschutz. Ich wurde vor einigen Jahren Opfer eines Überfalls.«

»Und Sie wollen mir erzählen, dass Sie mit dieser Waffe durch Europa reisen, ohne bei den Kontrollen am Flughafen damit aufzufallen?«

Wieder ein Nicken des Anwalts.

»So einfach ist es natürlich nicht. Ich weiß, dass das jetzt sehr abenteuerlich klingt, aber die Waffe liegt normalerweise im Safe eines Geschäftspartners in Köln. Ich hole sie dort ab, wenn ich nach Deutschland reise und schließe sie wieder weg, wenn ich Deutschland verlasse.«

»Und das sollen wir Ihnen glauben?«

»Sie können es jederzeit überprüfen«, meinte Caprese und

nannte Namen und Adresse des Geschäftspartners.
»Ihnen ist bewusst, dass der Besitz und das Mitführen einer nicht registrierten Waffe illegal ist?«
»Das ist mir klar und ich bin bereit, die Konsequenzen dafür zu tragen. Hauptsache, wir können das absurde Missverständnis und Ihre noch absurderen Anschuldigungen aufklären.«
»Befinden sich in Ihrem Besitz weitere Schusswaffen?«
Erst nachdem Capreses Anwalt signalisiert hatte, dass sein Mandant auch diese Frage beantworten könne, äußerte er sich dazu.
»Ich besitze insgesamt drei Schusswaffen. Eine weitere Glock und eine Beretta 92.«
»Ebenfalls zu Ihrem Selbstschutz, wie ich annehme?«
»Richtig.«
»Und wo befinden sich diese Waffen jetzt?«
»Die Glock bei einem Geschäftspartner in Südfrankreich. Und die Beretta zu Hause in meinem Safe.«
»Kommen wir noch einmal auf Gereon von Neuendorff zu sprechen. Wir hatten vorhin im Hotel den Eindruck, dass Sie uns etwas verschwiegen haben«, wagte Hansen einen neuen Vorstoß.
»Hauptkommissar Hansen«, übernahm nun Doktor Frings das Wort. »Mein Mandant wird sich dazu nicht weiter äußern. Bevor Sie hier weiterhin obskure Zusammenhänge konstruieren, nur weil die Reise- und Hotelbuchungsdaten von Herrn Caprese in das Zeitfenster der Morde fallen, unterbreiten wir Ihnen folgenden Vorschlag. Vielleicht können wir das Ganze hier dann abkürzen. Ich gehe davon aus, dass Sie über eine DNA-Probe des Täters verfügen, die Sie

an einem der Tatorte gefunden haben. Ansonsten wüsste ich nicht, warum das Teströhrchen mit dem Abstrichtupfer seit Verhörbeginn griffbereit auf dem Tisch liegt. Mein Mandant ist bereit, eine DNA-Probe abzugeben. Das Ergebnis wird zeigen, dass Herr Caprese nicht der gesuchte Mörder ist.«

»Wir wissen die Kooperation zu schätzen«, erwiderte Hansen finster. Das Verhör verlief nicht nach seinem Gusto. Hatte das Phantom an den Tatorten absichtlich falsche DNA-Spuren hinterlassen? Darüber wollte Hansen aber im Moment gar nicht erst nachdenken. Er holte den Stab mit dem Wattetupfer aus dem Plastikröhrchen und reichte ihn Caprese. »Bitte einmal an der Innenseite der Wangen einen Abstrich machen. Aber wegen des unerlaubten Waffenbesitzes und des nach wie vor bestehenden Verdachts bleibt Herr Caprese heute Nacht unser Gast.«

»Kein Problem, Herr Kommissar. Ich bin mir sicher, dass sich die deutschen Behörden gastfreundlich zeigen werden«, erwiderte Caprese mit einem breiten Grinsen. Dann nahm er den Teststab, den Hansen immer noch in der Hand hielt, und nahm eine Probe von seiner Mundschleimhaut.

Hansen nahm den Teststab entgegen, steckte ihn in das verschließbare Plastikröhrchen und packte dieses dann in einen Beweismittelbeutel.

»Das Verhör ist beendet«, sagte er schließlich und verließ den Vernehmungsraum.

48. Kapitel

Zufrieden saß das Phantom nach seiner Rückkehr aus Aachen auf der Terrasse seines luxuriösen Hauses in Albufeira an der Algarve im Süden Portugals. Bei fünfzehn Grad und Sonnenschein ließ es sich bei einer guten Flasche Rotwein deutlich besser aushalten als bei den frostigen Temperaturen in Deutschland. Der Auftragsmörder gönnte sich noch ein Stück seines Lieblingskäses Queijo mestico de Tolosa und leckte sich genüsslich die Finger ab, um anschließend ein wenig im Internet zu surfen.
Ein kurzes Pling von seinem abhörsicheren und nicht zurückverfolgbaren Kryptohandy, einem Enigma 2 der neuesten Generation, signalisierte ihm, dass über seinen verschlüsselten Squirrel-Mailaccount eine neue Nachricht eingegangen war. Ein kurzer Blick auf das Smartphone verriet ihm, dass es sich um ein neues Jobangebot handelte. Eigentlich hatte das Phantom nach dem Auftrag in Aachen beschlossen, sich zur Ruhe zu setzen und andere Prioritäten zu setzen. Das Risiko war mittlerweile einfach zu groß geworden. Die Zielfahnder, die inzwischen das Darknet unterwandert hatten, machten diesen Ort zunehmend unsicherer. Und er hatte in den vergangenen Jahren genug Geld verdient, um sich einen angenehmen Lebensstil leisten zu können. Es war an der Zeit, das Phantom in den Ruhestand zu schicken und die Legende des unbekannten Auftragsmörders zu beenden. Sein Profil im Darknet hatte er schon gelöscht. Dennoch öffnete er die Nachrichten-App und beim Lesen der E-Mail staunte er nicht schlecht. Aufgrund der Zufriedenheit mit dem Ergebnis seiner letzten Arbeit

bot man ihm einen Folgejob an. Und es sollte sich noch einmal richtig lohnen. Eine Zielperson, einhunderttausend Euro. Plus konkrete Anweisungen, wie vorzugehen war. Der einzige Haken an dem Angebot war, dass es schnell gehen sollte. Und aus diesem Grund musste er spätestens morgen früh wieder in Deutschland sein. Er kam ins Grübeln. Sollte er den Job annehmen oder nicht? Er wog das Für und Wider ab. Eigentlich war er ein Prinzipienmensch und damit war er bisher gut gefahren. Andererseits waren hunderttausend Euro ein gutes Argument, um einmal gegen die eigenen Prinzipien zu verstoßen. Vor allem, weil es solch ein einfacher Auftrag war. Nach kurzer Überlegungszeit ließ der Auftragsmörder einmal seine Finger knacken, warf einen flüchtigen Blick auf den Atlantik und tippte dann die Nachricht. Anschließend buchte er einen Flug nach Köln. Um kurz nach sechs am nächsten Morgen würde es losgehen. Zum allerletzten Mal. Anschließend widmete er sich wieder seinem Rotwein und dem Käse.

49. Kapitel

Freitag, 1. Februar 2019

Der neue Ermittlungstag begann mit einer äußerst unangenehmen Nachricht für Hansen. Er war gegen halb acht ins Präsidium gefahren und machte sofort einen Abstecher zur KTU. Er wollte wissen, ob die Auswertung von Capreses DNA-Test schon vorlag.

»Caprese ist nicht das Phantom. Der Schnelltest hat das bestätigt. Eine ausführliche Analyse läuft noch. Aber er ist es nicht«, meinte Decker. Sie hatten also den nächsten Nackenschlag zu verkraften und waren bei der Suche nach dem Mörder keinen Schritt weitergekommen. Konsterniert schlurfte Hansen zu seinem Büro. Als er den Kaffeeautomaten auf dem Flur der Mordkommission passierte, traf er auf Beck, der sich gerade einen Kaffee zog.

»Gut, dass ich dich treffe. Ein Doktor Fröhlich ist auf dem Weg zu uns. Er ist Notar und hat eine Nachricht für uns.«

»Ein Notar mit einer Nachricht für uns?«, wiederholte Hansen. »Was zum Teufel hat das nun wieder zu bedeuten?«

Er hatte es noch nicht ganz ausgesprochen, da kam ein Mann um die Ecke und steuerte geradewegs auf die beiden Ermittler zu. Circa ein Meter siebzig groß, leicht untersetzt, dunkles grau meliertes Haar. Grauer Anzug, ein dunkler Mantel über den rechten Arm gelegt. Einen Koffer in der linken Hand.

»Entschuldigung. Ich suche Hauptkommissar Hansen. Können Sie mir bitte sagen, in welchem Büro ich ihn finden kann?«

»Ihre Suche ist beendet. Ich bin Kommissar Hansen und das ist mein Kollege Markus Beck.«

»Angenehm. Doktor Johann Fröhlich. Ich bin hier im Auftrag meines Mandanten Manfred Böhm, um Ihnen ein Schriftstück auszuhändigen.«

»Sprechen wir vom Leiter des Pflegeheims St. Albertus?«

»Richtig, genau den meine ich.«

»Ihnen ist bekannt, dass Herr Böhm ermordet wurde? Wie können Sie da im Auftrag von ihm hier sein?« Und noch während er die letzten Worte aussprach, hatte Hansen eine leise Vorahnung, was es mit dem Besuch des Notars auf sich haben könnte.

»Der Tod von Herrn Böhm ist genau genommen der Grund, warum ich Sie aufgesucht habe. Und eigentlich muss ich mich entschuldigen, dass ich erst heute bei Ihnen vorstellig werde. Ich war bis gestern mit meiner Frau im Skiurlaub und habe erst gestern Abend von Manfreds Tod erfahren.«

»Herr Böhm war mehr als nur ein Mandant?«, hakte Hansen nach, da ihm nicht entgangen war, dass der Notar plötzlich in vertrauter Art und Weise von Böhm gesprochen hatte.

»Wir waren gute Bekannte. Können wir alles Weitere bitte in Ihrem Büro besprechen? Der Flur erscheint mir nicht der angemessene Ort für diese Unterhaltung zu sein.«

»Selbstverständlich. Entschuldigen Sie bitte. Folgen Sie mir einfach. Markus, holst du bitte Stefan dazu. Ich möchte, dass ihr beide dabei seid.«

»Also«, begann Hansen, als sich die beiden Kollegen in seinem Büro eingefunden hatten. »Sie sagten, dass Sie im Auftrag von Manfred Böhm hier sind, um uns ein Schriftstück auszuhändigen. Worum genau handelt es sich dabei?«

»Über den Inhalt kann ich Ihnen leider nichts sagen«, erwiderte Fröhlich, während er aus seinem Aktenkoffer einen braunen Umschlag im DIN-A5-Format herausholte. »Manfred hat mir aufgetragen, das Dokument der Polizei auszuhändigen, sollte er eines unnatürlichen Todes sterben. Diesem Wunsch komme ich nun nach, wenn auch verspätet.«

»Und dass Sie dieses Schreiben nach dem unnatürlichen

Tod Ihres Freundes aushändigen sollen, ist Ihnen nicht irgendwie seltsam vorgekommen, als Sie es angenommen haben?«, fragte Hansen. Er klang genauso vorwurfsvoll, wie er es gewollt hatte.
»Selbstverständlich hatte ich meine Bedenken. Unabhängig vom Inhalt dieses Briefes habe ich versucht, Manfred davon zu überzeugen, zur Polizei zu gehen, wenn er ernsthaft um sein Leben fürchtete. Aber er war nicht davon abzubringen, es nicht zu tun. Er hat mir versichert, dass es keinen konkreten Anlass gäbe zu glauben, dass ihm jemand nach dem Leben trachtete. Es sollte eine Art Rückversicherung sein. Er habe Wissen über gewisse Vorgänge, die durchaus brisant seien. Und es ist ja nicht unüblich, dass man Notaren oder Anwälten solche Schreiben anvertraut, auch wenn der Ernstfall dann nie eintritt.«
»Nun, was Böhms Einschätzung zum aktuellen Gefährdungsgrad seines Lebens angeht, wissen wir ja jetzt, dass er sich geirrt hat. Seit wann befindet sich der Brief in Ihrem Besitz?«
»Seit circa einem Jahr«, erwiderte Fröhlich und überreichte Hansen den Brief. Der Umschlag war unversehrt und das Siegel des Notars intakt. Hansen öffnete das Kuvert und holte ein DIN-A4-Blatt, das in der Mitte gefaltet war, heraus. Das Blatt war einseitig bedruckt. Allerdings nicht gerade leserfreundlich in kleiner Schriftgröße. Unterschrieben von Manfred Böhm. Hansen erkannte die Handschrift des ermordeten Heimleiters aus den persönlichen Unterlagen wieder. Er begann, den Text zu lesen. Mit jeder gelesenen Zeile wurde das Motiv für die Morde immer offensichtlicher, das Ausmaß der Verschwörung immer klarer und zu-

gleich erschreckender. Als er zu Ende gelesen hatte, fehlten ihm erst einmal die Worte.

»Geht es dir gut, Karl?«, beendete Riedmann schließlich das Schweigen. »Du bist weiß wie die Wand.«

Hansen blickte erst Riedmann, dann Beck und zuletzt den Notar an.

»Am besten liest du selbst. Dann wirst du alles verstehen«, meinte er und reichte Riedmann Böhms Geständnis. Hansen stand auf und öffnete das Fenster. Er brauchte jetzt erst einmal frische Luft.

Im Vergleich zu den letzten beiden Wochen kam ihm die Luft heute regelrecht mild vor. Die Anzeige seiner Wetterstation, die auf der Fensterbank stand, bestätigte diesen Eindruck. Es war null Grad. Ein Segen, nachdem Tief Carlos mit Temperaturen im zweistelligen Minusbereich Aachen zuletzt fest im Griff hatte. Allerdings hatte er erst gestern Abend im Wetterbericht gehört, dass neue Schneeschauer im Anzug waren. Er sog die frische Luft in tiefen Atemzügen ein und rekapitulierte dabei den Inhalt von Böhms Schreiben. Sie hatten seit Auffinden von Heike Bergers Leiche von Anfang an die richtigen Vermutungen angestellt. Alles hing mit Neuendorff zusammen. Einige Fragen blieben zwar auch jetzt unbeantwortet, aber es ergab sich zunehmend ein schlüssiges Bild. Und wenn Keller nicht so beharrlich geschwiegen hätte, wären Böhm und er wahrscheinlich nicht Opfer des Phantoms geworden.

»Wir waren also die ganze Zeit nah dran«, riss Riedmann seinen Chef aus den Gedanken. »Nur hatten wir leider keine Beweise. Böhms Schreiben ändert alles.«

»Wow, das denke ich aber auch«, meinte Beck, der Böhms

Schreiben in der Zwischenzeit überflogen hatte.
»Gut, dann kann ich ja gehen«, sagte Fröhlich dazwischen.
»Ja, lassen Sie bitte Ihre Kontaktdaten hier, damit wir Sie gegebenenfalls erreichen können, sollten wir noch weitere Fragen haben. Vielen Dank, dass Sie uns sofort nach Ihrer Rückkehr kontaktiert haben.«
»Offensichtlich konnte dieses Schreiben erheblich dazu beitragen, Ihre Ermittlungen voranzutreiben. Guten Tag, die Herren«, erwiderte Fröhlich, zog seinen Mantel, den er über die Stuhllehne gehängt hatte, an, nahm seinen Aktenkoffer und verließ das Büro.
Alle drei Ermittler blickten dem Mann nach.
»Dann werde ich jetzt mit Richard sprechen und dafür sorgen, dass wir so schnell wie möglich einen Haftbefehl für Gereon von Neuendorff erhalten. Die neuesten Entwicklungen sind sicherlich Balsam auf die Wunden unseres Kriminalrats. Er steht ganz schön unter Druck wegen der Geschichte.«
»Kein Wunder«, meinte Riedmann. »Wie möchtest du vorgehen?«
»Wir teilen uns auf. Ich möchte, dass du mit Markus nach Stolberg fährst. Ich selbst fahre in die Firma. Und dann werden wir diese ganze Sauerei hoffentlich bald beendet haben.«

50. Kapitel

Mit einem leichten Lächeln stieg das Phantom die Treppe in den ersten Stock des Anwesens hinauf. Die Haushälterin hatte dem Auftragsmörder zuvor die Tür geöffnet und freundlich den Weg gewiesen. Der Hausherr hatte also Wort gehalten und sein Kommen angekündigt. Durch die Kopfbedeckung, den Schal und die Sonnenbrille würde eine Identifikation durch die Haushälterin später schwierig werden. Zudem hatte Ruth Mingers kaum Notiz von der neuen Pflegekraft, die sich vertretungsweise um Caroline von Neuendorff kümmern sollte, genommen. Also durfte die Frau weiterleben.

Als er die Mitte der langgezogenen Treppe erreicht hatte, klingelte es erneut an der Haustür. Das Phantom vernahm die Namen Beck und Riedmann sowie das Wort Polizei. Der Mörder verharrte einen Moment regungslos auf dem obersten Treppenabsatz und lauschte. Er konnte nicht bis zum Eingang sehen. Ob Gereon von Neuendorff zu Hause sei, wollte jemand wissen, was die Haushälterin umgehend verneinte. Außer ihr, der neuen Krankenschwester und Caroline von Neuendorff sei niemand zu Hause, erklärte Mingers. Der Hausherr sei vor wenigen Minuten weggefahren, ergänzte sie. Die Polizisten waren also nicht seinetwegen hier. Beruhigt von dieser Nachricht ging das Phantom weiter. Es hatte noch einen Job zu erledigen.

51. Kapitel

Gereon von Neuendorff war nicht in der Firma anzutreffen gewesen, wie Hansen feststellen musste. Und die Sekretärin wusste auch nicht, wo er sich aufhalten könnte. Während sich Hansen unverrichteter Dinge auf dem Rückweg zum Präsidium befand, klingelte sein Handy. Er nahm das Gespräch über die Freisprecheinrichtung entgegen.

»Hallo, Stefan. Sag mir bitte, dass ihr Neuendorff angetroffen habt und ihn festnehmen konntet«, kam Hansen gleich ohne Umschweife zur Sache.

»Leider nein. Er war nicht zu Hause. Außer der Haushaltshilfe, einer neuen italienischen Krankenschwester, und Frau von Neuendorff war niemand da. Laut Aussage der Haushälterin hätten wir Neuendorff nur um wenige Minuten verpasst. Sein Jaguar war jedenfalls weg. Die Garage stand offen.«

»Verdammter Mist«, fluchte Hansen. »Dann müssen wir ihn zur Fahndung ausschreiben lassen. Ich kümmere mich sofort darum. Ich bin ohnehin schon auf dem Rückweg ins Präsidium. In der Firma war er nämlich auch nicht.«

»Dann kommen wir jetzt auch erst einmal zurück«, erwiderte Riedmann, aber das hatte Hansen schon nicht mehr mitbekommen, da er aufgelegt hatte.

Irgendetwas an Riedmanns Worten hatte den Hauptkommissar hellhörig werden lassen. Der Gedanke war zum Greifen da, aber er konnte ihn noch nicht packen. Er rekapitulierte noch einmal die Worte seines Kollegen. Was war so komisch daran gewesen? Und dann traf ihn die Erkenntnis wie ein Faustschlag ins Gesicht. Ein Nachbar von Heike

Berger hatte ausgesagt, dass er etwa zur Tatzeit eine Südländerin in der Straße beobachtet hatte. Und Hansen selbst hatte auf dem Überwachungsvideo aus dem Ludwig-Forum mehrfach eine schwarzhaarige Frau in Böhms Nähe gesehen, die mit Sicherheit aus einem südeuropäischen Land stammte. Und jetzt befand sich eine neue Krankenschwester aus Italien in der Villa der Neuendorffs? Das waren ihm ein paar Zufälle zu viel, wie er fand. Er wählte umgehend Riedmanns Nummer.

»Hast du noch etwas vergessen, Karl?«

»Keine Zeit für lange Erklärungen und um ganz ehrlich zu sein, kann ich es dir eigentlich gar nicht erklären. Aber ihr müsst sofort zurück zu Neuendorffs Anwesen fahren. Schnell! Wenn mich nicht alles täuscht, ist das Phantom gerade in der Villa. Es ist die Krankenschwester, von der du gesprochen hast. Ihr müsst sie unbedingt aufhalten!«

»Wieso die Krankenschwester? Laut Interpol ist das Phantom eindeutig ein Mann.«

»Ich sagte doch, dass ich es dir jetzt nicht erklären kann, Stefan. Vertraue mir einfach. Ihr müsst sofort wieder da hin!«

»In Ordnung. Wenn du das willst, machen wir das natürlich«, erwiderte Riedmann, aber Hansen hatte schon aufgelegt.

»Ich weiß, dass ich Karls Bauchgefühl nicht in Frage stellen sollte, aber das klingt schon ziemlich absurd«, meinte Beck, der das Gespräch über die Freisprecheinrichtung mitgehört hatte und damit beschäftigt war, das Blaulicht einzuschalten.

»Mich wundert mittlerweile nichts mehr«, erwiderte Riedmann, der bereits dabei war, den Wagen auf der breiten

Zufahrtsstraße zu wenden und mit hohem Tempo zurückzufahren. Etwa drei Minuten später stoppte er den BMW, sprang aus dem Auto und rannte die Stufen der Treppe zum Eingangsbereich hinauf. Beck eilte seinem Kollegen hinterher, der schon die Eingangstür erreicht hatte und mittlerweile Sturm klingelte.

52. Kapitel

»Wer sind Sie?«, wollte Caroline von Neuendorff wissen, als das Phantom die Suite in der zweiten Etage des Herrenhauses betrat. Die Frau saß aufrecht in ihrem großen Bett, das sie ohne fremde Hilfe nicht verlassen konnte, wie der Auftragsmörder aus der letzten Nachricht wusste. Eine Lähmung der Beine war der Grund dafür. Seit ihr Mann sie vor einem Jahr nach Hause geholt hatte, fristete sie anscheinend hier ihr Dasein.

»Luisa Bartoli, Ihre neue Schwester«, erwiderte das Phantom freundlich.

»Wo ist denn Maria? Sie hat mir gar nicht erzählt, dass sie heute nicht kommen würde.«

»Eine dringende Familienangelegenheit«, erwiderte das Phantom mit einem warmherzigen Lächeln. »Ich habe auch erst ganz kurzfristig von meinem Einsatz hier erfahren.« Und das war nicht einmal gelogen. »Es wird Zeit für Ihre Thrombosespritze«, fuhr es fort.

»Sie machen einen freundlichen Eindruck auf mich. Ich denke, wir werden uns bestens verstehen«, entgegnete Caro-

line von Neuendorff, die sich über jede neue Person freute, die sie kennenlernen durfte, und schlug die Bettdecke zurück. Unter dem Nachthemd lugten die dünnen Beine der für ihre Verhältnisse immer noch attraktiven Frau hervor.
Das Phantom holte eine Spritze aus der Jackentasche seiner Schwesterntracht und zog die Schutzkappe ab. Allerdings enthielt die Kanüle kein Heparin, sondern eine tödliche Dosis Kaliumzyanid. Noch ehe die Patientin wusste, wie ihr geschah, war sie auch schon tot.

53. Kapitel

Hansen hatte das Gespräch mit Riedmann kaum beendet, da veranlasste er bereits telefonisch die Fahndung nach dem Jaguar von Gereon von Neuendorff. Er wollte damit nicht warten, bis er wieder im Präsidium war. Als Nächstes wählte er Laura Deckers Nummer. Er erzählte ihr in wenigen Worten, was geschehen war. Sie sollte umgehend Neuendorffs Handy orten lassen. Er hoffte, dass die Suche nach dem Standort des Handys schneller zum Erfolg führte als die Fahndung nach dem Jaguar.

Riedmann klingelte bereits zum dritten Mal. Wo zum Teufel blieb Ruth Mingers, um die Tür zu öffnen, dachte er ungeduldig. Wenn Hansen recht hatte, zählte jetzt jede Sekunde. Er wollte gerade erneut klingeln, als die schwere Haustür endlich geöffnet wurde.
»Sie schon wieder?«, wunderte sich die Haushälterin.

»Wo genau im Haus finden wir Frau von Neuendorff?«
»Oben, im zweiten Stock. Aber Sie können ...«
Doch weiter kam Ruth Mingers nicht. Riedmann und Beck hatten sich bereits an ihr vorbei gedrängt und liefen mit großen Schritten durch die Eingangshalle. Die Treppenstufen sprangen sie hinauf. Schließlich hatten sie schon genug Zeit verloren. Als sie die zweite Etage erreichten, waren die beiden Ermittler außer Puste, aber es war keine Zeit für eine Atempause. Am Ende des Flurs befand sich eine Doppeltür. Sie zogen ihre Dienstwaffen und auf ein Kommando von Riedmann hin öffnete Beck die Tür und beide Polizisten stürmten in die dahinter gelegene Suite.
Ehe sie die Lage in dem Zimmer genau erfasst hatten, erfolgte auch schon der Angriff durch das Phantom. Der Auftragsmörder war blitzschnell hinter der geöffneten Tür zum Vorschein gekommen und setzte Beck sofort mit einem gezielten Schlag auf den Hinterkopf außer Gefecht. Und ehe Riedmann reagieren konnte, lag auch er schon am Boden.
Die beiden Polizisten hatten genug Lärm gemacht, sodass sich das Phantom vorbereiten und hinter der geöffneten Flügeltür verstecken konnte. Es war ihm unbegreiflich, warum die perfekte Tarnung aufgeflogen und wie es der Polizei gelungen war, seinem gut gehüteten Geheimnis auf die Schliche zu kommen. Jetzt musste es das Haus rasch verlassen. Der Killer stürmte an der verdutzten Haushälterin, die ihm auf der Treppe entgegenkam, vorbei und durchquerte mit langen Schritten die Eingangshalle. Mit der Fernbedienung öffnete er den gemieteten Golf, stieg ein und brauste los.

Riedmann war in der Zwischenzeit wieder zu sich gekommen. Es hatte ihn anscheinend nicht so schwer getroffen wie Markus Beck, der immer noch besinnungslos neben ihm auf dem Boden lag. Beck hatte eine Platzwunde am Hinterkopf, die stark blutete. Ihm selbst war es gerade noch gelungen, seinen Kopf zur Seite zu drehen, sodass ihn der harte, gezielte Schlag ans Kinn nicht mit voller Wucht erwischt hatte. Leicht benommen ging er auf das Krankenbett zu. Sie waren um wenige Augenblicke zu spät gekommen, wie er beim Anblick Caroline von Neuendorffs betrübt feststellen musste.

Als er hörte, dass vor dem Haus ein Wagen startete, stürzte er ans Fenster. Der schwarze Golf fuhr mit hohem Tempo die Zufahrtsstraße zum Neuendorffschen Anwesen Richtung Landstraße entlang. Riedmann wartete noch einen kurzen Moment ab, um zu erkennen, in welche Richtung das Auto auf die Landstraße abbog. Dann rannte er los. Er zückte sein Handy und in dem Moment, als er die Suite verlassen wollte, stand Ruth Mingers vor ihm.

»Oh mein Gott. Was ist denn hier passiert?«, schrie sie.

»Ich habe jetzt keine Zeit für Erklärungen. Bitte kümmern Sie sich um meinen Kollegen und die Dame des Hauses und rufen Sie einen Krankenwagen«, erwiderte Riedmann. Damit ließ er die völlig verwirrte Frau alleine zurück. Auf dem Weg die Treppen hinunter rief er Hansen an, um ihn über die aktuelle Situation zu informieren. Dieser versprach ihm, Unterstützung für die Verfolgung des Golfs anzufordern. Somit konnte sich Riedmann erst einmal voll und ganz auf das Phantom konzentrieren. Die Kopfschmerzen, die er bei jedem einzelnen Schritt zu seinem Dienstwagen spürte, versuchte er auszublenden.

54. Kapitel

Riedmanns Anruf hatte nicht gerade dazu beigetragen, Hansens Laune zu verbessern. Caroline von Neuendorff war wohl tot, Beck außer Gefecht gesetzt und das Phantom auf der Flucht. Hansen war mehr denn je davon überzeugt, dass es sich bei der Frau, die für den Mord an Neuendorffs Frau verantwortlich war, um das Phantom handelte. Wenngleich er nicht die geringste Ahnung hatte, wie das möglich war. Schließlich wies das DNA-Profil eindeutig auf einen Mann hin.

Da Riedmann die Verfolgung aufgenommen hatte, versuchte Hansen von unterwegs so viel Unterstützung der uniformierten Kollegen zu bekommen wie nur möglich. Jeder verfügbare Streifenwagen im Großraum Aachen war in der Zwischenzeit informiert worden. Hansen hatte ebenfalls um Hilfe bei der Hubschrauberstaffel ersucht. Allerdings waren die Kapazitäten begrenzt. Schließlich lief parallel ja auch noch die Fahndung nach Neuendorffs Jaguar.

Hansen hatte gerade seinen Wagen auf dem Präsidiumsparkplatz abgestellt, als sein Handy klingelte. Auf dem Display erkannte er, dass es sich bei dem Anrufer um Laura Decker handelte.

»Laura, ich hoffe, du hast gute Nachrichten?«

»Ja, haben wir. Wir wissen, wo Neuendorff ist«, kam sie gleich ohne Umschweife zur Sache. »Wir konnten sein Handy orten. Er befindet sich stadtauswärts von Eschweiler auf der L223.«

»Das sind wirklich gute Nachrichten. Haben wir einen Einsatzwagen in der Nähe?«, wollte Hansen, der schon wieder in den BMW eingestiegen war und den Wagen startete, wissen. Er hatte eine Vermutung, wohin von Neuendorff fuhr.

»Aktuell nicht.«

»Was frage ich auch? Das Glück ist eigentlich nie auf unserer Seite. Kannst du bitte einmal überprüfen, ob von Neuendorff einen Flugschein besitzt?«

»Glaubst du, er ist auf dem Weg nach Merzbrück?«

»Es wäre denkbar. Er hat gerade seine Frau umbringen lassen und es würde mich nicht wundern, wenn die Sekretärin oder die Haushälterin ihm ausgerichtet hat, dass wir da waren. Die Landstraße, auf der er gerade fährt, ist die einzige Zufahrtsstraße zum Flughafen. Und wenn er nicht selbst fliegen kann, hat er vermutlich eine Maschine gechartert.«

»Okay, Anfrage läuft. Kann allerdings einen Moment dauern. Ich habe eben ganz kurz mit Stefan gesprochen. Ich mache mir ernsthaft Sorgen um ihn. Mir ist überhaupt nicht wohl bei dem Gedanken, dass er sich auf die Verfolgung von diesem Mörder gemacht hat.«

»Geht mir ähnlich. Ich fahre jetzt Richtung Flughafen los. Melde dich bitte, sobald du neue Informationen hast«, sagte Hansen und legte auf.

Er verließ den Parkplatz und fuhr Richtung Innenstadt. Vormittags sollte er gut durch den Verkehr kommen. Doch das war leider nicht der Fall. Auf Höhe des Bushofes in der

Peterstraße musste er das mobile Blaulicht einschalten. Keine fünf Minuten, nachdem er vom Präsidium losgefahren war, passierte er den Blücherplatz Richtung Autobahnzubringer am Europaplatz. Er bog gerade auf die B544 ab und beschleunigte den Wagen, als sein Handy erneut klingelte.

»Karl, du hattest recht! Neuendorff besitzt tatsächlich eine Fluglizenz. Und nicht nur das. Er hat ein eigenes Flugzeug. Eine Cessna 172S. Laut Flughafenleitung hat er vor gut einer Stunde telefonisch angewiesen, die Maschine auftanken zu lassen.«

»Bingo, ich habe es gewusst.«

»Wo befindest du dich gerade?«

»Kurz vor dem Autobahnkreuz. Ich brauche vielleicht noch sieben bis acht Minuten.«

»Das wird knapp. Das letzte Handysignal haben wir kurz vor Merzbrück empfangen. Mittlerweile haben wir ihn verloren. Vermutlich hat er sein Handy ausgeschaltet.«

»Ihr müsst unbedingt den Tower anrufen. Von Neuendorff darf auf keinen Fall starten. Und schickt die Kavallerie dorthin, ich brauche jede Unterstützung, die ich bekommen kann.«

»Ich kümmere mich darum. Ich habe allerdings so meine Zweifel, dass von Neuendorff die Anweisungen des Fluglotsen befolgen wird.«

»Versuch es bitte einfach. Ich melde mich wieder«, erwiderte Hansen und beendete das Gespräch. Er hatte gerade das Autobahnkreuz passiert und fuhr jetzt auf der A44. Glücklicherweise war die Spur weitgehend frei. Er trat das Gaspedal voll durch und holte alles aus seinem Wagen heraus, was der BMW zu leisten imstande war. Es zählte jetzt jede Sekunde.

55. Kapitel

Riedmanns wilde Verfolgungsjagd dauerte jetzt schon eine knappe viertel Stunde. Die Frau fuhr wie der Teufel. Sie verstand definitiv etwas vom Autofahren, musste Riedmann feststellen. Er hatte alle Mühe, sie nicht zu verlieren. Wenigstens hatte er zwischenzeitlich Verstärkung durch einen Streifenwagen erhalten. Leider verfügte die von Riedmann und dem Streifenwagen Verfolgte auch noch über einen PS-starken Wagen. So war es Riedmann zwar bei hohem Tempo auf einer Landstraße gelungen, Boden gutzumachen. Aber er bekam gar nicht erst die Gelegenheit, den Wagen zu überholen, um das Fahrzeug dann auszubremsen. Außerdem hatte es mittlerweile wieder angefangen zu schneien, was das Unterfangen nicht gerade einfacher machte.
Zu Beginn hatte Riedmann den Eindruck gehabt, dass die Unbekannte ziellos durch die Straßen jagte. Mittlerweile glaubte er aber zu wissen, was das Phantom vorhatte. Fuhr es anfänglich noch durch Wohngebiete, vermutlich in der Hoffnung, ihn dort irgendwie abhängen zu können, brauste es jetzt auf der Freunder Landstraße Richtung Trierer Straße. Das konnte eigentlich nur bedeuten, dass es auf die Autobahn wollte. Unterdessen hatte der Golf auf neunzig Stundenkilometer beschleunigt und donnerte gerade an der Tierklinik in Brand vorbei. Auch Riedmann beschleunigte immer mehr. Glücklicherweise ging es hier immer nur gera-

deaus. Denn allmählich wurde ihm ein wenig mulmig angesichts des aufkommenden Verkehrs und des Schneefalls. Immer wieder waren er und die Besatzung des Streifenwagens gezwungen, bei diesem waghalsigen Tempo langsameren Fahrzeugen auszuweichen. Mehrmals war Riedmann dabei sogar in den Gegenverkehr geraten. Fast wäre es dabei zu einem Unfall mit einem Kleintransporter gekommen. Glücklicherweise hatte der Fahrer des anderen Wagens Riedmann noch rechtzeitig ausweichen können. Das Phantom machte indes keine Anstalten, langsamer zu werden, und steuerte mit immer noch hoher Geschwindigkeit Richtung Shell-Tankstelle.

Aber anstatt Richtung Autobahnauffahrt zu fahren, überraschte es Riedmann und den Fahrer des Streifenwagens mit einem ganz anderen Manöver. Urplötzlich bremste das Phantom und lenkte den Wagen abrupt in die Eckenerstaße. Riedmann konnte gerade noch so einen spektakulären Auffahrunfall vermeiden, indem er ein Ausweichmanöver startete. Dadurch verpasste er allerdings die Einfahrt zur Eckenerstraße und brachte den Wagen erst kurz hinter der Straßeneinfahrt zum Stehen.

Der Streifenwagen hatte nicht so viel Glück. Zwar hatte der Kollege am Steuer ebenfalls bemerkt, dass der Golf plötzlich abgebremst hatte, aber er hatte längst nicht so geistesgegenwärtig reagiert wie Riedmann. Der Streifenwagen geriet ins Schlingern, brach aus, drehte sich einmal um die eigene Achse und kam schließlich quer zur Fahrbahn zum Stehen. Ein Ford KA konnte nicht mehr rechtzeitig ausweichen und knallte mit knapp fünfzig Stundenkilometern in das Heck des Polizeiwagens, sodass dieser nicht mehr wei-

terfahren konnte.
All das nahm Riedmann wie in Zeitlupe wahr, genauso wie das zahlreiche Hupen, das jetzt von allen Seiten ertönte. Es brauchte einen Moment, bis er aus seiner Lethargie erwachte. Er steuerte seinen Wagen geschickt um die Unfallstelle herum, was ihm zahlreiche Beschimpfungen einiger mittlerweile ausgestiegener Fahrer einbrachte. Zwei wild gestikulierende Personen zeigten auf sein Auto. Vermutlich hatten sie ihn als Unfallverursacher ausgemacht, der sich jetzt aus dem Staub machen wollte, ging es Riedmann durch den Kopf. Aber er musste wieder die Verfolgung aufnehmen, sonst wäre alles umsonst gewesen und das Phantom über alle Berge. Er fädelte in den Gegenverkehr ein, um dann nach einigen Metern in die Eckenerstraße einzubiegen. Gerade noch so fand er eine Lücke, um abzubiegen. Wäre er auch nur ein paar Sekunden später an die Stelle gekommen, hätte der Rückstau, der sich mittlerweile bildete, die Straßenmündung blockiert.

56. Kapitel

Das Phantom hatte gerade noch im Rückspiegel gesehen, dass seine Verfolger zu spät auf das Bremsmanöver reagiert hatten und an der Zufahrt zur Straße vorbei gefahren waren. Sekundenbruchteile später hörte sie einen Knall, der sich anhörte, als ob Autos ineinander gekracht wären. Und da es im Rückspiegel weder den zivilen BMW noch den Streifenwagen erkennen konnte, zauberte ihm das ein leichtes Lächeln ins Gesicht. Doch schon im nächsten Augenblick war es wieder verschwunden. Wo zum Teufel kam auf einmal dieses Kind her, das so plötzlich vor dem Auto auf der Straße aufgetaucht war? Instinktiv riss das Phantom das Steuer des Golfs herum und konnte geradeso einen Zusammenstoß mit dem, wie es jetzt erkannte, kleinen Jungen vermeiden. Trotzdem verlor es durch diese Aktion die Kontrolle über das Fahrzeug und touchierte bei immer noch hoher Geschwindigkeit einen am Straßenrand geparkten Audi. Dadurch wurde der Golf aus der lang gezogenen Rechtskurve getragen und gegen einen großen alten Ahornbaum an der Straßenecke geschleudert. Der letzte Gedanke des Phantoms vor dem Aufprall, der es in eine endlose Dunkelheit gleiten ließ, war: Ausgerechnet ein Kind bringt mich zur Strecke!

57. Kapitel

Riedmann entdeckte am Straßenrand eine Mutter, die ihr Kind in die Arme schloss und innig an sich drückte. Das Nächste, was er sah, war der verunfallte Wagen des Mörders. Der Golf war offensichtlich mit voller Wucht seitlich in einen Baum gekracht. Riedmann stoppte seinen Wagen, zog die Sig Sauer aus dem Holster und näherte sich vorsichtig der Unfallstelle. Als er an das zerstörte Seitenfenster der Beifahrerseite herantrat, erkannte er, dass von der Fahrerin keine Gefahr drohte. Sie saß regungslos auf dem Fahrersitz. Das Kinn war auf die Brust gesunken. Der mittlerweile wieder zusammengefallene Airbag war ausgelöst worden und lag wie eine Art Ruhekissen auf dem Lenkrad. Die Fahrerin lebte noch, wie er feststellte, als er durch das kaputte Seitenfenster hindurch ihren Puls am Hals ertastete. Allem Anschein nach war sie hinter dem Steuer eingeklemmt. Er holte sein Handy aus der Jackentasche und verständigte umgehend einen Notarzt. Anschließend versuchte er, Hansen zu erreichen. Doch die Leitung war besetzt.

58. Kapitel

Er hatte also mal wieder richtig gelegen, dachte Hansen, als er mit hundertdreißig Stundenkilometern die Landstraße entlangjagte. Allerdings nutzte ihm das in diesem Fall herzlich wenig, da Neuendorff die Anweisungen aus dem Tower, die Startvorbereitungen abzubrechen, schlichtweg ignorierte. Hansen war mittlerweile direkt mit dem Fluglotsen verbunden. Er konnte sämtliche Kontaktversuche mit dem Piloten der rot-weißen Cessna live verfolgen. Allerdings hörte er auch, dass Neuendorff nicht darauf reagierte. Der Versuch, Hansen direkt mit ihm zu verbinden, war fehlgeschlagen.

Als Hansen das Zufahrtstor zum Flughafengelände erreichte, musste er hilflos mit ansehen, wie das kleine einmotorige Flugzeug über das Flugfeld Richtung Start- und Landebahn rollte. Doch so leicht wollte sich der Hauptkommissar nicht geschlagen geben. Er nahm sein Herz in die Hand und fasste einen Entschluss. Als das Tor, vor dem er immer noch wartete, endlich geöffnet wurde, gab er Vollgas und fuhr querfeldein Richtung Start- und Landebahn. Diesmal war das winterliche Wetter hilfreich. Dank des tiefgefrorenen Bodens konnte Hansen über die vom Schnee geräumte gelblich-braune Rasenfläche fahren. Hätte schon Tauwetter eingesetzt, wäre er mit den Rädern höchstwahrscheinlich im Morast hängengeblieben.

Hansen näherte sich der Rollbahn, aber durch das Schneegestöber hindurch konnte er erkennen, dass sich von Neuendorffs Cessna bereits auf der Rollbahn befand und Richtung Startposition rollte. Gleichzeitig registrierte er über die Freisprecheinrichtung, dass der Fluglotse des Towers immer noch versuchte, Neuendorff davon zu überzeugen, den Start abzubrechen. Im Rückspiegel erkannte Hansen die ersten Blaulichter. Offensichtlich traf endlich die angeforderte Verstärkung ein. Leider zu spät. Die Cessna beschleunigte plötzlich. Und gleichzeitig richtete sich die Stimme des Fluglotsen an ihn.

»Was zum Teufel tun Sie da?«, schrie der Mann aus dem Tower. Hansen hatte erst gar nicht bemerkt, dass er gemeint war. So sehr war er darum bemüht, Neuendorff doch noch irgendwie aufzuhalten. Aber die Distanz zu dem Flugzeug betrug immer noch mehr als hundert Meter. Als Hansen endlich das Rollfeld erreichte, spielte ihm der feste Untergrund in die Karten. Auf dem Asphalt konnte er deutlich besser beschleunigen. Jetzt gab er noch einmal Vollgas.

»Sind Sie wahnsinnig? Die Maschine hat doch bereits für den Take-off beschleunigt«, ertönte es wieder aus Hansens Lautsprechern.

»Das sehe ich selbst. Was glauben Sie, warum ich versuche,

die Maschine einzuholen«, blaffte Hansen über die Freisprechanlage zurück und beendete die Verbindung. Er musste sich jetzt konzentrieren. Im Fernsehen sah das immer ganz einfach aus, dachte Hansen. Aber das hier war die Realität und kein Regisseur gab die Anweisungen, damit der Held am Ende das Flugzeug aufhalten konnte. Etwa auf halber Länge der Startbahn hatte Hansen seinen BMW so weit beschleunigt, dass er sich fast auf Höhe der Cessna befand. Ihm rann vor lauter Anspannung der Schweiß über das Gesicht.

Als er schließlich auf Höhe des Cockpits war, wagte er trotz des hohen Tempos einen Blick zur Seite über den Beifahrersitz hinweg. Da Neuendorff dies im gleichen Moment auch tat, trafen sich ihre Blicke. Während in Hansens Gesicht die pure Entschlossenheit lag, schaute Neuendorff panisch zu ihm herüber. Offensichtlich hatte er erkannt, dass sein Vorhaben zu scheitern drohte. Plötzlich zog die Cessna leicht nach links. Hansen hätte fast zu spät bemerkt, was von Neuendorff da vorhatte. Der Mann versuchte tatsächlich, ihn von der Startbahn zu drängen. Doch das stachelte Hansen erst recht an. Nach einem erfolgreichen Ausweichmanöver drückte er das Gaspedal bis zum Anschlag durch und holte noch einmal alles aus seinem Wagen heraus. Jetzt zog er an der kleinen Maschine vorbei. Kurz bevor sie das letzte Drittel der Startbahn erreichten, hatte er etwa eine Wagenlänge Vorsprung. Allerdings musste er jeden Moment damit rechnen, dass Neuendorffs Cessna abhob. Aber offensichtlich hatte die Maschine immer noch nicht die erforderliche Startgeschwindigkeit erreicht. Möglicherweise hatte Neu-

endorffs Versuch, ihn von der Startbahn abzudrängen, die Beschleunigungsgeschwindigkeit wesentlich reduziert.
Mit Höchstgeschwindigkeit legte Hansen etwas mehr Distanz zwischen sich und die Cessna. Dann riss er das Lenkrad nach rechts, ging hart auf die Bremse, zog dabei gleichzeitig die Handbremse und brachte durch dieses Bremsmanöver den Wagen quer zur Fahrbahn zum Stehen. Er hatte selbst keine Ahnung, wie er das vollbracht hatte. Sein letztes Fahrtraining, bei dem auch solche Ausbremsmanöver geübt wurden, war eine Ewigkeit her. Und einmotorige Kleinflugzeuge zu stoppen, war bisher nie Teil des Übungsplans. Der Seminarleiter wäre sicherlich stolz auf ihn gewesen, dachte Hansen mit einem Grinsen.
Er hatte seinen Part beigetragen. Jetzt hing alles von Neuendorff ab, der genau drei Optionen hatte: zu bremsen, auszuweichen und den Start abzubrechen, einen Frontalcrash zu verursachen oder einen Startversuch zu wagen. Hansen hoffte natürlich, dass er sich für den Startabbruch entschied. Das Geräusch stark quietschender Reifen verriet dem Kommissar, dass sich sein Wunsch offenbar erfüllte. Allerdings brach die Maschine dabei aus und schlitterte über die Startbahn. Hansen sah den Flügel der linken Tragfläche bedrohlich nahe an der Windschutzscheibe vorbeifliegen. Dann vollzog die Maschine eine komplette Drehung um die eigene Achse, so dass die Rotorblätter des Propellers sogar noch die Motorhaube touchierten. Nun kam die Maschine endlich zum Stehen. Hansen atmete einmal ganz tief durch. Dann löste er seinen Sicherheitsgurt, verließ den BMW und ging auf das Cockpit der Cessna zu. Neuendorff war kreide-

bleich. Sein Blick, als er Hansen sah, war hasserfüllt. Hansen riss die Cockpittür auf und forderte ihn auf auszusteigen. »Endstation, Herr von Neuendorff. Ich verhafte Sie wegen des Verdachtes auf fünffache Anstiftung zum Mord. Die Rechtsbelehrung hebe ich mir für die Fahrt ins Präsidium auf.«

59. Kapitel

Nachdem Hansen Neuendorff mit Handschellen gefesselt und auf die Rückbank seines Dienstwagens verfrachtet hatte, fuhr er an mehreren Streifenwagen vorbei, die mittlerweile ebenfalls das Flugfeld säumten, zurück in Richtung Eingangstor. Als ihm ein wild gestikulierender Mann entgegenlief, stoppte er und fuhr das Seitenfenster herunter. Der aufgebrachte Mann, bei dem es sich um den Fluglotsen handelte, bedachte ihn sofort mit wilden Beschimpfungen und Belehrungen, was seinen Eingriff in das Startmanöver anging. Es dauerte geschlagene fünf Minuten, bis der Mann endlich ein Einsehen hatte, dass dieses waghalsige Manöver notwendig gewesen war. Allmählich beruhigte er sich wieder und versprach, sich um die Räumung der Rollbahn zu kümmern. Schließlich konnte Neuendorffs Maschine nicht dort stehen bleiben. Bevor Hansen weiterfuhr, stieg er noch einmal aus seinem BMW aus und signalisierte den Streifenwagen, dass sie wieder fahren konnten. Ihre Anwesenheit war nicht mehr erforderlich. Anschließend rief er Riedmann zurück. Sein Kollege hatte mehrfach versucht, ihn zu erreichen, und er wollte unbedingt wissen, was er mitzuteilen hatte. Während er darauf wartete, dass Riedmann ans Telefon ging, wurde der Schneefall wieder stärker.

Riedmanns Handy klingelte in dem Moment, als der Krankenwagen losfuhr, um die verletzte Frau, deren Identität immer noch nicht geklärt war, ins Krankenhaus zu bringen.

»Hallo, Stefan. Tut mir leid, dass ich mich jetzt erst melde. Aber hier haben sich die Ereignisse überschlagen. Wir haben Neuendorff ausfindig gemacht und ich konnte gerade noch seine Flucht verhindern. Die Details dazu spare ich mir jetzt. Ich hoffe, du hast gute Nachrichten für mich.«

»Die habe ich. Und ich glaube, meine Geschichte ist ähnlich spektakulär wie deine. Wir haben die mutmaßliche Mörderin von Caroline von Neuendorff in Gewahrsam. Sie ist gerade auf dem Weg ins Krankenhaus.«

»Wieso ist sie auf dem Weg ins Krankenhaus?«

»Sie hatte auf der Flucht einen Autounfall. Ob du es glaubst oder nicht, aber sie hatte uns gerade so gut wie abgehängt, als sie gegen einen Baum prallte. «

»Ist sie schwer verletzt?«

»Nicht lebensgefährlich, meinte der Notarzt. Aber im Klinikum müssen weitere Untersuchungen durchgeführt werden, um schwere innere Verletzungen ausschließen zu können.«

»Konntest du mit ihr sprechen?«

»Leider nein. Sie war bewusstlos.«

»Hast du schon eine Überwachung im Krankenhaus veranlasst?«

»Noch nicht. Ich wollte aber hinterherfahren. Auf dem Weg regle ich das. Aber mal was anderes, Karl. Wieso glaubst du eigentlich, dass es sich bei der Frau um das Phantom handelt? Es liegt zwar auf der Hand, dass sie Caroline von Neuendorff umgebracht hat. Aber es spricht doch sonst nichts dafür, dass sie auch für die anderen Morde verantwortlich ist. Eher im Gegenteil. Laut Interpol handelt es sich bei dem Auftragsmörder eindeutig um einen Mann. Und die DNA-Spuren an unseren Tatorten bestätigen das doch.«

»Eine Erklärung habe ich dafür auch noch nicht, Stefan. Vielleicht platziert sie die falsche DNA bewusst, um die Behörden in die Irre zu führen. Oder sie ist ein Transgender. Ich habe keine Ahnung.«

»Und was hat dich veranlasst zu glauben, dass sie die Mörderin ist?«

»Als du erwähntest, dass bei Neuendorff heute eine neue Krankenpflegerin aus Italien war, hat mich das an etwas erinnert, das bei unseren bisherigen Ermittlungen keine Rolle gespielt hat. Im Mordfall Berger hat einer der Nachbarn ausgesagt, zur Tatzeit eine Südländerin in der Kirchratherstraße gesehen zu haben.«

»Daran kann ich mich vage erinnern«, entgegnete Riedmann.

»Und auf dem Überwachungsvideo des Ludwig-Forums war mir ebenfalls mehrfach eine schwarzhaarige Frau in Böhms Nähe aufgefallen. Wahrscheinlich eine Spanierin oder Italienerin. Aber da wir ja nach einem Mann Ausschau gehalten haben, habe ich dem keine Bedeutung beigemessen.«

»Und nachdem wir durch das Schreiben von Böhm alles über die wahren Ausmaße der Medikamententests erfahren haben und Caroline von Neuendorff die letzte lebende Zeugin war, klingt das durchaus plausibel. Ich bin aber trotzdem sehr gespannt, wie das mit dem Phantom zusammenpasst.«

»Das geht mir ganz genauso! Hast du eigentlich noch etwas von Markus gehört? Ich würde gerne wissen, wie es ihm geht.«
»Er hat mich vor einer halben Stunde angerufen. Es hat ihn wohl nicht ganz so schlimm erwischt wie Jens. Eine Platzwunde, die geklammert wurde. Und einen Brummschädel hat er auch. Alles in allem aber harmlos. Er ist bereits mit dem Taxi auf dem Weg ins Präsidium. Er wollte auf keinen Fall ins Krankenhaus.«
»Dann treffen wir uns später auf dem Präsidium. Ich kann es gar nicht abwarten zu erfahren, was Gereon von Neuendorff uns zu erzählen hat.«
Als Hansen wieder ins Auto einstieg, das Haar klatschnass vom Schnee, lächelte er. Neuendorff war verhaftet. Und auch die Frau, bei der es sich mutmaßlich um das Phantom handelte, war in Gewahrsam. Der Tag hatte eine überaus positive Wendung genommen. Und das alles nur dank des schriftlichen Geständnisses von Manfred Böhm. Jetzt galt es noch, die letzten offenen Fragen zu klären.

60. Kapitel

Die Vernehmung von Gereon von Neuendorff begann gegen siebzehn Uhr und wurde in Gegenwart von Doktor Peter Conrads, Neuendorffs Anwalt, durchgeführt. Hansen war dem Rechtsanwalt noch nie persönlich begegnet, kannte allerdings den Ruf, der ihm vorauseilte. Peter Conrads war ein Winkeladvokat erster Güte, aber Hansen war davon überzeugt, dass Neuendorff dies auch nichts nützen würde. Nachdem die Formalien auf Band gesprochen waren, begann Hansen mit der eigentlichen Vernehmung.

»Ich mache Ihnen folgenden Vorschlag. Wir erzählen Ihnen, was wir bereits alles wissen. Und Sie ergänzen dann die fehlenden Puzzleteile.«

»Ich kann es kaum erwarten zu hören, was Sie glauben zu wissen. Schlimm genug, dass Sie meine Geschäftsreise in die Schweiz auf eine solche Art und Weise verhindert haben. Und dann muss ich auch noch erfahren, dass meine geliebte Frau ermordet wurde. Denken Sie nicht, dass ich gerade andere Sorgen habe, als mich diesem lächerlichen Tribunal hier zu stellen?«

»Netter Versuch, Herr von Neuendorff. Sehr netter Versuch! Aber leider nicht überzeugend genug. Den trauernden Ehemann nimmt Ihnen vielleicht Ihr Anwalt ab. Aber ich ganz bestimmt nicht. Aber fangen wir mit dem Teil der Geschichte an, den wir bereits kennen.«

»Bevor wir hier überhaupt über irgendetwas sprechen, würde ich gerne diesen angeblichen Beweis, von dem Sie gesprochen haben, einmal sehen«, erwiderte Conrads, der bisher nur schweigend neben seinem Mandanten gesessen hatte.

Hansen reichte dem Anwalt eine Kopie des Schreibens, das vor ihm auf dem Tisch lag. Der Anwalt las es, ohne jegliche Regung zu zeigen. Dann legte er das Blatt wieder auf den Tisch, sagte aber nichts. Allerdings warf er Neuendorff einen missbilligenden Blick zu. Anscheinend hatte Neuendorff seinem Anwalt einige Details verschwiegen, mutmaßte Hansen.

»Kann ich dann jetzt anfangen?«, fragte er in Richtung von Peter Conrads. Der nickte nur zur Bestätigung.
»Im Frühjahr 2015 wurde in der Wohnanlage des St. Albertus Pflegeheims ein Wohnprojekt gestartet. Angeblich sollten hier die kognitiven Fähigkeiten der an Alzheimerdemenz erkrankten Patienten durch das Zusammenleben und die intensive Förderung durch die Pflegekräfte gestärkt werden. Diesen Ansatz gibt es zum Beispiel in anderen Einrichtungen, wo ganze Dörfer, die sogenannten Demenzdörfer, existieren. Im Albertus sollten demnach Erkenntnisse zur Wirksamkeit dieser Betreuungsmethode in einer kleinen Wohneinheit mit drei Wohnhäusern, in denen maximal acht Personen mit jeweils drei Betreuungspersonen wohnten, gewonnen werden.«
An dieser Stelle gähnte Neuendorff. Offensichtlich demonstrativ. Aber Hansen ignorierte ihn und sprach ruhig weiter. »Laut vorliegender schriftlicher Zeugenaussage wurde in einer dieser Wohngruppen ein nicht zugelassenes Medikament an den ahnungslosen Bewohnern getestet. Genauer gesagt geht es um einen Wirkstoff mit dem Namen NADH13, der bei Neuendorff-Chemie entwickelt wurde.«
Nicht einmal ein Zucken war in Neuendorffs Mundwinkel zu sehen. Stattdessen schaute er betont gelangweilt aus dem Fenster.
»Bei dem Medikament handelt es sich laut dem uns vorliegenden Schreiben um ein Mittel, das entwickelt wurde, um Alzheimerdemenz zu behandeln. Aus Manfred Böhms Erklärung geht hervor, dass das Medikament tatsächlich bei allen Probanden signifikante Verbesserungen des Gesundheitszustandes hervorgerufen hat. Sowohl was die geistigen

als auch die motorischen Fähigkeiten angeht. Was sagen Sie zu dem Vorwurf, Herr von Neuendorff?«

Neuendorff fixierte Hansen mit seinen braunen Augen, zunächst ohne ein Wort zu sagen. Dann führte er aus: »Eine nette Geschichte, Herr Kommissar. Dieses Medikament, von dem Sie da sprechen, gibt es nur in der Theorie. Entwickelt in unserem Labor. Die Basisforschung dazu stammt von Heike Berger. Sie hat wichtige Erkenntnisse gewonnen, die sie zu Geld machen wollte, wie Sie ja bereits wissen. Professor Keller und Doktor Johnen wollten das Forschungsprojekt weiter vorantreiben. Unglücklicherweise bisher mit bescheidenem Erfolg. Glauben Sie ernsthaft, wir würden die Zulassung eines solch bahnbrechenden Medikaments gefährden, indem wir illegale Versuche an Menschen durchführen? Mal ganz abgesehen davon, dass dieses Medikament noch gar nicht existiert.«

»Sie wollen also behaupten, dass Manfred Böhm das alles erfunden hat?«

»Ich würde sagen, dass er eine blühende Fantasie hat.«

»Und Sie haben Ihre Frau natürlich nicht nach Hause geholt, weil Sie wussten, dass NADH13 eine positive Wirkung auf das Krankheitsbild hat? Ist es nicht so, dass Sie Ihre Frau in aller Abgeschiedenheit behandeln wollten, ohne dass jemand, abgesehen von Ihrer Haushälterin und der Betreuungskraft, davon erfuhr?«

»Was für eine absurde Behauptung. Caroline wusste nicht einmal mehr, wie sie hieß. Unterhalten Sie sich doch einfach einmal mit meiner Haushälterin, Frau Mingers. Oder befragen sie ihre Pflegerin, Maria Wozniak. Sie werden Ihnen bestätigen, dass meine Frau alles andere als auf dem Weg der Besserung von dieser schrecklichen Krankheit war. Ganz im Gegenteil. Ich wollte ihr die Zeit, die ihr noch blieb, so angenehm wie nur möglich machen und sie einfach in meiner Nähe haben. Ich habe Ihnen doch schon einmal erklärt, dass es die Entscheidung meiner Frau war, in dieses Heim zu gehen. Ich habe die Entscheidung lediglich rückgängig gemacht, als Caroline nicht mehr in der Lage war, eigenständige Entscheidungen zu treffen!«

Hansen hatte nicht die geringsten Zweifel daran, dass die beiden Frauen die Aussage ihres Chefs bestätigen würden. Das änderte aber nichts an seiner Meinung.

»Und warum behauptet Herr Böhm dann, dass er für seine Verschwiegenheit insgesamt dreihunderttausend Euro in bar von Neuendorff-Chemie erhalten hat? Außerdem wurden dem Schreiben zufolge auch noch die drei Pfleger, die im Wohnhaus 1, wo die Medikamente getestet wurden, für ihr Schweigen entlohnt. Nämlich mit jeweils fünfundzwanzigtausend Euro, die sie in mehreren Raten erhalten haben.«

»Dazu kann ich Ihnen ebenso wenig sagen wie zu den anderen haltlosen Vorwürfen. Wobei ...« Neuendorff machte eine Pause, so als ob er nachdachte.

»Wobei was?«, hakte Hansen ungeduldig nach.

»Mich würde es nicht sonderlich überraschen, wenn Keller, dieser wahnhaft nach Erfolg strebende Wissenschaftler, tatsächlich ein derart verabscheuungswürdiges Experiment durchgeführt hätte. Manfred Böhm kenne ich zu wenig, um das beurteilen zu können. Woher die finanziellen Mittel stammen, kann ich Ihnen auch nicht erklären. Aber ganz bestimmt nicht von Neuendorff-Chemie. Und selbst wenn es so sein sollte, gibt es durchaus Mitglieder aus dem Vorstand, die für einen bahnbrechenden Erfolg in der Medikamentenentwicklung zum Wohle von Neuendorff-Chemie über Leichen gehen würden.«

Buchstäblich, dachte Hansen und er ahnte, worauf die Vernehmung hinauslaufen würde. Neuendorff würde den Ahnungslosen mimen und jegliche Beteiligung von sich weisen, weil er davon ausgehen konnte, dass sie außer Böhms Schreiben nichts gegen ihn in der Hand hatten. Was zum derzeitigen Zeitpunkt leider auch der Wahrheit entsprach. Trotzdem wollte er nicht lockerlassen und das Spiel erst einmal mitspielen.

»Dann sind Ihrer Meinung nach also sämtliche Anschuldigungen gegen Sie, die Manfred Böhm in seinem Schreiben vorgebracht hat, aus der Luft gegriffen?«

»Sieht ganz danach aus!«

»Warum sollte Böhm das tun?«

»Vielleicht, weil wir seiner Einrichtung keine weiteren Zuwendungen aus der Stiftung meines Unternehmens zukommen lassen wollten? Wer weiß schon, was im Kopf eines solchen Menschen vor sich geht?«

»Dann gehe ich recht in der Annahme, dass Sie weder etwas mit dem Tod von Böhm und Keller noch mit der Ermordung von Heike Berger und Jürgen Wolf zu tun haben?«

Conrads wollte gerade etwas auf Hansens Frage erwidern, aber ein kurzer Blickkontakt mit seinem Mandanten genügte, um dem Anwalt klarzumachen, dass von Neuendorff auch diese Frage beantworten wollte.

»Ich denke, ich habe hinreichend dargelegt, dass die in dem Schreiben gegen mich erhobenen Vorwürfe haltlos sind. Oder können Sie beweisen, dass es das Medikament tatsächlich gibt? Oder ich persönlich das angebliche Schweigegeld für diese Tests bezahlt habe?«

Hansen fragte sich, warum Manfred Böhms Schreiben von Neuendorff nicht weiter zu beunruhigen schien. Wenigstens äußerlich war dem Mann nichts anzumerken. Allerdings war Hansen längst nicht mit seinem Latein am Ende. Jetzt war es an der Zeit, den entscheidenden Trumpf auszuspielen.

»Gut, Herr von Neuendorff. Sie können selbstverständlich weiterhin beharrlich abstreiten, etwas über die Medikamententests zu wissen oder mit der Beauftragung der Morde zu tun zu haben. Aber ich kann Ihnen versprechen, dass wir über kurz oder lang für alle offene Fragen eine Antwort haben werden. Und dass wir Sie als Drahtzieher der Morde entlarven. Dabei wird uns nicht zuletzt die Mörderin Ihrer Frau behilflich sein, die sich seit Kurzem in unserem Gewahrsam befindet.«

So selbstbeherrscht Neuendorff bisher auch gewirkt hatte, diesmal zeigte er zum ersten Mal eine Reaktion.

»Wie kommen Sie überhaupt auf die abwegige Idee, dass meine Frau ermordet wurde? Caroline war sehr krank und es liegt nahe, dass sie an den Folgen ihrer Krankheit gestorben ist. Wie können Sie allen Ernstes behaupten, dass meine Frau ermordet wurde und ich ihren Tod auch noch beauftragt haben soll?«, zischte er unwirsch. »Wenn an Ihrer kruden Theorie überhaupt etwas dran sein sollte, dann bin ich ganz bestimmt nicht derjenige, den Sie suchen.«

»Denken Sie nicht, dass Sie hier gerade etwas über das Ziel hinausschießen, Herr Kommissar?«, ergriff nun Peter Conrads wieder das Wort. »Außer diesem Brief, über dessen Wahrheitsgehalt Sie offensichtlich wenig bis gar nichts wissen, haben Sie nichts anderes als haltlose Vorwürfe gegen meinen Mandanten. Herr von Neuendorff ist in tiefer Trauer wegen des Todes seiner Frau. Und Sie unterstellen nun meinem Mandanten, dass er seine Frau hat umbringen lassen. Haben Sie dafür irgendwelche Beweise?«

»Nun, der Rechtsmediziner vermutet, dass Caroline von Neuendorff mit Blausäure umgebracht wurde und keineswegs eines natürlichen Todes gestorben ist. Injiziert von der angeblichen Krankenschwester, die heute rein zufällig als Vertretung von Maria Wozniak ihren Dienst im Haus der Neuendorffs angetreten hat. Sie wurde praktisch von meinem Kollegen, Oberkommissar Stefan Riedmann, bei Ausführung der Tat überrascht. Wir konnten die Frau nach einer Verfolgungsjagd schließlich stellen und verhaften.«

Hansen hatte unmittelbar vor der Vernehmung mit Nils Bode gesprochen, der ihm von seinem Verdacht erzählt hatte.

»Und diese Frau hat bestätigt, dass sie beauftragt wurde, die Ehefrau meines Mandanten umzubringen?«

»Wir hatten noch keine Gelegenheit, mit ihr zu sprechen. Sie wird zurzeit im Klinikum Aachen operiert.«

»Also handelt es sich nur um eine weitere haltlose Anschuldigung«, konterte Conrads. Aber Hansen beachtete den Anwalt erst gar nicht. Vielmehr beobachtete er intensiv Gereon von Neuendorff, dessen Haltung sich während Hansens letzter Worte verändert hatte. Der Mann schien regelrecht in sich zusammengefallen zu sein. Es wirkte auf Hansen gerade so, als ob Neuendorff angesichts der Tatsache, dass sie das Phantom geschnappt hatten, erkannt hatte, dass sein Lügengebilde zusammenzubrechen drohte. Des-

halb richtete Hansen sein Wort noch einmal an den Verdächtigen.
»Herr von Neuendorff. Sie können natürlich hier weiterhin den Unwissenden spielen und alle Vorwürfe, die wir gegen Sie vorbringen, abstreiten. Sie könnten sich allerdings auch kooperativ zeigen und das Ganze hier abkürzen. Sobald die Tatverdächtige aus der Narkose erwacht ist, wird sie unsere Fragen beantworten und uns die Beweise liefern, die wir brauchen, um Sie verhaften zu können. Und selbst, wenn sie uns nicht bestätigen kann, dass Sie der Auftraggeber der fünf Morde sind, weil sie sich vermutlich nie persönlich begegnet sind, werden wir früher oder später auch dafür Beweise finden. Wir werden Ihre Finanzen durchleuchten, Telefonverbindungen und Ihre Internetaktivitäten überprüfen. Ihre Firma auf den Kopf stellen und sehen, was uns sonst noch alles so einfällt. Genauso werden wir selbstverständlich auch bei der Auftragsmörderin vorgehen. Es mag vielleicht eine Weile dauern, aber früher oder später werden wir alle benötigten Indizien, um Ihre Schuld zu beweisen, zusammengetragen haben.«
Aber mehr als ein Schweigen und einen eisigen, nahezu trotzigen Blick hatte Neuendorff auch jetzt noch nicht für Hansen übrig. Ebenso schien er seine Fassung wiedererlangt zu haben. Doch Hansen hatte erkannt, wo Neuendorffs wunder Punkt lag, bei seiner Frau. Hier hatte der Beschuldigte die einzige wahre Gefühlsregung während der bisherigen Vernehmung gezeigt. Hier musste Hansen weiter ansetzen, das spürte er. Er wusste im Moment nur noch nicht wie.
»Wenn ich das alles hier richtig deute, beruhen sämtliche

Anschuldigungen gegen meinen Mandanten einzig und allein auf den Aussagen eines Mordopfers, die dieses zu Papier gebracht hat, ohne dabei jedoch Herrn von Neuendorff ein einziges Mal konkret beim Namen zu nennen. Ferner berufen Sie sich auf einen angeblichen Fluchtversuch meines Mandanten, der sich zugegebenermaßen am Flughafen Merzbrück den Anweisungen des Fluglotsens widersetzt hat. Wobei er beteuert, nur in Panik geraten zu sein, weil Sie ihn mit Ihrem Wagen verfolgt haben. Und last but not least ist da noch die angebliche Mörderin der Ehefrau meines Klienten, die Ihrer Meinung nach aussagen wird, dass mein Mandant fünf Morde beauftragt hat. Ziemlich dünnes Fundament, auf das Sie Ihre Anklage stellen, finden Sie nicht? Bei der aktuellen Beweislage ist mir schleierhaft, wieso der Staatsanwalt überhaupt einen Haftbefehl ausgestellt hat. Jedes andere Mitglied des Vorstandes von Neuendorff-Chemie könnte hinter dieser angeblichen Verschwörung rund um ein Wunderheilmittel der Alzheimerkrankheit stehen. Warum sollte gerade Herr von Neuendorff seine Frau ermorden lassen, die er nach eigener Aussage über alles geliebt hat? Schließlich war er es, der sie aus dem Heim nach Hause geholt hat, um sie in einem liebevollen, gewohnten Umfeld pflegen zu lassen.«

Da klopfte es an der Tür zum Vernehmungszimmer und Riedmann steckte den Kopf herein. »Kann ich dich mal ganz kurz unter vier Augen sprechen, Karl?«

»Muss das gerade jetzt sein?«, erwiderte Hansen ungläubig.

»Es ist wichtig.«

»Also gut. Wir unterbrechen die Befragung für ein paar Minuten. Wir sind hier aber noch nicht fertig«, erwiderte

Hansen und fixierte Neuendorff. Es klang wie eine Drohung.
Die beiden Ermittler verließen das Verhörzimmer. Auf dem Flur berichtete Riedmann seinem Chef von einer, wie er selbst einräumen musste, sehr gewagten Theorie. Und je mehr Hansen darüber nachdachte, desto mehr kam er zu dem Schluss, dass Riedmann recht haben könnte.

61. Kapitel

»Mein Kollege hätte dann noch ein paar Fragen«, meinte Hansen, als er diesmal gemeinsam mit Riedmann den Vernehmungsraum betrat und sich hinsetzte. Sein Kollege nahm auf dem freien Stuhl neben ihm Platz.
»Und was soll das werden? Die Guter-Bulle-Schlechter-Bulle-Nummer?«, erwiderte Neuendorff in gewohnt arroganter Art.
»Nein, ganz sicher nicht«, meinte Riedmann. »Ich denke, dass Manfred Böhms Geschichte nur ein Teil der Wahrheit ist«, begann Riedmann. »Ich glaube Ihnen, wenn Sie sagen, dass Sie Ihre Frau geliebt haben. So sehr, dass Sie alles daran gesetzt haben, ein Heilmittel zu finden, um Ihrer Frau zu helfen. Was Sie allerdings noch mehr lieben als Ihre kranke Frau, ist, entgegen Ihrer Beteuerung bei unserem ersten Besuch bei Ihnen, Macht und Geld. Um nichts anderes ging es die ganze Zeit, nicht wahr? Deshalb haben Sie nicht einmal davor zurückgeschreckt, Ihre eigene Frau zu opfern!«
»Was erlauben Sie sich eigentlich, so über meine Frau und

mich zu reden? Wie oft soll ich Ihnen noch erklären, dass ich nichts mit Carolines Tod oder dem einer anderen Person zu tun habe?«, echauffierte sich Neuendorff.
»Eine Lüge immer zu wiederholen macht das Ganze nicht unbedingt glaubhafter. Aber es liegt doch auf der Hand, warum Sie so gehandelt haben. Auf der einen Seite war da Ihre kranke Frau und das durchaus ehrenwerte Ziel, ein Medikament zu entwickeln, das ihr und Millionen von Menschen geholfen hätte. Und tatsächlich ist es Frau Berger offensichtlich gelungen, genau dieses Wunder zu vollbringen. Und auf der anderen Seite gibt es da die Abwägung der wirtschaftlichen Interessen Ihres Unternehmens. Ab einem bestimmten Punkt, so vermute ich jedenfalls, stellte sich die Erkenntnis bei Ihnen ein, dass dieses neue Medikament Fluch und Segen zugleich darstellen würde. Und Sie waren gezwungen, einige Entscheidungen zu treffen. Und dabei konnten Sie am Ende nicht einmal mehr Rücksicht auf Ihre ach so geliebte Frau nehmen. Haben Sie ihr eigentlich heute Morgen, bevor Sie das Haus verlassen haben, noch gesagt, wie sehr Sie sie lieben? Kurz bevor sie getötet werden sollte?«, warf Hansen ein.
Riedmann und Hansen konnten sehen, wie von Neuendorff bemüht war, seine Fassung zu wahren. Seine Kiefer mahlten und seine Gesichtsfarbe nahm eine ungesunde Rötung an. Aber noch hielt er sich zurück, obwohl es ihm sichtlich schwerfiel.
»Immerhin hatte sie das Glück, nicht zu ahnen, was ihr bevorstand. Anders als Manfred Böhm, der aus irgendeinem Grund gespürt haben muss, dass sein Leben in Gefahr war. Sonst hätte er kaum das schriftliche Geständnis verfasst, das

im Fall eines unnatürlichen Todes an die Polizei ausgehändigt werden sollte und das uns erst nachdrücklich auf Ihre Spur gebracht hat.«

»Ich verbitte mir diese unsäglichen Unterstellungen. Solange Sie meinem Mandanten nichts ...«, versuchte Conrads Riedmanns Ausführungen zu unterbinden, doch der Ermittler sprach unbeirrt weiter und ignorierte den Einwand des Anwalts einfach.

»Standen eigentlich noch andere Namen auf Ihrer persönlichen Todesliste? Oder war Caroline der letzte Name darauf?«

Riedmann holte zum letzten Schlag aus. »Ich möchte mir gar nicht vorstellen, wie das ist, den Tod der eigenen Frau in Auftrag zu geben. Was Caroline wohl in dem Moment gedacht hat, als ihr bewusst wurde, dass sie sterben würde?«

»Sie elender Kretin! Glauben Sie etwa, dass mir diese Entscheidung leicht ge...«, platzte es aus Neuendorff heraus. Er merkte, dass er gerade einen Fehler begangen hatte, und wurde umso wütender.

»Ich empfehle Ihnen dringend, ab jetzt den Mund zu halten, Herr von Neuendorff«, ergriff Conrads das Wort, um zu retten, was nicht mehr zu retten war. »Die Herrschaften haben offensichtlich nichts weiter als haltlose Anschuldigungen in der Hand, die sie durch diesen Brief versuchen zu untermauern«, wandte er sich an seinen Mandanten.

Doch zur Überraschung des Anwalts und der beiden Ermittler dachte von Neuendorff gar nicht daran zu schweigen. »Ach, halten Sie doch Ihren Mund. Es ist sowieso nur eine Frage der Zeit, bis die ganze Wahrheit ans Licht kommt!«

»Wird sich ein umfassendes Geständnis strafmildernd auf meinen Mandanten auswirken?«, wollte Conrads wissen.
»Im Normalfall wäre das ganz bestimmt so. Aber bei der Schwere der Tat kann ich mir das beim besten Willen nicht vorstellen«, erwiderte Hansen.
»Das spielt für mich im Moment keine Rolle. Ich werde das Gefängnis ohnehin nur mit den Füßen voraus verlassen«, entgegnete von Neuendorff. »Sie haben recht. Alles begann mit Doktor Bergers Grundlagenforschung und ihren sensationellen Entdeckungen. Es gibt viele gute Ansätze, um das komplexe Krankheitsbild der verschiedenen Demenzerkrankungen zu entschlüsseln. Aber Heike Berger war auf diesem Gebiet wahrscheinlich die führende Mikrobiologin weltweit. Ihr ist gelungen, wovon andere Forscher immer noch träumen. Und uns ist es gelungen, diesen Wissensvorsprung zu bewahren.«
»Und was genau können wir uns darunter vorstellen?«, hakte Hansen nach.
»Die Forschung auf diesem Gebiet geht schon seit langem davon aus, dass dem Ausbruch der Krankheit verschiedene Faktoren zugrunde liegen. Es sind nicht alleine die Plaques, die einen ganz wesentlichen Anteil an der Entstehung von Alzheimer haben. Frau Berger ist es gelungen, körpereigene Zielmoleküle zu identifizieren, an denen eine Wirkstoffkombination ansetzen kann, um den Krankheitsverlauf positiv zu beeinflussen. Dabei ging es nicht nur darum, die Struktur der Amyloid-Eiweiße zu verändern, die den schädigenden Einfluss auf die Gehirnzellen haben. Sondern es ist ihr darüber hinaus gelungen, durch Beeinflussung des Insulin- und Glukosestoffwechsels den Gedächtnisverlust

umzukehren. Ein wissenschaftlich sehr komplexer Vorgang und eine Sensation. Die Computersimulationen dazu waren sehr erfolgversprechend und auch die ersten Tierversuche waren vielversprechend. Damit war die Grundlage geschaffen, um ein Medikament zu entwickeln. Und genau damit begann das Problem.«

»Das verstehe ich nicht«, unterbrach Hansen die Ausführungen Neuendorffs. »Das ist doch genau das, was Sie wollten.«

»Richtig. Aber haben Sie eine Vorstellung davon, wie lange es dauert, bis im Idealfall ein wirksames Arzneimittel auf den Markt kommt?«

»Ich habe nicht die geringste Ahnung«, räumte Hansen ein.

»So etwa zwölf bis dreizehn Jahre! Der Forschungsprozess ist sehr komplex und entsprechend langwierig. Angefangen mit der sogenannten Leitstrukturentwicklung, die präklinische und toxikologische Prüfung. Und erst dann beginnt die Herstellung von Prüfpräparaten. Wenn dieser Prozess erfolgreich abgeschlossen ist, beginnt die klinische Forschung mit ihren verschiedenen Testphasen.«

»In Ordnung. Vielleicht können wir den Ausflug in die Forschungswelt an dieser Stelle bitte einfach abkürzen und uns auf das Wesentliche konzentrieren.«

»Gut. Vor fünf Jahren war Carolines Krankheit noch nicht ausgebrochen, aber wir wussten dank eines Tests, dass das früher oder später der Fall sein würde. Die Krankheit ist genetisch bedingt. Auch ihre Mutter und Großmutter waren an Alzheimer erkrankt. Leider trat der Ernstfall früher ein, als wir erwartet hatten. Und dann noch in sehr drastischer Form. Doktor Berger hatte mit ihrem Team die Entwicklung eines Medikaments unter Einhaltung aller Regularien bis zu diesem Zeitpunkt vorangetrieben. Aber es war absehbar, dass das Medikament im Fall eines erfolgreichen Genehmigungsverfahrens für Caroline zu spät auf den Markt kommen würde.«

»Also mussten Sie reagieren und sich etwas einfallen lassen?«

»Richtig. Und da kommt dann Keller ins Spiel. Er hatte zwei Schwächen. Glücksspiel und Frauen. Außerdem war er ehrgeizig und ein Profilneurotiker. Deshalb habe ich ihm vorgeschlagen, einen unorthodoxen Weg zu beschreiten. Es war nicht schwer, ihn davon zu überzeugen, den Entwicklungsprozess zu beschleunigen und unkonventionelle Wege in der Forschung zu gehen. Dafür habe ich ihn fürstlich entlohnt.«

»Und um die Wirksamkeit des Medikamentes testen zu können, hat Keller sich an Böhm gewandt, seinen alten Bundeswehrkumpel, und mit ihm gemeinsam den Plan ausgeheckt, die Heimbewohner als Probanden zu missbrauchen. Böhm und die beteiligten Pfleger haben dafür Schweigegeld erhalten. Frau Berger ist dahintergekommen und drohte, die Sache auffliegen zu lassen. Daraufhin wurde ein Komplott gegen sie geschmiedet, um sie mundtot zu machen. Wie konnten Sie sicher sein, dass Frau Berger nicht doch mit der Geschichte an die Öffentlichkeit geht?«, wollte Hansen wissen.

»Weil sie keine Beweise dafür gehabt hätte. Frau Berger hat von der Geschichte nur erfahren, weil sie ein Telefonat zwischen Keller und mir belauscht hatte. Sie hat den Fehler gemacht, ihn darauf anzusprechen. Das hat uns wiederum in die Lage versetzt, Vorkehrungen zu treffen, damit sie die

Geschichte niemals würde beweisen können. Außerdem war es nicht von Nachteil, dass wir über gewisse Videoaufnahmen verfügten, deren Verbreitung sie unbedingt verhindern wollte.«

»Reden wir über Sexaufnahmen?«

»Korrekt. Keller und Berger waren sehr einfallsreich und experimentierfreudig. Und Keller hatte offensichtlich die Neigung, sich gerne dabei zu filmen, was Frau Berger wusste«, erwiderte Neuendorff mit einem Grinsen.

Hansen hätte seinem Gegenüber am liebsten das Grinsen aus dem Gesicht geschlagen. Er hatte Mitleid mit Heike Berger. Die brillante Wissenschaftlerin hatte das Pech gehabt, an skrupellose Männer zu geraten, denen jedes Mittel recht war, um ihr Ziel zu erreichen. Man hatte also nicht nur ihre berufliche Integrität durch das Komplott untergraben, sondern ihr auch noch gedroht, massiv in ihr Privatleben einzugreifen.

»Und wie ging es dann weiter?«

»Wir haben das Experiment beendet. Wir waren zu diesem Zeitpunkt ohnehin schon von der Wirksamkeit des Mittels überzeugt und haben das Ende nur ein wenig vorgezogen.«

»Ihnen ist bewusst, dass möglicherweise Menschen infolge dieser, wie Sie es nennen, Experimente gestorben sind?«

»Wo gehobelt wird, da fallen Späne. Es mag zynisch für Sie klingen, aber diese Menschen waren sehr krank und wären ohnehin an den Folgen ihrer Erkrankung gestorben. Natürlich gab es Rückschläge bei der Entwicklung des Medikaments und ich kann nicht ausschließen, dass einige Patienten infolge der Medikation gestorben sind. Aber das trifft sicherlich nicht auf sämtliche Bewohner aus Wohnhaus 1 zu.«

Hansen hätte dem Mann am liebsten mit der flachen Hand ins Gesicht geschlagen. Neuendorff sprach über die Heimbewohner wie über Versuchskaninchen.

»Wie hat Keller es alleine geschafft, die Weiterentwicklung des Medikamentes voranzutreiben? Er konnte ja kaum auf das Forscherteam bei Neuendorff zurückgreifen?«, wunderte sich Riedmann.

»Junger Mann, haben Sie eine Vorstellung davon, wie viele Menschen mit erstklassiger wissenschaftlicher Ausbildung es in Osteuropa gibt, die für Geld keine Fragen stellen?«

»Und wie ist es mit Bergers Forschungsarbeit, während Sie im St. Albertus hilflose, alte, kranke Menschen als Versuchskaninchen missbraucht haben, weitergegangen?«

»Wie ich eben bereits erwähnt habe, sind wir zunächst zweigleisig gefahren. Kellers weniger legale Forschungen und das offizielle Forschungsprojekt. Ich war anfänglich ja immer noch davon überzeugt, sollten die klinischen Studien erfolgreich sein und das Medikament zugelassen werden, es auf den Markt zu bringen. Aber mein primäres Ziel war es, Caroline zu helfen. Als sich abzeichnete, dass es Keller und seinem Team gelungen war, einen Durchbruch zu erzielen, war ich mir der Tragweite dieses Erfolges zunächst einmal gar nicht bewusst. Frau Berger und ihr Team waren zu diesem Zeitpunkt längst noch nicht so weit gekommen. Aber nach und nach wuchs bei mir die Erkenntnis, dass dieses Medikament aus wirtschaftlicher Sicht eher Fluch statt Segen war. Wenn NADH13 alle klinischen Studien erfolgreich bestanden hätte, wäre dies einer wissenschaftliche Sensation gleichgekommen. Aber Neuendorff hätte mit diesem Medikament letztlich deutlich weniger Geld verdient als mit der

Behandlung der Krankheit selbst! Also haben wir dafür gesorgt, dass Frau Berger gar nicht erst erfolgreich ist.«

»Indem Sie ihre Arbeit sabotiert haben?«

»Richtig. Keller hatte durch Manipulationen dafür gesorgt, dass die Entwicklung des Medikamentes letztlich scheitern musste. Übrigens war Doktor Berger davon überzeugt, dass ihre Arbeit sabotiert wurde. Aber auch dafür hatte sie keine Beweise. Durch das Komplott, wie Sie es nennen, konnten wir also zwei Fliegen mit einer Klappe schlagen. Wir waren nicht nur Frau Berger los, sondern hatten aufgrund der massiven Rückschläge auch alle Argumente auf unserer Seite, das Forschungsprojekt abzubrechen. Somit war es auch für das Forschungsteam, das mittlerweile von Doktor Johnen geleitet wurde, plausibel, warum wir uns für diesen Schritt entschieden haben.«

»Und als Krönung des Ganzen haben Sie im Rahmen Ihrer Säuberungsaktion sämtliche Beweise vernichtet, die auf die Existenz des Medikamentes hinweisen könnten?«

»Genauso ist es. Sowohl die illegal erworbenen Erkenntnisse wurden vernichtet als auch einige wertvolle Ergebnisse, die Bergers Arbeit geliefert hatte!«

»Nicht nur, dass ich Ihre Menschenversuche moralisch verwerflich finde, Sie verwehren zudem noch allen Erkrankten eine mögliche Aussicht auf Heilung dieser furchtbaren Erkrankung. Das finde ich sogar noch unmoralischer!«

»Wie gesagt, ich erwarte nicht, dass Sie das verstehen. Aber wir Pharmaunternehmer verdienen unser Geld nun einmal mit kranken Menschen. Und nicht mit Gesunden!«

Das musste Hansen erst einmal sacken lassen.

»Es ist Zeit für eine Pause. Wir setzen die Befragung gleich fort«, erwiderte er und verließ wutschnaubend den Verhörraum.

62. Kapitel

Eine Viertelstunde später wurde die Befragung fortgesetzt. Riedmann startete wieder das Aufnahmegerät und Hansen stellte seine erste Frage nach der Pause.

»Wir kennen jetzt die Hintergründe, die zu der Ermordung der fünf Menschen einschließlich Ihrer eigenen Ehefrau geführt haben. Wir würden gerne mehr über die Zusammenhänge von Ihnen erfahren. Wie haben Sie davon erfahren, dass Frau Berger Jürgen Wolf kontaktiert hat?«, begann der Hauptkommissar.

»Wolf hat mich aufgesucht. Ich wusste, dass er Enthüllungsjournalist war. Er hat Fragen gestellt über unsere Forschungsarbeit und über unser Spezialgebiet. Er hat sich verwundert gezeigt, dass wir die Zusammenarbeit mit einer weltweit anerkannten Molekularbiologin beendet haben, obwohl wir verstärkt auf ihrem Fachgebiet forschen. Das war für uns ein unerwarteter Schachzug und stellte uns vor ein großes Problem. Die Videoaufnahmen waren jetzt für uns nutzlos. Wir hätten sie zwar publik machen und Heike Berger damit diskreditieren können. Aber damit wären wir Wolf nicht losgeworden. Im Gegenteil, es hätte den Journalisten eher bestärkt, dass etwas an den Vorwürfen von Berger dran ist.«

»Und was haben Sie dann getan?«

»Ich wollte das mit Geld regeln. Ich habe Heike Berger aufgesucht und ihr Geld angeboten. Viel Geld.«

»Was sie abgelehnt hat?«

»Sie wollte Gerechtigkeit. Für sich. Aber auch im Namen der Forschung. Sie war auf einem privaten Kreuzzug.«

»Wusste Frau Berger, dass Ihre Frau mittlerweile wieder bei Ihnen zu Hause lebte und mit dem Medikament behandelt wurde?«

»Ich gehe davon aus. Wolf hat jedenfalls versucht, Kontakt zu meiner Frau aufzunehmen. Und das ist ihm wohl letztlich gelungen, wie ich mittlerweile weiß.«

»Weil Sie im Besitz der privaten Unterlagen des Journalisten sind, nehme ich an?«

Nur ein stummes Nicken zur Bestätigung.

»Würden Sie das bitte kurz für die Aufnahme bestätigen, Herr von Neuendorff. Das Nicken kann die Aufnahme leider nicht wahrnehmen.«

»Ja«, erwiderte der Angesprochene.

»Also haben Sie beschlossen, dass Heike Berger und Jürgen Wolf sterben mussten?«

»In letzter Konsequenz, ja.«

»Und wie sind Sie dann in Kontakt mit einem international operierenden Auftragsmörder getreten?«, wunderte sich Hansen.

»Das lief über einen Mittelsmann, der mir gegen Zahlung einer gewissen Summe empfohlen wurde. Und bevor Sie weiterfragen, ich werde Ihnen den Namen nicht nennen.«

»Das ist Ihr gutes Recht. Machen wir weiter mit den Auftragsmorden. Warum mussten Böhm und Keller sterben? Waren das von Anfang an geplante Morde? Oder hat sich das so entwickelt? Weil Böhm zum Beispiel fast die Nerven verloren hat, wie wir durch eine Zeugin wissen.«

»Nein, Böhm und Keller waren von Anfang an Teil des Auftrages.«

Diesmal war es Hansen, der überrascht war. Und auch Riedmann blickte seinen Chef verwundert an.

»Böhm war von Anfang an die große Unbekannte bei dem Projekt. Keller kannte den Mann seit der gemeinsamen Bundeswehrzeit und durch die Stiftungsarbeit. Er wusste, dass der Leiter des Pflegeheims käuflich war. Er hatte nach der Scheidung von seiner Frau finanzielle Probleme. Deshalb hatten wir ihn schnell auf unsere Seite ziehen können. Aber der Mann wurde gierig. Er hat mich in der Folge erpresst.«

»Er hat was?«

»Mich erpresst. Sie haben bei Ihrem ersten Besuch gefragt, warum Böhm mich öfter konsultiert hat.«

»Und Sie haben uns daraufhin erklärt, dass er Ihre Frau besucht hat, weil er eine enge Bindung zu ihr hatte.«

»Das war gelogen. In Wahrheit fanden diese Treffen statt, weil Böhm mich erpresst hat und er bei diesen Gelegenheiten das Geld abgeholt hat. Insgesamt hundertfünfzigtausend Euro. Zusätzlich zu den hundertfünfzigtausend Euro, die wir ihm dafür gezahlt hatten, dass er uns bei den Medikamententests unterstützt. Mir war klar, dass Böhm über kurz oder lang die Nerven verlieren würde, wenn er vom Tod des Journalisten und der Berger erfuhr. Wolf hatte Böhm bereits zweimal aufgesucht und mit Keller hatte er ebenfalls gesprochen. Böhm hätte uns früher oder später ans Messer geliefert, wenn es hart auf hart gekommen wäre. Außerdem konnte ich mir so diesen kleinen miesen Erpresser vom Hals schaffen.«

»Und warum musste Keller sterben? Er war doch ganz offensichtlich immer loyal Ihnen gegenüber und hat erst ermöglicht, dass Ihrer Frau geholfen werden konnte.«

»Keller war der Einzige, der neben mir im Besitz aller Forschungsunterlagen und der kompletten Zusammensetzung von NADH13 war. Und was er nicht niedergeschrieben hatte, war in seinem Kopf. Das Risiko, dass dieses Wissen in die falschen Hände geriet, war viel zu groß. Wenn wir dieses Mittel nicht auf den Markt bringen konnten, sollte es auch niemand anderes tun!«

Selbst Conrads machte angesichts dieser Worte mittlerweile ein säuerliches Gesicht. Hansen war davon überzeugt, dass der Anwalt wenig Freude an seinem Mandat hatte. Geschah ihm recht, dachte Hansen.

»Und warum musste Ihre Frau sterben? Weil Sie mit Wolf gesprochen hatte?«

»Nein, nicht nur«, und diesmal rang Neuendorff merklich um seine Fassung. Seine Augen füllten sich mit Tränen. »Ich habe zwar dafür gesorgt, dass alle Unterlagen, die mit dem Entwicklungsprozess von Kellers Medikament zusammenhingen, vernichtet wurden. Aber Caroline war der lebende Beweis dafür, dass Alzheimer tatsächlich heilbar ist. Dass dieses Geheimnis irgendwann einmal publik wird und unangenehme Fragen aufgeworfen hätte, ist mir durch Wolfs Recherchen bewusst geworden. Sie töten zu lassen, war die schwerste Entscheidung meines Lebens.«

»Sie waren bereit, Ihre Frau, die sie angeblich über alles geliebt haben, für eine Sache zu opfern, die eigentlich längst verloren war? Mir ist in meiner Karriere selten ein verabscheuungswürdigerer Mensch als Sie untergekommen.«

»Wenn Sie meine Familiengeschichte kennen würden, wüssten Sie, dass das Durchsetzen der eigenen Interessen für einen von Neuendorff alternativlos ist.«

Hansen musste sich schwer zusammenreißen, dem Mann nicht eine reinzuhauen. Aber letztlich siegte die Vernunft.

»Wir reden hier über Menschenleben, Herr von Neuendorff. Und nicht über irgendwelche Entscheidungen in Ihrer Firma. Wie sollte das alles Ihrer Meinung nach weitergehen? Was ist zum Beispiel mit den drei Pflegern, die an den Tests beteiligt waren? Sollten die auch sterben?«

»Kleine Fische. Die stellten keine Gefahr dar. Wir haben sie nach ganz bestimmten Kriterien ausgesucht. Wir hatten gegen jeden Einzelnen etwas in der Hand.«

»In diesem Zusammenhang habe ich allerdings auch eine Frage«, mischte sich nun Riedmann wieder in die Vernehmung ein. »Wir haben bei der Überprüfung der finanziellen Verhältnisse dieser Pfleger festgestellt, dass sie über Mittel verfügten, deren Herkunft zunächst nicht zu klären war. Im Zuge der Recherchen haben wir Unterlagen gefunden, die belegten, dass zum Beispiel Jasmin Schneider und Jörg Steinbusch regelmäßig an Medikamentenstudien teilgenommen haben. Wie ist das möglich?«

»Das hat Keller eingefädelt. Darüber weiß ich nicht viel. Aber wir haben Mittel und Wege gefunden, um uns nicht angreifbar zu machen. Hätte wahrscheinlich auch alles geklappt, wenn Keller nicht ausgerechnet etwas mit der Berger angefangen hätte. Sonst wäre sie doch nie dahintergekommen!«

»Und Doktor Pracht, der Mann, dem Frau Berger angeblich ihre Forschungsergebnisse angeboten hat, war vermutlich auch sehr empfänglich für Ihr Geld, wie ich annehme?«, hakte Hansen nach.

»Das hat ebenfalls Keller eingefädelt. Sie waren alte Studienfreunde. Über die Hintergründe wusste der Mann natürlich nichts.«

»Ich denke, dass wir für den Moment keine weiteren Fragen haben. Und um ganz ehrlich zu sein, ist mir angesichts dessen, was ich hier heute gehört habe, schon ganz übel«, meinte Hansen, stand auf und verließ den Verhörraum, ohne ein weiteres Wort zu verlieren. Neuendorff hatte über Menschen wie Bilanzposten und über die erteilten Auftragsmorde mit so großer Selbstverständlichkeit gesprochen, dass ihm das buchstäblich auf den Magen geschlagen war.

»Wir werden Ihren Mandanten dann jetzt in die JVA Aachen überstellen lassen«, sagte Riedmann. Dann verließ auch er das Verhörzimmer und kurz darauf betrat ein uniformierter Polizist den Raum, um Gereon von Neuendorff bis zu seinem Abtransport zu überwachen.

63. Kapitel

Samstag, 2. Februar 2019

Am nächsten Morgen waren Hansen und Riedmann früh vom Präsidium aufgebrochen, um ins Klinikum zu fahren. Der behandelnde Arzt hatte grünes Licht für eine Vernehmung gegeben. Die Identität der Auftragsmörderin, die es über Jahre geschafft hatte, ihre Auftraggeber und sämtliche Polizeibehörden glauben zu lassen, dass es sich bei dem Phantom um einen Mann handelte, war mittlerweile geklärt worden. Die Ermittler hatten einen Ausweis in ihrem Hotelzimmer gefunden, der sich zu Hansens Erstaunen nach der Prüfung als echt herausgestellt hatte: Das Phantom lebte in Portugal unter dem Namen Luisa Bartoli und sie war dort eine erfolgreiche Geschäftsfrau. Die Verletzungen, die sie sich bei dem Unfall infolge der Verfolgungsjagd mit Riedmann zugezogen hatte, hatten sich als nicht schwerwiegend erwiesen. Zwar musste bei einer Operation die Milz entfernt werden und neben zwei Rippenbrüchen hatte sie sich auch noch den linken Arm gebrochen sowie diverse Prellungen zugezogen, aber eine Vernehmung war dennoch kein Problem.

Als die Ermittler das bewachte Krankenzimmer betraten, war die Frau wach. Die beiden Pflaster im Gesicht und der Kopfverband konnten nicht darüber hinwegtäuschen, dass die Frau, die da im Krankenbett lag, eine einnehmende Erscheinung war. Ein wenig blass zwar, aber dennoch mit einer starken Ausstrahlung, wie Hansen beim Betreten des Zimmers feststellte. Dieser Eindruck, den er von der Frau schon bei der Betrachtung des Überwachungsvideos aus dem Ludwig Forum gewonnen hatte, wurde noch einmal bestätigt, obwohl Luisa Bartoli mit ihrer rechten Hand mit einer Handschelle an das Bettgestell gefesselt war.

»Guten Morgen, Frau Bartoli. Mein Name ist Hansen von der Mordkommission Aachen. Und mein Begleiter heißt Riedmann. Man sagte uns, dass Sie deutsch sprechen.«

»Guten Morgen, die Herren Kommissare«, erwiderte sie nahezu akzentfrei mit rauchiger Stimme.
Hansen und Riedmann nahmen sich beide einen der Besucherstühle und setzten sich jeweils neben das Bett. Hansen zu ihrer linken, Riedmann zu ihrer rechten Seite.
»Wie geht es Ihnen?«
»Den Umständen entsprechend gut. Bis auf die Tatsache, dass der schöne Armreifen hier verhindert, mich wenigstens mal kratzen zu können«, erwiderte sie und hielt das Handgelenk, das mit der Handschelle an das Bett gefesselt war, demonstrativ in die Höhe.
»Das lässt sich leider nicht vermeiden, Frau Bartoli. Und schon wären wir bei dem eigentlichen Grund unseres Besuches. Sie wissen, was Ihnen zur Last gelegt wird?«
»Ja.«
»Sind Sie mit einer Befragung einverstanden?«
»Ja.«
»Möchten Sie einen Anwalt hinzuziehen?«
»Nein, das ist nicht nötig.«
»Gut. Fangen wir mit der Klärung Ihrer Identität an. Sind Sie Luisa Bartoli, geboren 1982 in Rom?«
»So sagt es meine Geburtsurkunde, aber das ist nicht korrekt. Mein richtiger Name ist Gabriela Cappello. Das Geburtsjahr stimmt. Allerdings wurde ich auf Sizilien geboren.«
Sie hatte sich längst damit abgefunden, dass ihre Reise hier zu Ende war. Es wäre ohnehin nur eine Frage der Zeit gewesen, bis die international operierenden Polizeikräfte auch noch die letzten offenen Fragen geklärt hätten.
Hansen blickte die Frau verwundert an. Ein weiteres Geheimnis wurde gerade gelüftet. Er machte eine Notiz in sein

kleines Büchlein, obwohl sie das Gespräch auch mitschnitten.

»Wir haben aufgrund einer DNA-Probe, die wir in Ihrem Mietwagen sichergestellt haben, eindeutig feststellen können, dass Ihre DNA mit den an verschiedenen Tatorten in Aachen und Europa gefundenen Proben übereinstimmt. Eine Sache verstehen wir dabei allerdings nicht. Sie sind dem Augenschein nach eindeutig eine Frau, aber Ihr DNA-Profil entspricht dem eines Mannes. Wie ist das möglich?«

Cappello musste angesichts der Worte lächeln.

»Im Grunde ist das einfach zu erklären. Haben Sie schon einmal von einer kompletten Androgenresistenz gehört?«

»Nein, habe ich nicht.«

»Man spricht auch vom Syndrom der testikulären Feminisierung. Ganz vereinfacht gesagt handelt es sich um einen Gendefekt. Genetisch betrachtet bin ich ein Mann. Ich verfüge über ein X- und ein Y-Chromosom. Aber ich habe, wie Sie festgestellt haben, den Körperbau und das Aussehen einer Frau. Wenn Sie so wollen, bin ich ein Mann im Körper einer Frau. Es ist ein seltener Defekt. Wahrscheinlich haben Sie deshalb noch nie davon gehört.«

»Ich verstehe. Deshalb war es Interpol und uns auch lange Zeit nicht möglich, Ihnen auf die Spur zu kommen.«

»Mir war immer klar, dass mir diese Eigenschaft einen Vorteil verschafft. Deshalb habe ich dafür gesorgt, dass ich immer dann, wenn es hilfreich war, Spuren an Tatorten hinterlasse. Es war die perfekte Tarnung.«

»Aber warum wird man zum Auftragsmörder? Noch dazu als Frau. Soweit ich in Ihrer Vita gelesen habe, sind Sie doch eine erfolgreiche Geschäftsfrau. Sie besitzen eine Galerie in

Portugal, die dem Anschein nach einen exklusiven Kundenkreis hat.«

»Richtig. Allerdings war die Galerie bisher nur Fassade. Die ganze Geschichte ist sehr kompliziert.«

»Wir haben alle Zeit der Welt. Erklären Sie uns bitte, weshalb eine Frau wie Sie zur Auftragsmörderin wurde?«

»Also gut«, seufzte sie. »Ich wurde als Tochter eines sizilianischen Mafiabosses geboren.«

Bei dem Wort Mafia blies Hansen seine Backen auf. Diese Frau hatte mehr Geheimnisse, als er zu glauben gewagt hatte. Und Riedmanns Gesichtsausdruck verriet ihm, dass sein Partner das ebenfalls dachte. »Für meinen Vater war ich immer nur die kleine Principessa, obwohl er wusste, dass ich weder ein richtiges Mädchen noch ein richtiger Junge war. Er hat mich bedingungslos geliebt. Ich wuchs in einer Welt auf, in der Gewalt allgegenwärtig war. Es gab verschiedene Clans, die um die Vormachtstellung auf der Insel kämpften. Der Thron meines Vaters wackelte. Es kam schließlich zu einem Krieg mit einer rivalisierenden Familie mit vielen Toten auf beiden Seiten.

Als ich siebzehn Jahre alt war, wurde auch ich Teil des Krieges. Ich tötete die gleichaltrige Tochter des konkurrierenden Clans mit einem Kopfschuss. Sie hatte mir erst den Freund ausgespannt und mich später wegen meiner Androgenresistenz bloßgestellt. Keine Ahnung, woher sie das gewusst hatte. Wie ich schon sagte, war ich es gewohnt, dass man Probleme mit Gewalt löst. Ich bin nicht stolz darauf. Aber es war auch nicht mehr zu ändern. Durch diesen Mord eskalierte der Krieg zwischen den Familien nun endgültig. Blutrache. Mein Vater sorgte dafür, dass ich Sizilien in einer Nacht- und Nebelaktion verlassen und unter falschem Namen im Ausland leben konnte. Und das war die richtige Entscheidung. Nicht einmal ein Jahr später war meine komplette Familie ausgelöscht.«

»Sie wollen Ihre Taten aber hoffentlich nicht mit einer schweren Kindheit rechtfertigen?«, konterte Hansen.

»Nein, keineswegs. Ich wollte lediglich darlegen, was mich zu dem gemacht hat, was ich heute bin. Dadurch wurde der Grundstein gelegt!«

»Und wieso trifft man als junge Frau die Entscheidung, eine Auftragsmörderin zu werden?«

»Als ich Francesca damals erschoss, stellte ich fest, wie einfach es ist, einem Menschen das Leben zu nehmen. Ich hatte keine Hemmschwelle gefühlt. Ganz im Gegenteil. Außerdem verspürte ich in dem Moment dieses ungeheure Gefühl von Macht. Ich merkte, dass ich regelrecht süchtig danach wurde. Außerdem hatte das Geld meines Vaters nur für ein paar Jahre gereicht. Zudem war mein Hass auf den Clan, der meine Eltern und meinen kleinen Bruder ermordet hatte, riesengroß. Ich wollte Rache. Und dafür habe ich viel auf mich genommen. Ich habe verschiedene Kampfsporttechniken gelernt und Mittel und Wege gefunden, mich an unterschiedlichen Waffentypen ausbilden zu lassen.«

»Und deshalb ist Ihnen die Rache gelungen?«

»Ja, ich habe den Paten erschossen. Ein sauberer Schuss mit einem Scharfschützengewehr.«

»Wie bei Jürgen Wolf?«

»So ähnlich. Die Entfernung war etwas größer.«

»Sie hätten es dabei belassen können.«

»Warum hätte ich meine Talente verschwenden sollen? Ich

hatte zu diesem Zeitpunkt längst eine unsichtbare Grenze überschritten. Den Mörder meiner Familie zu töten war das eine. Meinen Durst, Macht über Leben und Tod auszuüben, das andere. Außerdem war mir klar, dass sich damit gutes Geld verdienen ließ. Meine Tarnung war schließlich perfekt. Wer vermutet schon eine Frau als Auftragskiller? Die zudem noch eine genetische Anomalie hatte, die es ihr erlaubte, falsche Spuren zu legen.«

»Die Täuschung der Behörden durch das Hinterlassen Ihrer DNA ist Ihnen jedenfalls perfekt gelungen.«

»Und doch sind Sie mir auf die Schliche gekommen.«

»Es war eine Kombination von Glück und Bauchgefühl und den richtigen Schlüssen daraus«, erwiderte Hansen.

»Das verstehe ich nicht. Können Sie mir das genauer erklären?«

»Ein Nachbar des zweiten Opfers hatte berichtet, dass ihm eine Frau mit südeuropäischem Aussehen in der Nähe des Tatortes aufgefallen war. Und auf dem Überwachungsvideo des Ludwig-Forums, wo Sie Manfred Böhm beobachtet haben, sind Sie mir mehrfach aufgefallen. Als mein Kollege hier«, er deutete auf Riedmann, »mir dann erzählte, dass sich im Haus von Neuendorff nur die Haushälterin und eine italienische Krankenschwester befanden, war ich mir sicher, dass das kein Zufall war. Wie wir jetzt wissen, lag ich damit gar nicht so falsch.«

»Dann war es ganz offensichtlich doch ein Fehler, gegen meine Prinzipien zu handeln und diesen Auftrag anzunehmen. Eigentlich wollte ich diesen Auftrag gar nicht mehr annehmen und das Phantom auf Nimmerwiedersehen verschwinden lassen.«

»Dann können wir uns ja glücklich schätzen, dass Sie es nicht getan haben. Ach, was mich noch interessieren würde, wie nimmt man eigentlich Kontakt zu einem Auftragskiller auf?«

»Haben Sie Bedarf? Nein, in der Regel erfolgt das über Unterhändler. So war es früher und so ist es auch heute noch. Wobei es heutzutage wesentlich unkomplizierter ist, Kontaktdaten auszutauschen und den Geldtransfer abzuwickeln.«

»Inwiefern?«

»Wegen des Dark Webs. Es ist mehr als nur eine Legende, dass man hier spielend leicht Hitmen anheuern kann. Wenn Sie im Tor-Netzwerk bei Grams nach einem Auftragsmörder suchen wollen, werden Sie ihn auch finden. Allerdings sollten Sie ganz genau wissen, wo Sie suchen müssen, ansonsten landen Sie auf einer Fakeseite, engagieren einen Auftragsmörder, bezahlen die Kohle und hören danach nie mehr von dem angeblichen Hitman und der Auftrag wurde natürlich auch nicht ausgeführt. Oder Sie tauschen Ihre Daten mit einem verdeckten Ermittler aus und geraten so in die Falle. Einer der Gründe, warum ich mich aus dem Geschäft zurückziehen wollte.«

»Tor-Netzwerk, Grams, ich verstehe nur Bahnhof«, erwiderte Hansen.

»Da müssen Sie sich aber noch weiterbilden! Das Tor-Netzwerk beziehungsweis den Tor-Browser verwendet man zur Anonymisierung von Verbindungsdaten. Tja, und Grams ist wie Google eine Suchmaschine. Nur dass man hier nicht nach Schuhen, Parfum oder Elektronik sucht, sondern beispielsweise nach Drogen, Waffen oder eben

Auftragsmördern. Dort gibt es spezielle Seiten, wo Killer wie ich ihre Dienste samt Preisliste anbieten können. Es gibt dort sogar ein Bewertungssystem. Aber alles läuft anonym ab, versteht sich. Es gibt keine persönliche Interaktion. Keine Namen, keine dazugehörigen Gesichter.«

»Und wie lief das mit der Bezahlung ab?«, Hansens Neugierde war geweckt.

»Mit Bitcoins. Das Wechseln der Cryptowährung in Euro, Dollar oder jede andere Währung, die am Markt gehandelt wird, erfolgt dann ebenfalls über einen Dienstleister, der seine Dienste im Dark Web anbietet. So ist es nahezu unmöglich, die Transaktion später zurückzuverfolgen.«

»Nun ja, damit ist es ja für Sie fürs Erste dann vorbei. Sollten sich weitere Fragen ergeben, wissen wir ja, wo wir Sie finden können«, meinte Hansen und erhob sich. Ohne ein weiteres Wort zu verlieren, verließ er das Krankenzimmer. Riedmann folgte ihm.

»Keine Spur von Reue«, stellte Hansens Kollege auf dem Weg zum Aufzug fest.

»Eher das Gegenteil war der Fall. Wir können wohl von Glück reden, dass das letzte Angebot zu verlockend war, um es abzulehnen. Ansonsten wäre das Phantom auf Nimmerwiedersehen verschwunden.«

»Dabei hast du während der vergangenen Tage immer wieder fehlendes Glück beklagt.«

»Was im Großen und Ganzen auch zutreffend war!«

Epilog

»Morgen, Markus. Was macht der Kopf?«, wollte Hansen wissen. Er hatte das Büro seines Kollegen unmittelbar nach der Rückkehr ins Präsidium aufgesucht.
»Bis auf leichte Kopfschmerzen ist soweit alles in Ordnung. Danke der Nachfrage. War die Befragung von Luisa Bartoli erfolgreich?«
»Sie hat ein vollständiges Geständnis abgelegt. Ihr richtiger Name ist übrigens Gabriela Cappello. Das erkläre ich euch später noch ausführlich. Erst einmal möchte ich gerne wissen, was es hier Neues gibt?«
»Eine ganze Menge«, erwiderte Laura Decker, die zusammen mit Riedmann genau in dem Moment, als Hansen die Frage stellte, Becks Büro betrat. »Entschuldigung, ich hatte deine wohlvertraute Stimme gehört, als ich auf dem Weg zu dir war. Wie geht es dir, Markus?«
»Besser«, erwiderte Beck knapp.
»Also Laura, dann leg mal los. Welche Neuigkeiten hast du?«
»Keine guten jedenfalls! Neuendorff hat allem Anschein nach ganze Arbeit geleistet, als es um die Vernichtung aller Forschungsergebnisse rund um NADH13 ging. Er hat tatsächlich dafür gesorgt, dass alle wichtigen Unterlagen in der Firma selbst vernichtet wurden. Doktor Johnen, Bergers Nachfolger, hat das in der Zwischenzeit bestätigt. Es gibt nur noch wenige Dokumente, die erhalten geblieben sind. Keller hat da offensichtlich in den letzten Monaten fast alles beseitigt. Nicht einmal Johnen hat mitbekommen, was da vor sich gegangen war. Er meinte, dass die Vernichtung der substanziell wichtigen Unterlagen die Forschung nach einem

Heilmittel um Jahre zurückgeworfen habe. Jedenfalls bei Neuendorff. Profitgier hat nicht nur fünf Menschen das Leben gekostet, Neuendorff hat gleichzeitig das Schicksal von Millionen Erkrankter nachhaltig beeinflusst.«

»Vielleicht hatte Keller diese Dokumente ja noch auf seinem Computer gespeichert. Hier hatte das Phantom ja keinen Zugriff«, entgegnete Riedmann.

»Leider nein. Jedenfalls, was seinen Rechner aus dem Arbeitszimmer der Villa angeht. Wir haben dort überhaupt keine Dokumente, die seine Arbeit betreffen, gefunden.«

»Das ist seltsam. Man sollte doch annehmen, dass Keller auch zu Hause gearbeitet hat«, meinte Hansen.

»Wie gesagt, nicht mit diesem Computer. Es gibt aber auch noch gute Nachrichten. Das hat zwar nicht direkt mit unseren Ermittlungen zu tun, aber es ist trotzdem interessant. Es betrifft Gianluca Caprese. Er kennt Gereon von Neuendorff. Und zwar ziemlich gut. Neuendorff hat Antiquitäten bei Caprese gekauft. Und zwar solche, die es offiziell nicht zu kaufen gibt, wenn ihr versteht?«

»Du machst Witze, oder?«

»Nein, definitiv nicht. Wir haben eine Inventarliste der Kunstgegenstände in Neuendorffs Haus erstellt. Und dabei sind uns zwei Gemälde aufgefallen, die dort niemals hätten hängen dürfen. Daraufhin haben wir uns das einmal genauer angesehen. Und siehe da, wir wurden fündig. Wir können nachweisen, dass Caprese bei mindestens fünf verschiedenen Kunstgegenständen mit gestohlener Ware gehandelt hat.«

»Das erklärt auch, warum unser italienischer Freund so unruhig wurde, als wir ihn auf Neuendorff angesprochen ha-

ben«, erklärte Riedmann. »Dubbele merssi!«
»Du meine Güte, ich habe ein Monster erschaffen«, entgegnete Laura Decker in Anspielung auf den Kommentar ihres Lebensgefährten. Schließlich war sie die eigentliche Vertreterin der Aachener Mundart.
»Also gut, Leute«, klatschte Hansen zufrieden in die Hände. »Richard war so freundlich, einen Geschenkkorb für Jens zu organisieren. Ich würde sagen, dass wir jetzt gemeinsam ins Luisenhospital fahren, um unserem angeschlagenen Kollegen die guten Nachrichten persönlich zu überbringen und unseren Ermittlungserfolg zu feiern.«

Nachwort

Liebe Leserinnen und Leser,

vielen Dank, dass Sie sich für mein Buch „Phantomjagd“ entschieden haben. Es ist nach der Veröffentlichung meiner beiden Aachen-Krimis „Der Racheengel“ und „Sündenrächer“ und dem Thriller „Boshaft“ der dritte Fall für Kommissar Hansen und sein Team und ich hoffe, dass Sie beim Lesen ebenso viel Spaß hatten wie ich beim Schreiben des Buches. Phantomjagd ist selbstverständlich ein fiktiver Roman, alle in ihm vorkommenden Personen sind frei erfunden. Ähnlichkeiten und Übereinstimmungen mit lebenden oder realen Personen wären rein zufällig und sind nicht beabsichtigt.

Und dann wären wir auch schon an dem Punkt, an dem ich mich bei einigen Menschen für ihre Unterstützung bei der Umsetzung dieses Krimis bedanken möchte. Das erste große Dankeschön geht an meine beiden fleißigen Testleserinnen Beate und Nadine. Ohne eure Denkanstöße wäre die Geschichte sicherlich nicht so rund geworden. Danke auch an meinen Lektor, Patrick Baumgärtel, der mich bereits seit meinem 1. Roman „Der Racheengel“ mit Rat und Tat unterstützt. Das gilt auch für die Covergestaltung; Nadine verleiht meiner Reihe von Beginn an dieses ganz besondere Gesicht – vielen Dank! Ein Extradankeschön gebührt Heidi und Marion, die dafür gesorgt haben, dass möglichst wenige Tipp- oder Schreibfehler den Lesefluss von Phantomjagd stören. Sollten Sie, liebe LeserInnen, dennoch über Fehler stolpern, bitte ich das natürlich zu entschuldigen.

Wenn Sie Lob, Kritik, Anregungen oder Verbesserungsvorschläge haben, können Sie mir das gerne jederzeit mitteilen. Schreiben Sie einfach an meine Emailadresse: aachenkrimi@gmx.de. Ich schreibe auf jeden Fall zurück.

Herzlichst, Ihr Frank Esser

ISBN 978-3-7485-3364-1
9 783748 533641 00001
www.epubli.de

Printed in Poland
by Amazon Fulfillment
Poland Sp. z o.o., Wrocław

54560694R00155